工藤 正廣

# 郷愁

## みちのくの西行

未知谷
Publisher Michitani

# 目次

## 中世　陸奥の国

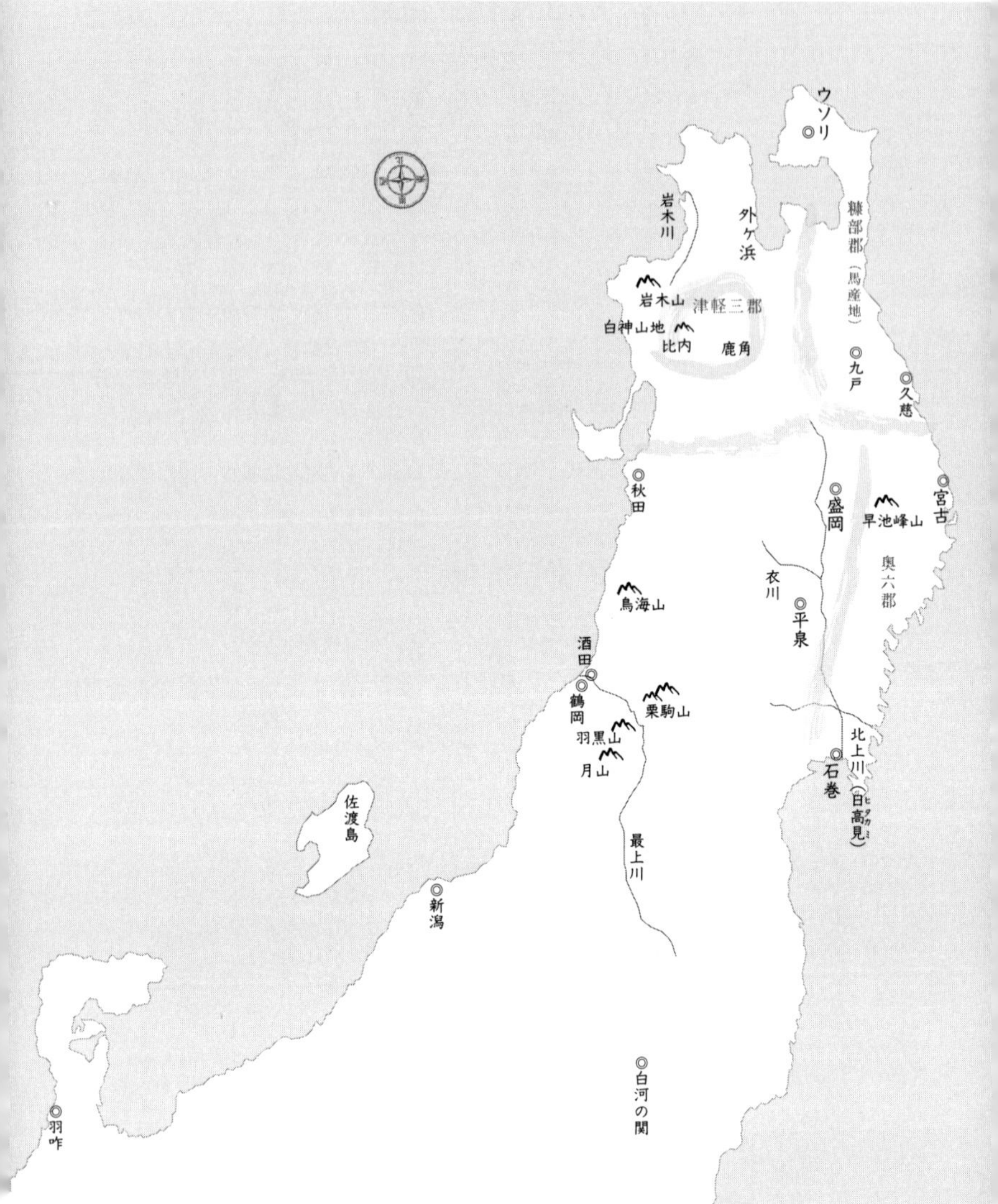
ウソリ
岩木川
外ヶ浜
糠部郡（馬産地）
岩木山
津軽三郡
白神山地
比内
鹿角
九戸
久慈
秋田
盛岡
早池峰山
宮古
奥六郡
衣川
鳥海山
平泉
酒田
鶴岡
栗駒山
羽黒山
月山
北上川（日高見《ヒタカミ》）
石巻
佐渡島
最上川
新潟
白河の関
羽咋

# 郷愁

＊みちのくの西行

# 一章

## 1　命なりけり

いま、西行は北上川の船着き場で渡し守の男と霧の晴れるのを待っている。霧が晴れたら束稲山《たわしねやま》が見えるのだ。もう、かれこれ四十年前になるか、二十六、七歳で、歌枕をたずねる漂泊の旅で平泉に草鞋《わらじ》をぬいだ。もう七十の声を聞く老いた出家僧、というよりまれなる歌人としての西行は、過ぎし源平の戦いのさなかに平家によって焼失せられた東大寺大仏の、その復元費用の滅金勧進の任をになって、いま、遠祖を同じくする平泉の藤原秀衡《ひでひら》のもとをたずねて来た。

若い日の思い出のみちのくだった。平泉に賓客として滞在してもう四日目になるが、一両日で帰京を急ぐべきときだった。西行は渡し守の男と北上川の流れを見ながら、話している。いや、束稲の山の香桜は昔の思い出だ。この川をあえて渡ることもあるまいかのう。葉桜の束稲山を逍遥したところでどうなるものか、そう西行は思いながら、決めかねた。北上川の流れは船着き場の岸辺に尾花をそよがせながら悠久の流れだった。

渡し守の男が言ったので西行は驚いた。男は、あろうことか、四十年前に自分がここに来たときに中尊寺で出会った僧たちの一人の、その子息であるということが分かったのだ。あれはたしか奈良の興福寺の僧侶十五名が、この地に流刑されたのだった。興福寺が仏教支配の現世の権力をそれなりに保持しようという過激派の面々だったのだろう。むろん彼らは一人としてここで生き延びなかった。だが、その一人が生きていて、おそらくはこの地の女と結ばれて、生まれたのがこの渡し守だったとは。そういえば、思い出すが、わたしは中尊寺でその方々と、都ではたしかに彼らは悪僧と呼ばれていたように思うが、偶然にもお会いして、こもごも都の話をした覚えがありますよ。そう、あのときは、彼らはなつかしがって、涙さえうかべてわたしの話に耳をかたむけておられましたな、そう西行は渡し守の男に言った。

渡し守の男は運命をかこつことばではなく、それではあなたはわたしの父と会っていた……、おお、何というご縁でがんすか、というようにみちのくの訛り激しいことばで言った。

西行は渡し守の小屋で、流れを見ながら、深い霧につつまれ、そうですな、運命ということですが、と言いさした。どれだけそのような運命がこの現世には交錯して織りなされて重厚な織物になっているのだろうか。やれやれ、この霧では向こう岸にはつけられないでしょう、と西行は言った。北上川は霧に覆われても流れをやめない。すべての運命を押し流していくのだ。霧がかかると、岸辺のない川になるのが、なんともかんとも困ったことでがんす、と奈良の流刑僧の裔胤《すえ》である渡し守が笑った。人もまたかくのごとし、でしょうかなと西行も笑った。わたしはこの歳で中尊寺を再訪して、実に若返りました。肉体は老い、心は若返る。みちのくの自然のお力でしょうね。川に水神がおられるように、山に山霊がおられるように、その聖なる霊が心を若返らせるのでしょう。肉体は、これは若がえらせるわけにはいかないまでもじゃ。

お寒かろうと言って、渡し守が西行に藁で編んだ胴着を肩に羽織らせてくれた。まだいっこうに霧は晴れない。北上川の水は増しているらしい。西行は瞑目した。なんという乱世の続きだったか。いや、まだまだ続くだろう。このわたしの後にもまだ続くだろう。この生涯にかぶさった乱世の諸相をこそ超えて、わたしの歌の本質《こころ》が生き延びてくれようか。西行は少しうつらうつらしながら、渡し守の小屋でいぶる粗朶《そだ》の火のぬくもりを覚えながら、ここまでの旅の途中で出会ったさまざまな想念と風景を思い出した。おお、あれは東海道の日坂峠だったはずだな、もちろんだ、忘れもしない、その場でふっと吐息のようにわたしの口をついて歌がもれた。

年たけて　又越ゆべしと思ひきや　命なりけり　佐夜《さや》の中山

やれやれいかにも大げさなと思われようが、わたしが言う命とは、運命と同義と思ってくださってもいいことだ。寿命もまた運命の管轄下にあるのだ。ようもまあ、この歳にして、首ももげ、腕ももげたい東大寺大仏の滅金勧進などに来たものよ。わたしを並々ならぬ行動家という人々もいるが、遠い遠い信仰の思い出がなくば、こんなことにかまけるようなことはなかった。人生の最後の賭けとでも言っておこうかな。嗚呼、富士の山の噴煙も、わたしを若返らせたではなかったか。わたしもまたあの煙に等しい。行方も分からない身なのだから。

けぶる粗朶をくべながら、秋の朝霧は晴れにくいもんでがんす、と渡し守の男が言った。西行は眼を開けて、言った。それにしてもあの若かった日に、中尊寺でわたしが、あなたの父とお会いしていたのだとは、なんという縁でしょうぞ。命の不思議ですぞ。さて、束稲山に行くのはあきらめましょう。思ってもみてください、葉桜が赤うなって、散って、そのような束稲の山に、かつて在りし同じ花をうつつに見ようなどという感傷は滑稽でしょう。

西行は渡し守に礼を言い、ふっと、わたしは歌の西行という者です、と言った。あなたも命の渡し守でありませ、そうつぶやいて小屋掛けを出、やがて深い川霧に包まれた土手へと手探りするように姿を消した。

＊

あまりにも美しい秋の日だったので誘い出されるように中尊寺の客人用の僧房の一つから匂いたつ杉の木立をくぐりぬけ、いよいよ衣川《ころもがわ》の河岸段丘の崖の道にさしかかったときだった。衣川は東の奥に低い山岳に寄り添い、青い腰部の蛇行部をいくつもくねらせ、濃い茂みや黄金の小田《おだ》の一枚一枚をならべて、深く、また蛇行部によっては浅瀬を見せながら、西へと流れているのだった。

西に目を転ずると、わが若き日の追憶のままに束稲山がずんぐりと裾をひろげ、北上川が流れ下り、支流の衣川ははるか西の水戸口で紺色の大河に合流していた。日はまだ少し高くに輝いていたものの、秋の日の日没の速さは一瞬〳〵刻んでいるようだった。眼下のこの衣川がかつての戦乱の長い歳月の侵略征討史の、いわば国境線であったのだ。その昔はこの川を越えるとエミシの国であった。この国境線の攻防にみちのくの興亡史がのしかかっていた。おお、このような黄金色の大地に、一筋の水の国境《くにざかい》ごときで、どれほどの死と血が浪費されたことだろうか。秋の日差しは熱くはないまでも、まだ少し夏の名残をとどめていた。

そろそろ潮時だ。明日にでもいとまごいをして急ぎ京まで帰国すべき時だろうとつぶやいてみた。胸の思いの中には、同じ一つの問いが浮かんだままだった。ひとが歴史の中で死するということはどういうことなのか。同時にまた、自然の中でこそ死するということはどういうことなのか。自分はいったいどちらをこの齢になって選ぶべきだろうか。いや、わたしは歴史の中で死するということを捨てたからこそ、ここまで生き延びてきて、このようにおそらくは最後の旅と責務を果たして、ふたたび帰るところであったではないか。思えば、わたしの知人たちはみな歴史の中で死んでいったかに思われるではないか。間一髪ではあったが、わたしは歴史の中で死する運命から亡命のごとく逃げ出した。しかし、その代わり、歴史のすべてを見るという覚悟で、歴史の河のあやうい淵を縫うようにして生きてきたように思う。

そしていつものように、一生幾ばくならず、来世は近きにあり、と口に唱えて微笑をもらし、さて、とつぶやいて、衣川のはるかに北にひろがる平地の田んぼに目をすがめた。稲田はすでに刈り入れも済んで、まるで武人の軍勢のように、稲架《はさ》の人がたが規則的に転々とならび、あぜ道に影を重ねながら、黄金の光を浴びて展開していた。今年は運よくも凶作の夏ではなかったのだ。おそらく数年に一度の豊作に恵まれたのだろう。そうしてすがめた目をこらしているずっと先のほうに、誰か人影がゆっくりと北上川伝いの道を進んでくるのが見えた。ふむ、どうみても武人ではない。黒い身なりは半俗半僧といったところかな。平泉にはもう数百という僧房が森の中に転々と構えられていて、何百という僧が住まいしている。そのうちの一人といったところだろう。背には、笈《おい》の代わりにただの合切袋《がっさいぶくろ》のような袋を背負っていた。笠は背にかけ、ひげもじゃの細面の顔立ちが日をあびている。これは懐かしいと、ふっと思った。しばらく面白く見つめているうちに、小さな集落から、稲架《はさ》に集まるスズメたちのように童子らが叫び声をあげて若々しいその男のあとを追って駆け出してきた。その甲高い叫び声が、ここの段丘の崖際まで風に乗って聞こえてきたではないか。

耳をすませるとそれは、鄙《ひな》びた訛《なま》りのことばで、タケキヨだ、タケキヨだ、戻って来たでがんせ、旅の話すコ、聞かせてがんせ、がんせ、がんせ、とまるで小鴨《こがも》が飛び立つような騒がしさだった。そうみているうちに、タケキヨとよばれた僧形が、汚いぼろ着の童子らにとり囲まれ、あぜ道にどっかりと腰を下ろしたのだった。童子らもまた刈穂かぶのあぜ道に坐り込んでいた。

## 2　帰還

タケキヨは秋の日差しのように矢継ぎ早に童子らの質問をうけた。童子らは眼を輝かせていた。そんな遠いところが北にまだまだあったなどと知る由もなかったから、馬がいるけとか、イネっこバおがるのかとか、人々はどんな面をしておるのか、うんめものを食ったかとか、まわりで静かに落ち穂を食べて歩き回っているカラスや、小雀たちよりもうるさかった。衣川を渡れば、もう帰国したも同然なので、タケキヨは気持ちがゆるんで、もうなんでも童子たちに話して聞かせたかった。

童子らは一様に舌を真っ赤にしていた。樹皮の繊維で織ったアッシのぼろ着を縄で掻き合わせ、腰にはクルミの木をくりぬいてつくった小さな筒をぶらさげていた。くりぬいた中にはクルミの木肌の削ったのを塩漬けにして入れていて、取り出してはクルミの木肌の塩漬けをなめるので、舌が真っ赤だった。その赤い舌で、話すコ聞かせてがんせ、がんせと勢いがよい。タケキヨがこの童子らに人気があったのは、この辺りがタケキヨの仕事の範囲だったからで、彼は近在の村々にもよく知られていた。中尊寺では多数ある僧房の一つで、最下級の労務僧たちが寝泊まりする蓮谷房というわら小屋に住み、托鉢などはしないが、お経のご利益を説くために近在の村々を、奥ぶかい集落までまわるのが仕事の一つだった。

タケキヨは大乗仏教の教学にはあまり深入りしていなかった。生き延びるために、この道に紛れ込んだというのがほんとうだった。もとをただせば、これは秘められていることだったが、平泉藤原の遠縁の一族で、度重なる合戦と抗争の中で、彼だけは首を切られずに、寺に入ることで生き延びることができた。もちろん彼の姻戚筋はあちこちに異なる姓でいるにはいるが、手を差し伸べるわけにはいかなかった。こうして七歳のころからここ二十年というもの、この平泉中尊寺の下僧として生き延びてきた。優秀なものたちはすでにひとかどの要職についていた。彼はなんでもやった。僧というよりは平泉浄土国の下層労働者のような存在だった。しかしこれを彼は少しもいとわしく思わなかった。こうして生きているだけで、大日如来のおかげであるように思って疑わなかった。もとをたどればそれなりの武人の血筋ではあるが、しかし一族の首がはねられて、衣川の柵杭に梟首《きょうしゅ》された光景を見てしまった子供時代の恐怖と戦慄を記憶する身にとっては、一日一日生きていることだけでかたじけないことだった。そのような思いが、この童子らの心にも通じるところがあった。大きくなったら家来にしてがんせとせがむ子供までいた。タケキヨは童子らの貧窮の親たちのことまで気にかけ、時間があるかぎり家々をまわり、彼らのことばに耳を傾けた。別に物質的に彼らを助けることはかなわないのだが、よく聞くことが出来た。

いま春から夏の終わり、平泉を留守にしていた帰りをこのように第一に喜んで待っていたのは、貧しいこうした子供らだった。タケキヨはしかし知っていた。わたしだって、このように、あっという間に大人になった。この歳月の間に、どれほどの戦乱があってすべてが滅んできたことか。しかし歳月は北上川の流れよりとうとうとして速い。いまわたしに塩漬けのクルミの皮を、さあ、タケキヨ、なめてがんせと言ってさしだす彼らは、あと数年後にはひとかどの少年になるのだ。ソダな、ソダな、と相槌をうちながら、彼は外ヶ浜での長い旅先で見てきたことを彼らによくわかるように話してやった。ナシテ？　ナシテ？　と理由を聞かれると、タケキヨはいくらでも細やかに語って聞かせた。いいかい、お前だちとおんなじじゃな、外ヶ浜の子供らは、おんなじアツシをば着て、川口で鮭を捕まえて、腹空けているからだな、捕まえた鮭の口に小さい手っこをつっこんで、いちばんやわらかい身をつかみとって、ここここ、と言いながら、自分の口にいれてうまそうに食うのだよ。童子らはわ〜と叫んで、まるで自分がそのおいしい鮭の生身を食ったかのように、みんなして、ココココ！　と叫んだ。そうだ、その通りだ、ひもじくて、腹がすけておっても、ほれ。ココココ、ココココとやれば、大丈夫ずもんだのう。いいかい、ここは馬と金とで大変な金持ちの国になって、仏教のいい国になったけれども、しかし、われわれは貧しい。そう思って、思いの中で、鮭の身を、ココココと食らう。腹の足しにはならないが、気持ちの足しにはなる。いまタケキヨには彼らへのお土産が何もない。自分自身でも任務を果たして着の身着のままの長旅だったのだ。束稲山《たわしねやま》に、ほんのりと花の中にいくほど薄紅色の山桜がみごとなくらい八重に咲いて、いい匂いが立ち込めた春に平泉を発って、もう五か月にもなったのか。

彼のまわりで童子らがはじけるように笑った。小雀もカラスもぱっと飛び立った。秋の日はいよいよ傾く。赤い金色の日輪が燃える。この稲架《はさ》のずんぐりした蓑《みの》みたいな稲の穂一つもこの子供らの口に入ることはあるまい。夕べにカラスどもと競って落穂ひろいに目を皿にするのが精一杯だ。彼らは稗《ひえ》やら粟やら、ぼろぼろする雑穀でしのぐ。そして強靭になれ。ここが砂金の王国などとは思うな。いいかい、ここからおまえたちの一族がみんな外ヶ浜から出稼ぎで海を渡って、エゾという島で砂金を採っているのだよ。おまえたちに言うわけにはいかないが、われわれのこのくにはその深い悲しみを背負っているのだ。

タケキヨは黒く汚れた僧衣の裾を翻して腰をあげた。背負い袋から、みんなに小さな緑の小石や茶色の小石をいくつも取り出し、童子らの汚い掌にのせてやった。これは陸奥の東の海岸にいくらでもあるメノウという石っこだ。こちらは久慈というあたりの海辺で集めたコハクという石っこだ。お土産だよ。おまえたちのお守りにちょうどいい。食べ物ではないのが残念だが、心の食べもんじゃ。彼らはてんでに小石を秋の日輪にかざして眺めた。

さて、問題は、衣川をどこで渡るかだ。タケキヨは平泉の丘陵を前に、衣川の蛇行部を確認し、唯一平泉のなかに通じる橋を探し出した。中尊寺へまっすぐにいたる道だった。

その段丘の崖際で、目をすがめて自分を見ていた人物がいたことなどタケキヨは知る由もなかった。

どこかで誰かが自分を見ているなど一度も思ったことはない。自分はただ任務を果たしてきただけのことだ。しかし出会いはどこにでも偏在する。そのことを気配のように感じないではいられないタケキヨでもあった。山桜の春、さらにみちのくの干ばつの夏、そしていまは秋。無事に任務を終えた。明日にも呼び出されてご報告せねばならない。ひょっとしたら秀衡《ひでひら》様に対面という栄誉が待っているかもわからないではないか。自分はいったい何を見てきただろうか。どのような真実をこの目で見てきたか。その意味について、正しく報告出来るだろうか。野帖に筆記した細かい記録だけが頼りだった。しかしよりによってどうして自分にそのような任務が与えられたのか、今もタケキヨにはさっぱり見当がつかなかった。無事に生きて帰るとはだれも期待していなかったのではあるまいか。

## 3　戻り川

橋というものはそうそういくつも架設されるすじあいのものではない。稲架《はさ》の稲田のあぜ道を右へと迂回しながら、数軒ばかりの小さな古村に入り、そこのくねまがった道に出て、杉木立の中に法堂のあるのが分かった。こんな場所にも由緒ある鎮魂堂が小ぶりながら甍《いらか》をのせてひっそりと最後の夕日をあびていたのだ。古村のかやぶき小屋からはかすかに白い炊煙が流れていたし、どこからか野焼きのような匂いがしていた。衣川はその先が、遠くから水路で水をひいた小さな山田が一枚また一枚と重なるように飾りながら、まるでタケキヨを待っていてくれたように思われた。というのも、すこしずつ上りになって橋が見え出したとたん、衣川の思いがけない全容というか、川筋がよく見えたからだった。ここいらはよく知っている地誌だとはいえ、まるで初めて来たという思いがいかにも不思議だった。

わずか五か月ばかりの間に何がどうというのでもあるまいに。もともとが、ここいらはみちのくのエミシおよび土着民と、朝廷派遣軍との久しい抗争の最前線だった。衣川をとるかとられるか、たえずこの河域が国境線となった。しかし今現在は、ようやくこの久しい攻防史も決着し、藤原平泉二代目になる全盛期を迎えていた。そこまでの血みどろの戦いと殺戮の幻影は、すべてが衣川の水になって流れ下って、古老だけが凄惨な歴史を部分的に記憶しているだけであったろうか。しかし、タケキヨはその記憶をしっかりと保持していた。にもかかわらず、その心の裂傷をこじあけてうめくようなことはしなかった。

記憶は個人的な一族史のひとことまとして当然のことであった、受け入れるも受け入れないもない厳然たる事実だった。その事実の解釈について、彼は恬淡であったというべきだろうか。いま木造だが土塁のような土橋の分厚く構築された橋上《きょうじょう》に立ってみると、ほんの数尺の高さのはずが、もっと橋上は高くそびえ、衣川の流れがすべて遠くまで手に取るように見えたのだった。衣の柵の橋梁は衣川の流れの一番細いくびれの部位にかけられていた。川幅は狭かったが、河岸段丘にのびる平泉の寺院群の森にとっては自然の要塞のようになっていた。思いがけないほど水深が切れ込むように深くえぐれ、まるで淵のように水をたたえ、このくびれにむかって、東の奥地からくねくねと蛇行する川すじが、いくつものこんもりした茂みをこもらせてここに流れを注ぎ込んでいたのだった。澄んだ水は、早い夕べの桃色がかった雲や、一片の金色の離れ雲さえも映し、あとは青空よりも青く澄み切っていた。タケキヨの左手の奥には、積み重なる杉木立の森の重ね着から、青い帯房のようになって衣川がまるでとぐろをまく青い蛇体のようでもあった。そうだった、たしかこれは、戻り川とでも言われているのとおなじだった、とタケキヨは孤独なことばにしてみて、旅の間北に行くにつれて出会ったいくつもの川筋を思い出した。

もうその名さえ覚えていないし、第一あの川たちの蛇行の美しさにどんな名がつけられているのかも知らなかった。ただ、北では、アイノの人々がとても美しい実質的な名称を美しい響きで、どんな小さな地形でも川にでも、歌のように名づけていた。まるでことばをいとおしむかのようだと思われたものだった。彼らは文字を持っていなかったので、なんども歌のようにそれらの名を言い、意味をタケキヨにわからせてくれた。それらの自然物の姿形を、ひびきよいことばで写し取るのにたけている民のようであった。美しいものには、美しければそのままに美しいという形容をするだけのことであったが、そしてその名づけられた事物やら自然を見るに及ぶと、そうとしか言えないような美しさであった。戻り川というのもその通りの事実だった。流れてきたはずの川が、突然、うしろに戻りはじめ、そして迂回しながら、蛇行を、大きくもまた小さくも渦まかせ、また新たな川筋を見出して先へと流れる。

タケキヨは大きく息を吸った。戻り川の流れは重なる山々の奥地で力をためめ、やがて河岸段丘のこここ左岸を浅瀬にしながら、河域は水流の音を清くひびかせ、流れていく。やがて左岸地帯の氾濫河域をひたしながら、日高見の大河に落ちていく。橋梁のかためられた土にはくっきりと車輪の跡が残っている。ここしか、荷駄を平泉の本尊にも届け、またこの都の内部にも入れる道はなかった。あとは、川を渡るほかなかったが、それは荷車や牛車、軍勢の騎馬ではとても無理だった。河岸段丘の急峻な崖が立ちはだかっているからだった。

ふたたび寺院の鐘がひびきわたった。タケキヨは僧房での早い夕餉を思い出す。空腹が一気に感じられた。昨日も今日もいったい自分は何を食べて歩き続けてきたのだったか、もう思い出せなかった。温食を食べたのはいつのことだったか。衣川の東に広がる浅瀬をタケキヨはしばらく目でふれるようにながめた。一瞬川面が血に染まったように見えた。打ち取られた首どもが河水でごしごし洗われて武者の腰帯にぶら下げられる。射られた馬たちが水にあぶくを吹き、なお川面が朱に染まる。父よ、とかすかにタケキヨはつぶやいた。そして天台の僧らしく合掌した。夕日の朱が川面をいちめん、とくに浅瀬の白い波穂を黄色に染めていたのだった。感傷もそこそこに、彼は一度だけ振り返り、すでにそこに過ぎ去られた五か月の時間があったのかなかったのか、いや、もうそれはどこにもないのだと悟ったかのように、橋上から足早に歩き出した。とにかく夕餉には間に合いたい。中尊寺本堂への石段を駆け上がり、いそがしく行き交う見知らない多くの僧たちに無言の会釈を交わしながら、彼は自分の住む蓮谷房へとさらに道をそれ、杉の木立からそれ、藪をかき分けるようにして急いだ。いやいや、飢えているからとて、そのまま夕餉の賄房《まかないぼう》へと行くわけにはいかないことだ。まずは、無事帰着のことを慈澄《じちょう》老師に報告しなくてはならない。彼の笑顔が見えるようだった。声が聞こえるようだった。慈澄老師はすでに若くして比叡山で修行し、ここの将来のためにと故郷平泉に戻ってきた俊才だった。そしてすでに大僧正身分の老僧だった。

## 4 慈澄を訪ねて

わが僧房の暗かりき、帰り来れば懐かしき、そうタケキヨは谷底の僧房の片隅に背負い袋をおき、えも言われない安堵感を覚えた。他の一緒の僧たちはもう夕べの勤行に出払っていたのだ。とにかく空腹が耐えられなかった。荷物を置くと、彼はとっぷりと暮れてしまった外に出た。漆黒の闇が迫っているが巨木の杉の梢にはまだ空の夕焼け雲の流れが傾いていた。さて、帰着してただちにお勤めにかかるというのもいかがなものであろうか、そうだ、ここは真っ先に慈澄老師の僧庵を訪ねて挨拶をしておきたい。杉の空気が彼の呼吸を深くさせた。樹木の生きた呼吸と発する匂いが彼の体をゆっくりと包むのが分かった。

この木々はこのような巨木になるまでに、ここでどれほどの出来事を見てきたことだろうか。原始林であった森をこのように緻密な美しい設計で仏教の王国にしあげ、ここを別世界の圏となしたのだ。と同時に、彼はここでもう二十年を生きてきたのだから、ここが彼の人生のもう半分までの故郷に違いなかった。目をつむってもどこへでも歩けるくらいに知悉《ちしつ》していた。にしても、彼には人知れず疑念が消え去らなかった。仏教ということ、その宗派の一つの天台密教ということ、そしてここが平泉という都の宗教的集合伽藍であること、そして自分はただ一介のうだつのあがらない修行僧だということ。はたしてこのままの生きざままで自分はどうなるのだろうか。二十七歳ともなれば、もう自分は若者ではあるまい。彼は闇の道をとぼとぼと歩いた。あちこちに各僧房が点す脂燭《しそく》の灯が切れ切れに流れた。そうとも、自分には来世のことなど知ったことか、この現世をどのように生き死にするかだけが問題なのだ。仏教にすがることだけが救いの道だとは信じていない。聞くところの高野聖《ひじり》というは聞こえはいいがつまるところ行倒れの漂泊僧の成れの果てにすぎまい。ただ己一身の救いを得ようなどというのは土台まちがっているだろう。他をこそ救わなければ己もあったものではない。それは結局利己的な我執にすぎまい。われにどのような我執のあるものか。

タケキヨはぺたぺたと草鞋《わらじ》ばきの足で湿った土を踏みながら思った。この五か月の旅で見てきたものの意味は何であったか。まさに生きた地獄と、同時に、人間の手ではいかんとも為しがたい自然力の猛威とでもいうべきものだった。個人の力でも、いや強力な支配権力の力でもどうにもできないような荒涼たる風景であったではないか。あの悲痛の慟哭《どうこく》と絶望を、み仏の救いがあるからといって祈ることができただろうか。北は、さらにさらに悲惨を極めた。調査報告を任されて旅に出た当初は、北に行けば行くほどさらに楽土が自由にひろがっているのではあるまいかという期待で胸が膨らんだが、それは一時のことだった。そこに生きる人々を捨象したならば、それはそうだった。自然は自然そのもので完結していて、滅びも滅亡も自然の摂理のままでよかった。

木石も草も、生き死には勝手気ままでだれに救いを求めるでもなくして、死ねば死んだでそれでいいし、再生すればするで自然のままでそれが当たり前だった。そして厳然としていた。しかしそこに人間の生活が置かれると、事態は全く違った様相を呈した。壊滅した海村や奥地を通りながら、ただただ異様な慟哭の叫びの中を彼は歩き通すほかなかった。心がありことばがあるということがそうさせるのだったか。死ねば死にきりで、あたかも犬猫、山の獣どうよう、心の歴史にふれることもないのではなかったろうか。いや、もしかしたら、心もことばもあっても、ただ自然をそのまま受け入れることだけが生き死にの意味だと悟っているからだったのか。

人だけが、人々だけが異様なほど死と破壊を恐れ悲しみ、絶叫して、救いを求めるのだった。海辺に泥のまま積まれた厖大な犠牲者の遺体については、ゆく先々で、天台宗の下級僧として、供養の読経の務めを果たす手伝いはいくらでもやった。死臭で鼻がひん曲がるくらいだった。嘔吐をこらえながら、わたしは自然の花々を思った。埋葬し、あるいは野焼きのようにして荼毘《だび》に付《ふ》させて、長い経文をそらんじた。経文の深い意味を理解はしているけれども、いったいこれがどうなろうというのだろうか。儀式としては欠くべからざるものだけれども、自分はなにか大きな偽善を行っているもののように、それらの海村からのがれ、内陸の奥地へと北への道をとったものの、そこでも事態は何等変わらなかった。

人々は、たしかに人々ではあるが、歴史のそとにおかれた存在のようであった。飢え切った野狐どものほうがむしろ自然の歴史のめぐりのなかでうらやましくさえ思われたではないか。死ねば死に切りで、何一つ未練を残さない。しかし人はすべてが未練で出来ているのだ。心の欲と言うべきだろうか。タケキヨは闇の中で慈澄の僧庵の小さな灯をみとめてほっと安堵した。足に絡みついたのは萩のしなやかな垂れ枝だった。そっと足を抜いた。タケキヨの僧房などと違った独立の草庵造りの茅葺《かやぶき》屋根がひっそりと静もっている。タケキヨは夕餉の賄いのことを忘れ去っていた。ほとほとと戸を敲《たた》くまでもなく、人影が動いて、老師が戸口に出てきて、おうお、おう、生きておったか、待っていた、待っていた、ずいぶん遅れたではないか、そう明朗な声で言いながら、タケキヨを中に招じ入れた。矢継ぎ早に質問が飛び、まだ夕餉もなしだとわかると、寺僧の若者を呼び、賄所に行ってくるように命じた。

二人は向かい合って坐った。慈澄は書見と写本の途中だったのだ。燭台に蝋燭がちりちりと燃え、硯は大きな阿古屋貝だったのが分かった。螺鈿《らでん》のように光っていた。細い筆が一本だけだった。書いておられたのですね、とタケキヨは言って、ふっと赤面したのが、すぐに見てとられた。こういう秋の夕べは、山のうえに上弦の月がかかっていてもここからは見えず、歌の一首でも詠まないでは、なんというさびしさであろうか。そう言って、老師はタケキヨを燭の灯でよく見ようとした。五か月も伸び放題になったひげ面のタケキヨを見て笑った。いかにも似合うでがんす、ひげを伸ばすとおのずと武人の素性が出てくるものじゃ。さて、何から話そうかな、と慈澄が膝を正し、肩ひじを経机から離した。

## 5　歌、はじめて

同じ若い僧がいそいそともう一つの燭台をもってきて、タケキヨのかたわらにおいてくれた。いかにも嬉しそうにタケキヨが、夕餉の残りものが入ったまげわっぱの蓋《ふた》をあけて、アウーというような声をあげたのを老師はいっそう喜ばし気に見ていた。のどから胃の腑が喜びの声をもらしたのだろう。まげわっぱは、ここから困難な山越えをして秋田の平地に出るが、そこでこしらえている杉材に薄く漆を塗ってこしらえた楕円形の器だった。タケキヨは慈澄の見つめるのもかまわず、なりふりかまわず角箸で美味この上もない夕餉をつまんだ。これは、何、こちらは何というふうにつぶやき確認しているようだった。実際、大きめのまげわっぱには、五穀米のまわりに、ゴボウの煮物、シソと梅漬け、衣川でとれる小魚のハヤの日干し、それからクルミの味噌あえがよせてあった。五穀米とは豪勢だった。米もほどほどにまぜてあるのだ。黒豆の割れたのがいくつも五穀米を赤飯のように着色していたのだった。麦粥に梅干しの一つでもあれば申し分ないのに、これはたいへんなごちそうだったのだ。ううう、と言いながらタケキヨはしっかりと咀嚼した。なんということだ、それにくわえて、たっぷりとお茶の大きな器がそえられていた。貴重な葛《くず》茶で、ここいらではとても一般には手に入らない美味だった。慈澄はどうしたわけかめったに使わないここいらのことばで、ふふふ、美味《うめ》がしがな、どんだ？　と言ったので、タケキヨが、うめがんす、なんぼうめがんす、と答えたそのひげ面は、まるで少年のようだったので、慈澄はまた、よろすい、よろすい、と言った。

慈澄だって、同じ思いを幾度してきたことだったか。千日にわたる御嶽跋渉《みたけばっしょう》の修行もさることながら、断食修行のおりには、次第に意識が遠のき、頭だけが肉体を離れて考えるものだから、幻想が雲のように湧き上がり、その一時の晴れ間にみえるような日輪に、大日如来の大いなる慈悲を覚えたものであったが、果たしてそれでほんとうのことだったのかどうか。それらの果てに、薄粥のとろりとした液体の恍惚は忘れたことはない。タケキヨ、そこの、ほれほれ、端っこに赤黒い身があろうが。はい、このマキリみたいな身ですか。そうだよ、それは、トバじゃ。ほれ、衣川にのぼってくる鮭の身を削って乾燥させたもんじゃ。おお、知らんであったべしの、あなたは二十年もここにいて、トバの美味も知らんじゃったがんすか、いや驚いたもんだ。タケキヨはすべて咀嚼し終えてのち、分厚い素焼きの器で、茶を啜った。

さて、と慈澄が言った。慈澄の法名が、比叡山の祖の、最澄にあやかってのことだとはタケキヨも知っていた。それかあらぬか、慈澄は、よく、北に澄む、などと揮毫していたものだった。この北のもっと奥山には、沙流賀石川《さるがいし》という神妙な谷合いがあって、そこには奈良朝の初め頃に建立された毘沙門天の巨像があるのでがんす、言うまでもなく、北の異族に立ちはだかる守護神ということだろうが、どうして北がそんなに不吉なものであることだろう。わたしはこの北でこそ魂が澄むように思うのだ。さあ、話したいことは山のようにある。何から始めたものか。もちろん、あなたが奥地で見てきたものすべてをわたしは心底知りたい。わたしのような身分になれば、何事も好きなように、僻目《ひがめ》ではない目でみることができない。かならず、政事、つまり権力抗争の枠組みとか軛《くびき》とかが自由気ままにさせてはくれないのだ。

夕餉がすむと、夜は早かった。まるで百年とでもいうように、脂燭は燃え、くすぶりだし、草庵にひかえている若い僧が飛ぶようにすり足でやってきて、瞬く間に新しい芯に差し替えてくれるのだった。二人の人影は左に右に揺れ、時刻はその長さを知られないものにしていった。慈澄は恥ずかしそうに照れながら、タケキヨ、いま、あなたが夕餉に夢中になっている間に、わたしは歌を一首詠んでみたのだが、披露させてはくれまいか。歌ですか。おお、歌じゃ。武人だとて戦のさなかにでも詠むものじゃ。刀や甲冑はものものしい死の戦いの武具じゃが、しかし、武人とてそれだけで生きているわけではない。こころが、魂の未練というものがあるのだ。まして、わたしのようにこの伽藍本山で枢要《すうよう》な地位にある身となってみれば、ことさらに歌が恋しいものだ。現実は現実だが、しかし束の間であろうとこのいとわしい現実を超えたく思う。まさか手妻をやるわけではないが、この現実の牢固とした秩序という軛《くびき》から羽ばたきたくなる。なんと人間というのは苦しい生きものであろうか。落穂をひろうスズメたちになったほうがましだと思うこともないではない。

タケキヨは耳を傾けた。慈澄は経机から小さな料紙を手に取った。

燭台の油の芯がふっとまがった。炎がゆれた。慈澄の読経できたえられた声がよく抑えられた調べでひびいた。前書きは、奥地より生きて帰りたる若人を迎えて、とそっけなく読み、さて、歌の本体は、北に澄むいざ帰りなんみこころにこの夜の月の明らましけれ、と下の七七を二度誦してから、ふーとため気をつき、さあ、タケキヨ、きみは七七をつけてくれまいか、と言った。

タケキヨはびっくりした。歌のことなど一度として思ったことがなかったのだ。しかし老師のいまの気持ちに、どのような懊悩が秘められているのか見当もつかないまでも、ふっと思いつき、ここの庵の小道にあふれるようにこぼれている草深い萩に裾をふれたことを思い出し、とっさのことで、萩の花にも月光のゆめ、とつけたのだった。すると、慈澄が、おう、おう、萩に月だったか。そうだった、毛越《もうつ》寺《じ》の門前のあの萩の花、あの牛車の列、あの華やかさ、しかし、本来の萩の花とは慈悲の花なれば、もっとひそやかであった、タケキヨ、あなたの旋頭歌《せどうか》の詠みぶりは実に質素だ、素朴をきわめている、心に曇りがない。老師は自分の料紙の歌のわきに、萩の花にも月光のゆめ、と一筆で書き込んだ。

# 6　わが友センダン

ほんとうに初めて歌というものに出会ったのだ、タケキヨは我ながら不思議な気分になった。慈澄師が若い僧を呼んで、もう一杯たっぷりとお茶をいれて運んでくるように言いつけるが、そのとき満月のような顔をにっこりとさせている心静かな彼の名をセンダンと呼ぶのだった。タケキヨは意味を分かりかねたがそのままにした。で、センダン、いまはこのように都《みやこ》びとの用いる薄手の器だけれども、ここはひとつ、みちのくの涯《はて》しから無事に帰還できた若き友タケキヨのために例のあの器にたっぷりと淹れてきてくれまいかな。わたしのも同様だ。なんとしてもあれは父祖伝来の土器《かわらけ》だからな。するとセンダンはさも可笑《おか》しいとでもいうように、唇の端っこをつりあげるようにした。なんでも事柄に可笑しみをおぼえて承知したがる性質のようだった。なあに、祝いのしるしにと思ってな、というのもあなたのことだから、外の浜でだけで満足して足止めしていたとは思われない。もっと海からさらに奥深くまで足を運んだに違いない。ええ、おっしゃる通りでした。おお、見たか？　すべてを見たか？　ええ、おっしゃる通りです。この目ですべてを見て記憶してまいりました。ふむ、その結論はいかがなものじゃ。そうですね、結論というには早すぎますが、あと数百年は分かりません。ほほう、せっかちのタケキヨにしては、悠長じゃないかな。いいかね、歴史というものをわたしどもはそれなりに学問で学んできて、わきまえているわけだが、そうだね、われわれは誰一人として自分の生きているこの、今の時代、時間の枠組みから飛び出すわけにはいかない。数百年先のことなど、気が遠くなろうというものだよ。想像することはそれなりにできるとしても、さっぱり像が浮かばないことだ。

するとタケキヨは思いがけず大きな笑みを浮かべた。あなたほどの方が、そんな気弱では困りましょう。これほどの台密の教学を修められて、そうですね、未来永劫の輪廻する宇宙世界の時間について知悉しているはずではありませんか。ひきかえ自分はまったく単純です。いまこのように二度とない貴重な時間を、まさに上弦の月がこの仏教王国の金色をさらに神々しく照らし出しているときに、あなたと一緒にお茶をいただけることの栄誉の時間というのは、一瞬一瞬たちまちに過ぎ去るかに思われ、時間は刻々と失われて先へ先へと進むかにおぼえますが、ほんとうにそうでしょうか。そうだ、わたしの結論はとおっしゃいましたね、そうです、時間は存在しないのです。いや、百年などすぐそばにあるのです。かりにそのように便利に考えているだけの話なんです。千年先だって、それはまさにいまここに、このかたわらにあるというべきですね。なおまたいままでのところ、あまねく、死ねば極楽とか地獄にいくとか脅《おど》かされていますが、それは執拗に繰り返し繰り返し、そのように子供のころから絵草紙のようにして教え込まれた結果にすぎません。そうではありませんか、父の無残なる首級が木杭に刺され晒された現実を悪夢のように記憶している者にとっては、わたしタケキヨにとっては、いや、わたしはもはやあの時のタケキヨではないのですが、しかしまさに死はモノとしてあり、また阿鼻叫喚の地獄も、あるいはまた天女が舞う天上極楽のあるということも、みな衆生の救いのためにあみだされた方便にすぎますまい。それはわたしだって、生い立ちから言って、衆生をだれもみな救いたいです。いや、しかし断じて、死はないのです！　生があるのみです！　同じように時間はないのです。

そうです、いま、この庵の杉木立の上空に月が、ちょうど今夜は上弦の半月が美しくかかっている時刻ですが、いまわたしたちがこのように語らっている数刻のうちには、もうすでに皓々たる満月に一変しているのです。これは時間が刻々と動き進み、したがって時間が存在するという風に考えるのですが、わたしにとっては、一瞬にして半月が満月に変わってなんの不思議もないことなのです。時間は外部にあるのではないのです。わたしたちのそれぞれの内がわにあってこそ、いかようにも各人によって自由自在に生きられているのです。そう考えないとつじつまの合わないことだらけです。いまわたしはあなたに再会して、忝《かたじけな》いもてなしを受け、嬉々として生きていますが、同時に一瞬にしてわたしは死者をも生きているように思うのです。なぜなら、それらの死者はすべてわたしの外にあった人々ですが、しかしわたしの思念において、わたしが息をする限り、生きているのです。時間とは、思い出の別名にすぎないのです。

　歴史もまた然りです。これまでわたしがこのみちのくの故郷に生きてきて、都やら西国やら、王朝権力抗争の華麗なる物語を夢物語のように知らされてきたわけですが、その隆盛と滅びの姿は、ただただ人間の欲望の展開にすぎないことも自明のこととなったのです。それらもまたすべて数十年そこそこの思い出にすぎません。そして、そこまでもこれからも厖大な死が土民であれ異族であれ、富貴であれ、えんえんと打ち続くのですが、いったいそれがなんだというのでしょうか。時間もなく、時もなく、死もなく、生の幻想があるばかりなのです。ああ、それにしても、あなたたちのおっしゃる衆生、生きとし生きるすべてのもの、ということばの美しさから、しかしながらわたしは逃れられないでいるのです。ただ坐しているわけにはいかないと思うのです。しかしながら、その衆生とはまことに美しいものであるのでしょうか。そうです、結論をと言われれば、わたしがつぶさに見てきたすべてに照らして、にもかかわらず美しい、と言わなければならないというように、心が命じるのです。いや、これはわたしの選択《えらび》です。

タケキヨが熱を上げて急に語りだしたつじつまの合わない論理に、慈澄は澄んだ瞳と耳で、ふむふむと聞いていたが、このように雄弁で我を忘れたタケキヨをこれまで見たことがなかったように思い出した。これはてっきり、どれほどのものを見てきたことだろうかと思い、僧衣の上から膝をしきりにこすっていた。一息いれたところに折よく、若々しいセンダンが赤黒い素焼きの茶器を木の盆にのせて運んできた。さあ、センダン、願ってもない座であるから、きみもご相伴したらよかろう。われわれは茶を喫するが、若いきみにも何か言いたいことがあったら遠慮なく言いなさい。さあ、タケキヨ、この焼き締めの器はいかに？　たっぷりとぬるめの葛茶が入っていた。おお、なんぼうまいがんすか、とタケキヨは両掌で分厚くて赤茶け、ぶつぶつと縄目文様が刻まれた器を、なにか生きた土の大きな思い出を手にしたとでもいうように掌で抱えるようにして、拝むような手つきでお茶を啜った。どうかねこの茶器《うつわ》は？　見事です。実にいわく言い難い感触がある。しかも口につけたときの感触は、いったいこれはなんでしょうか。

慈澄師は、笑いを満面に浮かべて、そこだよ、そこなんだ、焼かれたこの土だ、この世の土の力だ。わたしの父祖は、もちろん武人として、それもおそろしく野蛮な武人として、かつて幾度となくみちのくの北の奥地まで遠征して、ただ一つ得てきて残ったものと言えば、なんのことはない、武人の権力でもなく所領の拡大でもなく、このような分厚い土の欠片《かけら》みたいなかわらけであった。これを父祖たちは自分らの所業の形見としたのだ。それがわたしに残された。こんなもの、都や舶来産の器にくらべたら、まったくでくの坊といってもいい代物であろうな、ゲテモノもいいところだが、ほら、どうかな、ここに、なんの気まぐれか、この口元に、涙の一滴のように突起がついているではないか。いったいこれは何だね？　わたしは思った。飲むときに舌で触ってみてわかったのだよ。タケキヨ、あなたはどう思うかね？　いや、賢いセンダン、きみの意見はどうかな？　タケキヨはもういちどお茶を啜るときに、舌先でその同じ涙の一滴のような突起に触れた。そうだった、思いあたることだ、外ヶ浜から案内されて、大きな果てしない半島部へと進んでいった際に、海の激しい風をさえぎるような荒れ土の砂丘のふもとで、このようなかわらけに出会った。土民のあばら小屋の庭にいくらでもころがっていた。

火炎のような装飾を満載した大きな器もそこの集落で見たし、実際に大勢の男たちが砂と粘土の獣のような登り窯をつくって焼いていたではないか。ええ、わかりました。これは、おそらく、あの装飾土器集団の作でしょう。まちがいありません。ということは、あなたの父祖はずいぶん早くに、あの半島の先端まで兵を進めていたということでしょう。なるほど。そういうと、まるで阿鼻叫喚《あびきょうかん》が聞こえるようにも思われますね。われらの父祖のなしたる罪業はみな同じでしょう。潮騒と無辜《むこ》の女たちの絶叫。

きみはそこまで言うのかというように慈澄師はため息をついた。わたしは父祖の罪過を背負っているのだとでもいうように、目をあげた。そこへ、センダンが、わたしはこう思います。いいでしょうか。おう、言いなさい。センダンは言った。ふつうこんな縁にわざとのように突起があるのはいかにも変です。これはきっと何かのしるしです。そうです、ここが飲み口だと知らせるような突起です。もちろん、器ですから、どこから飲んだってかまわないですが、どちらが器の正面か知らせるしるしではありませんか。ほほほ、では、どういうことかね。たとえば盲目の人が飲むときの舌しるしでしょう！　慈澄は大きな声で笑った。

なるほど、そうであったか。ということは、で、何を意味するのかね？　いや、わたしにもよくわかりませんが、目の見えない人たちにとってはとてもやさしい心遣いかと思われます。タケキヨも笑みを浮かべ、言われるとおりに目をつぶって器に唇を触れた。どちらが器の正面かさっぱりわからない。舌か指でそっと触ってみてわかるのだった。これは聡明な人物だとタケキヨの心が開いた。師の慈澄はなおのこと嬉しそうだった。すると、ところで、とセンダンがまんまるい満月のような顔をひげもじゃのタケキヨに向けて、実はわたしはあなたをずっと知っていました、ようやくこのように親しくお声に接することができました、と言い出した。おやおや、と慈澄がひきとった。

秋の夜は更けていった。どこもみな寝静まるかして、月明かりだけが人も馬も家も寺院もすべてを照らし出してかなりの速さで動いていく音が静寂《しじま》のなかに聞こえ、すだくコオロギの声が庵の縁の下からここを先途と一斉に聞こえだした。まるで小さな小さな落ち葉の舟をみんなで漕いでいるようなにぎやかな声だった。

## 7　僥倖

信仰と宗教についての懐疑《うたがい》の宴のようであったはずだが、タケキヨの発言の多くを慈澄師は澄んだ気持ちで寛大に受け入れてくれているのが、タケキヨには嬉しかった。自分は直情的だと思いながら、長旅の後なので、老師にだけは言っていいように信じていたのだった。夜も更けたので、月の光がいつのまにか照らし出していた。

　庵の戸口に立って辞するとき、慈澄師がタケキヨと並んでたたずみ、ふっと月を見上げた。おやおや。いったいこれはどういうことだろう？　おお、満月ではありませんか！　いや、そんなはずはなかろう。われわれが話し合っているうちに、半月から満月になるだなんて、この数刻のうちに七日が過ぎたというのか！　ばかな。タケキヨも見上げて、驚いた。そんなはずはないではないか。すると木戸脇の萩の花むれに寄り添ったセンダンが言った。いいえ、満月ではありません。きちんとした、くっきりとした上弦の半月です。お酒もいただかぬのに、お二方はどうなさったのですか、と可笑しがった。

　なるほど、もういちど二人で頭を巡らして見上げると、皓々とした月のもう半分に光の環がうっすらと想像できたからだった。三人は、声をあげて笑った。大人になってもかくのごとしだ、しかし、もう七夜が過ぎ去ったのだと思ってもおかしくない実りある語らいだった。そうして、慈澄師はタケキヨに言った。いいかね、タケキヨ、明日になるか、あるいは明後日になるかは定かでないが、あなたは宗務院の歴歴をまえにして、みちのくの奥地の報告をしなければならないだろう。見てきたこと、思ったことを、包み隠さずに話して構わない。忖度などもってのほかだよ。というのも、今だから言うが、いいかい、今回とくべつにあなたを派遣したについては、その判断は、秀衡様からの指名だったのだ。もっとも、進言したのはわたしだがね。あはは。したがって、秀衡様が臨席することもあるやもしれないから、心にとどめよ。

　タケキヨは戦慄が走ったのを一瞬感じた。うむ、場所は、お館になるかもわからない。お、それにもっと大事なことを言い忘れていた。あなたが留守にしているうちに、知っておるだろうか、ほら、円位上人、要するに歌人の西行様が、驚くでないよ、なんという運命だろうか、西行殿が、よりによって、奈良の大仏修復のための滅金勧進のために、秀衡様を頼って長旅をなさってこられた。わたしは肝をつぶす思いだった。おお、あの西行殿だ。久しくも、わたしが比叡山で修行していた折には、西行殿の歌に触れて、修行どころか、歌詠みに強くあこがれて、あの方が庵をかまえておられるという高野山にも通ったものだった。そのあこがれのお方が、なんと、もう齢六十九にしてただ一人この平泉まで踏破してこられた！　なんという健脚であろうか。いいかい、距離にしたら、伊勢の二見浦《ふたみのうら》から鎌倉まで、そしてさらに白河の関を越えればみちのくであるが、平泉まで、二倍の距離、白河から平泉、平泉からあなたの調査した外ヶ浜までは同じ距離だとして、驚くなかれ、西行殿は、少なくとも三倍以上の距離を歩き続けてやって来られたのだ。しかも同行の一人も伴わずにだ。昔、ひとかどの武人とは言え、齢六十九歳ですぞ、なんという剛勇だろう、いや、使命感だろう！　わたしには分かるのだ。分かるのだ。その理由が、その動機とこころざしが。

タケキヨは声も出なかった。月明かりの半月が満ちて満月に見えるようだった。西行という名を、それとなく知らぬではなかったものの、この現代《いま》の世に、いかにも不可思議な運命を選んだ詩人がいるということについては畏敬の念を抱いて久しかった。タケキヨは慈澄に向かって合掌するしぐさをした。ほら、あれはやはり上弦の月じゃあありませんか、とセンダンが言った。雲が満月を半分に見せたのでもなく、満月の円光を残したまま、月は半月だったということです。しかしこの時、慈澄の思い出の中では、十九歳から四年間の延暦寺修行の追憶がよみがえっていたのだった。もっとも純粋な歳月とは魂の歳月だった。では、わたしたちもお会いできるのですか、タケキヨは言った。もちろん、そういうことはあり得る。秀衡様の貴賓であるから、十分にありうる。タケキヨは声が出なかった。分かりました。分かりました。それにしてもなんという僥倖だろう！　一生を棒に振っても構わないほどの僥倖だ！

別れしな、センダンが灯心のちろちろと燃える手燭を渡してくれた。タケキヨは心がいっぱいになりながら、おお、西行、おお、西行、懐かしき歌人の誉れ、おお、おお、と声に出しながら、蓮谷房のある谷底への道を下った。道端には蓮の苗《なえ》を育てている細長い菜園が月に照らされていた。さあ、明日は早起きしてすべてに備えよう。僧房の寝板にたどり着くや、もう夜寒の用心にと衾《ふすま》のかけものを上にかけ、着の身着のままで眠りに落ちてしまった。他の労務僧たちもみな寝静まっていた。谷間にも月明かりが差し込み、タケキヨの寝板の木枠の小窓のすきまからまるで彼の寝言を盗み聞きしているようだった。

………、そしてタケキヨは夢の中で生きていた。その夢の中で生きながら、タケキヨらしい分身が明瞭なことばで言っていたのだった。いいかい、われわれの時代は、人は半身は夢の中で生き、その夢もまたもう一つの紛れもない現実だという信念をいだいているのだ、だからこそ生きられるのだ、魑魅魍魎の跋扈《ばっこ》するこの世を映してくださるからだ。だからこそ信仰への思いも深くなるのだ。それが慈悲だと分身が言った瞬間に、タケキヨは、後ろに残してきた旅先のすべてが絵のようにくりひろげられているのを見ていた。慈しむということばは、そうとも、人の穢《けが》れにふれさせないようにと大切に見守り育てることなのだ、そして、悲しみというのは、堪えかねることなのだ、われわれの現世の悲惨も穢れも、それに触れずに人は生きられないとしても、できることなら、清らかに育ててあげることでなければならないのだ。タケキヨは帰国したにかかわらず、まだまだ心の深層では、このみちのくの更なる奥地の悲しみの中を歩いていた。夢の中でタケキヨは泣いていた。すすり泣きながら誰に聞かせるでもないうわごとをはっきりとわかることばで声にだしていたのだった。

平泉からさらに北域の糠部、ヌカノブの地は未曽有の半島である宇曾利の山まで一続きであった。行くにつれて、一から始まって九まで、戸《へ》と名づけられた馬産地の村々があった。沿岸地方から難民がおしよせていた。馬たちは神々しいくらいに走り回っていた。タケキヨはウソリの奥地まで長い旅をしていた。ウソリのみずうみはこの世の浄土のように青く鏡のようにしずもっていた。人々は谷を越え山を越え、ここに風葬とでもいうように藁蓆《わらむしろ》にくるんだ死者たちを運んできていた。ぽっかりとそこだけ開けたみずうみの硫黄《いおう》の煙がふきだす岩場に死者たちを残してまた山をおりていくのだった。人々はみな白装束だった。やがて空にむらがっていた鴉の群れが鳴きさけびながら、最初は砂浜に、真っ白な砂浜から飛び歩きしながら、硫黄の岩場ににじり進むのだった。みずうみのほとりのガレ場の丘にむらがる傀儡《くぐつ》のようなカシワの枝々もまた遺棄された死者たちを待つ鴉の群れでざわめいていた。タケキヨはただ一人のこの時節の旅人として、野帖をひらきながらもしるすべきことばがなかった。日が暮れぬうちに海村まで下山すべきだった。そのときだった。タケキヨはそのみずうみのほとりでしゃがみこんで石を積んでいる人の姿を夢のように見た。あまりの美しさに声もでなかった。タケキヨはもっとよく見ようとして硫黄の岩場からみずうみの白砂へと急いだ。そしてみずうみのほとりの白砂に出たときは、もう人影はどこにもなかった。小石がつまれ、そこにしゃがんだとおぼしき片膝のあとが砂に残ってくぼんでいた。タケキヨはいぶかしく思わなかった。意識のどこか一瞬の隙間に、その人影がすべりこんだのにちがいなかった。それは、タケキヨには﨟《ろう》たけたる女人だったのだろう。タケキヨはうずくまりみずうみのさざなみをながめた。風がわたっていき、ウソリの山がただ湖面に映っているだけだったのだ。それから遠く海鳴りのように波が半島を飲み込もうとする叫びが聞こえただけだった。ここにこそ密教の土地があるのだろうとタケキヨは思った。ここを支配しているのは山霊ではなかった。むしろ流離魂の幻影であったのだ。薦包《こもづつ》みにされて遺棄された死者たちは鴉たちに食いちぎられ、ただ残るのは白骨だけなのだが、それらの魂はこのみずうみにいつでも帰ってくるにちがいなかった。魔の山ではなく、死の山だったが、はじめての旅でタケキヨはこのような光景をそのまま受け入れた。その結果、海村にむかって下山するにつれてタケキヨの中で変化が起こったのだった。人はこのように残酷であるが、それにはそれなりの理由があってのことだ。そして心のために信仰がうまれるだろう。それは臈たけた姿からさまざまに変貌するだろう。下山の途中で、うるさいくらいに、また同時に恐ろしいくらいに猿のむれが跋扈《ばっこ》して、タケキヨの歩行を妨げた。そしてタケキヨの眼には、その猿たちの顔もまた、懐かしい人々の顔に見えてきた。おお、あなたたちはここでこのように生き延びておられたのか、というようにタケキヨは口に出して言いもし、それなりにそらんじて久しい経文をとなえもしたのだった。

いま、タケキヨはこのような夢の中で、明瞭に、生者として生きていながら、猿も、屍肉を喰らう鴉も、幻のような女人像も、すべてが過ぎ行き、このみずうみの砂の一粒になるのだろうと思っていた。それからまた、夢のつづきで、タケキヨは北奥の郡のうち、ツカルとよびならわされている郡へと長い旅をつづけていた。もう悲惨な光景は見るな。タケキヨはただその悲惨な光景の中で、ただ一つでも多く美しいものを見つけようと心を切り替えた。切り替えたとたんに、世界はちがった姿を見せたのだった。美しい思想も、ことばも、いつも現実の重力に落下していくだろう。しかし、その燃え尽きる直前の輝きに、現れ見えるものが真《まこと》に違いない。そうタケキヨは思った。そうしてタケキヨは、ウソリから海伝いに、アウンモシリの小さな賑わいの海村の湊にでて、それからさらに北へと進んだ。これは大きな半島に違いなかった。タケキヨはこの半島を内浦にそって北上し、さらに往路は荒海のある西海岸にぬけた。その豊かな砂丘の河口に至り、黄金の夕日を眺めた。すぐ傍らの岩で、人々がゴメと呼んでいる屈強なカモメが小粒の蜆貝《しじみかい》を押さえて、いまにも飲み込むつもりが、蜆貝の小さな叫びに耳を澄まして、その声が終わるのを待っていたのだった。蜆貝のその声が、タケキヨには聞こえた。自分ヲ生ンデクレタ母ニ会イタイ、というように唱えていたのだった。タケキヨはこの弱肉強食も、美しい、斎《とき》のようにさえ思ったのだった。

夢の中でセンダンが現れて、タケキヨに言った。それからはどうしたのか。それからは、南の奥地にまで足を延ばしたのだよ。で、何があったのか。いや、どこでも人が生きる限り違いはない。もちろん、ツカルの平野部もまた干ばつの飢饉でうちのめされていた。わたしはその亡者たちの中をさらに奥地に向かった。

ようやくアソシという土地について、眼を疑ったのだ。稲田はみごとなばかりに実りをむかえていた。アソシという川からの灌漑用水が水路によって行き渡っていた。その川の左岸の平野部には大きなアイノのコタンがあった。そしてここまで流刑された人々の子孫やら、雑民たちが、右岸にまた集落をなしていて、賑わいを見せていた。わたしはその母川と呼ばれているアソシの左岸の大きな、そうだね、殷賑を極めるといっては大げさではあるが、そこに惹かれるように入り込んだ。そしてわたしはアイノのエカシの大きなチセに長いこと宿りを得た。センダンよ、わたしはそこで学びを得たのだよ。まったくわれわれとは異なると言ってよい、生きることについての思想だった。センダンが言った。なるほど、あなたはそれを西行殿にでも言いたいのかい？　いや、そんなことではない。都の西行殿に分かるわけがあるまい。それはそれでいい。そうではなく、いいかい、とタケキヨは大きな声で、それが自分でも聞こえるよう、それがわれわれのことだ、いいかい、わたしはこのアソシから事を起こすべきではないだろうか。もちろん、神仏もけっこうだが、それだけでは足りないのだ、さあ、センダン、将来、わたしはあなたとともに、あの奥地をもっと豊穣の地に作りかえることができるように思うのだ。生きていくことの懐かしさと悲しみをもっと耕そうではないか、そうはっきりと声に出して言い、タケキヨは目覚めた。

## 8　夢半身

歳月が飛ぶように過ぎて行くのは、そして同時に同じような速さで帰って行くのは、すべてが夢の中であった。これをわたしの前の父祖たちはみな別の名で呼んで生きて死んだが、それがどう名付けられようとも、たとえば天変地異の末法の世であろうと、すでに芽生えだした空想世界の浄土教義の救いの世界であろうと、それもまたただ夢物語りの根も葉もない、まことしやかな絵巻にすぎなかったのだった。そしていつも夢は雲のように雲雀《ひばり》のように飛び、錐もみして姿を消し、ふたたび現実の大地の荒れ土に墜落して、小さな骸《むくろ》を草のなかに晒した。それにもかかわらず、衆生は一刻一刻を惜しみ、あるいは惜しむことさえ忘れ果てて生きて死んで、また生まれてか、あるいは誕生が連続することもなく、自分一個だけで終えられるのだったが、それでも夢が帰って行くところはあったのだ。

汗臭くもまた懐かしい自らの腋臭《わきが》の臭う体臭の身を、乾燥して杵《きね》うちしてもまれた藁しべの寝具のなかに埋め、タケキヨは終わりのない夢の意識世界を終わりもなく経巡《へめぐ》っていた。そこにはすべてがあったので、眠りの覚醒した意識の岸辺で、夢うつつの半覚醒の状態で、すべてを現実以上にまざまざと見ながら、それはまるで水中で裸眼が魚眼になったかのように透明ですべてが水のように、流れて展開していた。

水流に小さな波紋をもたらすなにか一つの枯葉でも蛾でも、水面に落ちたとたんに魚眼にとってはすべての形の始まりに過ぎなかった。それはまた水面にぽとりと落ちた一滴の雨滴にも似ていて静かな波紋は等間隔で美しい円を、その漣《さざなみ》をひろげて消えて行くのではなく、まるでそれがひとつのことばから多くの見知らないことばが生まれて行くとでもいうように思いがけない変貌と結合をなしとげて、現実に在ったことも無かったことも、またこの先に予言のように的中することもまた、ごっちゃになって、それがあたかも原色がまざりあいとけあってただ一つの新しい色になるのと似ていたのだった。

寝入ったが、しかし十分に意識が冴えているタケキヨはいまも終わりのない夢の野を駆け巡っていたのだった。

わたしはあなたに会ったことがありますと言ったセンダンのことばが、タケキヨの中でひびいていた。

いったいどこでだったのか聞きそびれたが、たしかに会ったことがあるはずだった。タケキヨには数年間、宗務院の管轄の灌漑水利部の技師となって労働にあけくれた歳月が刻まれていた。来る日も来る日も、修行僧のつとめとしてこの労務にすべてを消耗させていたが、ここには現実の結実があった。蛇行部をまっすぐに瀬替えするような無謀な仕事ではなかった。蛇行部の強化の蛇篭《じゃかご》積みの重労働だったが、その効果は計り知れなかった。蛇行部に至って、特に流れが短いままに戻り川になる場所は決してまっすぐにしてはならない急所だった。蛇行部の内と外側は度重なる洪水によって荒らされるが、そのおかげで、周囲の低地は洪水からまぬがれた。

タケキヨたちは平泉の武人の残党たちに率いられてこの低地を干拓し、土替えを行い、蛇行部の急所から堰の水路を引き、乾いた荒蕪地を緑に変え、そのへりには広大なため池を用意した。それらの労働のさなかに、タケキヨはセンダンに会っていたのに違いなかった。センダンが、わたしの父が、と言ったのが、夢の意識の中で思い出されたからだった。堰の工事の指揮をとっていた人のことをタケキヨは忘れていなかった。はるか南の国からここの北へと招聘されたというような人物だったと覚えている。その人物が夢の中で現れた瞬間に、タケキヨの夢は水面下に沈み、そこで水に映った鏡像のように、ゆらゆらと水面が揺れたかと思うと、西行に出会っていたのだった。

わたしは夢であらかじめ西行に出会ったのだというひらめきが走った。月は動き、月は満月から刻々と半月、白い鎌のような新月に変貌し、山の端につきささる。西行はどこかの険しい峠に杖をひきながらのぼりつめる。峠で来た道を振り返る。青い山並みは幾重にも霧に包まれている。そのとき同時にタケキヨは、束稲山《たわしねやま》の山桜のなかをかき分けてある一本の山桜を求めてさらに這い上ろうとしていたのだ。

外ヶ浜に発つ前日のことだった。そのときすたすたと山桜の枝を翳《かざ》しながら下りてきた若々しい人に出会ったが、よくみるとその人が西行だったのだ。わたしはまだまだ西行ではないよ、まだわたしの半身はノリキヨだ、と彼が言って、タケキヨの脇を通り過ぎた。歌いながらわたしは、生きることにまだまだ迷いが残っているが、わたしは都に渦巻く権力闘争のすべての裏表を見た、見たからとてどうということはないけれども、わたしはもう選ぶべき時なのだ。そう言いながら、タケキヨの傍らを僧衣の袖がそっとふれるように通りすぎる。どうみてもタケキヨとさして違わない若い年齢だった。

それから夢は途絶え、タケキヨはうなされるように声をだしながら、外ヶ浜の火炎土器を焼く、人の死体の山を焼く荼毘の炎につつまれて、夢から覚めた。夜明けになっていた。もう一番鶏も甲高い声をあげてあたりを切り裂いていたし、僧房の他の僧たちは起きだしていた。

## 9　講堂へ

夜明けの鐘の音が谷底にまで、いつものように滝の落ちるしぶきの余韻のようにおりてきて、広がり、また谷間の灌木の茂みに這い上って行った。この蓮谷房ははたしてこの中尊寺域内の多くの僧房と同様に僧房と言える代物であっただろうか。ここにいる十九名の屈強な僧たちは、実は、半僧半俗とでもいうべきか、過去を消したに違いない、それなりに年配の流れ野僧もまざっていて、みなそれなりに寡黙で礼儀をわきまえ、重労働にも不平一つ言うでもなくこなしていた。中でいちばん若いのはタケキヨだった。他はそれなりに頭を剃ってはいるが、同時に顔はおおむねひげもじゃで、どこの僧かもわからないような面構えだった。なかにはみちのくのことばの抑揚とは違い、どう聞いても聞きにくいなよなよした甘たるい発音を少しも矯正できずにいる者たちもいたが、ここでは各人がそれなりに長けている専門領域があった。水利に妙に詳しいもの、鉄の器具について工作力のあるもの、植物、雑穀や稲、土壌にとくに詳しいもの、運搬について詳しいものなどなど入り混じって、新田の拡大には大きな功績を果たしてきたが、しかし、ここは台密の宗都であるゆえ、そのような経済的側面の功績については表向きの表彰も褒美もなかった。言ってみれば、縁の下の力持ちのような一群であって、なお彼らは特別に宗教的に浄土を欣求《ごんぐ》するとかそのような信仰心が深いとは言われなかった。にもかかわらず、心には言い知れない悲哀を秘めているのがそれとなく分かった。激しい労働こそが彼らの慰めであるようなそぶりさえあった。

　タケキヨはここでは一番若くて二十代の終わり近くだったので、彼らの悲哀については不思議な感じをおぼえていた。数十年の違いで、世に対する考えがずいぶんと違うのだった。諸行無常であることについても、その無常についても、タケキヨのそれとはずいぶん異なっていたのだった。タケキヨはまことに素朴に、この世に、常なるものなど一つとして存在しないこと、すべては常に動いて変転していくというふうに、無についての考えは、きわめて活性的で積極的な認識だったが、他方、多くの彼らは、その過去の経験によってか、この無常というタケキヨにとっては美しい概念が、なんだか気が滅入るような、滅亡の夢のようにさえ感じられるのだった。かといって、年配の彼らは陰々滅滅たる人々ではなく、タケキヨには見知らない世界をしっかりと見据えて生き延びているように思われた。

夜明けの鐘が鳴って、みなは仕度した。タケキヨもやや官能的な山桜のなかの夢を揺曳させたまま飛び起きた。今日は全山の僧侶があつまって死者鎮魂の読経三昧の一番勤行の日にあたっていたのだった。もとよりこの中尊寺の伽藍というのは、これまでの久しく幾十年にわたる、都の朝廷支配の派遣軍と、ここみちのくの土着の人々と、そこには王朝派遣軍から枝分かれ独立してみちのくの土着民を統一することになった豪族の一群もいたが、ついには平泉の藤原一党が変転きわまりない内輪もめを制して、ここにその記念碑として、厖大な死者鎮魂の宗都を建設するに至ったのだった。その合戦の血みどろの戦いの死者が敵味方をふくめてだが、この中尊寺伽藍において鎮魂され、ここに平和の仏土を象徴するものとなしたのだ。ここにはもちろん、西国で敗れた者たち、関東で敗れた者たち、流れ者僧も、武人を捨てた氏素性の確かな者たちもまた、いわば余生の二度目の浄土を求めて北へ北へと進み、平泉の仏土にたどり着いた。

十九名は一人もかけることなく、秋草に露がしたたる底冷えのする谷間を上って大講堂へと急いだ。タケキヨは一番しんがりで、齢何十になるということではいちばん年かさの僧哲斎が上るのを助けた。エイフウ、エイフウ、と僧哲斎は荒い息を吐きながらタケキヨに言った。のう、このような頽齢《たいれい》にいたりても、いのち乞食とでもいうべきかのう、まだ生き延びて、このようなみちのくにて谷間の朝露に脛《すね》を濡らしていることよ、おお、懐かしきかな、この無常こそ楽しけれじゃのう、エイフウ、エイフウ。タケキヨは哲斎のがっしりした腰を押しながら、あなたがおられてこそ水利灌漑の事業が成就するのですから、頽齢などとおっしゃられては困ります。わたしなどはまだ赤子同然ですから、さしずめ幼齢とでも言うべきでしょう。フウ、フウ、谷間の蓮の花は美しいのう、それだけでも生きてきた甲斐があると言いたいものじゃが、おお、懐かしいのう。何がさほどに懐かしいのですか。何がと明瞭ではないが、とにかくそういうことじゃ。悟りに近くあるということであろうか。おお、もっとここは強く押してくれい。こんな役立たずの岩がでしゃばっておるから苦労する。さあ、そこの羊歯《しだ》にむんずとつかまってもう一息です、そうタケキヨは言った。堂々たる体躯で、実に重い、岩よりも重いような気がする。あなたと同じ年ごろには、わたしは……、ふむ、わたしは、華やかなる夢があった、フウ、フウ、おお、上り切ったようだな。さあ、急ごう。

タケキヨがいた水利部の面々が大講堂に着いた時は、もうすでに中尊寺に散開する全僧房から上級、中級、下級というふうに、僧たちが集まっていて、大講堂はもう満杯になっていた。大講堂は開け放たれていたので、中に密集する僧たちの頭だけがずらりとならび、いままさに護摩《ごま》が焚かれ、炎がめらめらとまっすぐに上らんとするところだった。読経が一斉に始まった。タケキヨたちは下僧組だったので、大講堂の板の間には上がらず、講堂のきざはしの脇の冷たい土にならんで坐ったのだった。豪壮な講堂の床下を拝するというような位置だったが、読経の声は音曲のように波打ちながら、床下に流れてきた。そして幾すじもの曙光の束が、衣川の東の蛇行部をまわりこみ、杉の木立を漉《こ》してとどいてきた。タケキヨは数珠を忘れてきていたが、見ると水利部のみなもほとんど同様だった。なあに、数珠は心の中にある、それでよい、と哲斎がつぶやいた。ひさびさに懐かしく思い出されることであるよ、とも彼はタケキヨに言った。……、ふむ、院にお仕えしておったときも、あの寒い雪の夜も……、このように床下にかしこまって一晩をあかしたことではないか、……、それにしても少しも寒くはなかった、時折、女官だちの艶なる忍び笑いも耳に届いてきて、この世のこととは思われなんだじゃのう、……、……、タケキヨは隣の哲斎が坐ったまま居眠りをしているのに気付いた。イン、とは一体何のことをつぶやいているのだろう。夢をみているのだな、とタケキヨは思った。

## 10　西行の声

えんえんとうねるように長い読経が歌のように終わるや、栴檀《せんだん》と沈香《じんこう》の濃密な抹香《まっこう》の匂いと朝霧にも似た煙が、大講堂の甍越《いらか》しにとでもいうように、薫《くゆ》るけぶりをまるで低い雲井となしてタケキヨたちがかしこまって坐しているところまで流れてきて、早朝の朝冷えに吸われるように消えた。

そしていきなり、耳をつんざく鐃《にょう》はちの打音がなみいる僧たちの頭上に走った。哲斎はびっくりしたように目を覚ました。おお、おお。この日の鎮魂大読経の儀式をつかさどっていたのは言うまでもなく大僧正の慈澄老師なのは当然のことだったが、つかの間の数拍の間をおいて、透き通るように澄んだ声が発せられ、それはすぐにタケキヨには慈澄その人の声であることが分かった。秋の収穫もつつがなく終わり、平泉のみちのくは平安を保ちつつ、いよいよ深い雪の季節を迎えるにいたり、兵馬の充実もさることながら、もっぱら小さきも老いも若きも、女も男も等しく平等なる衆生として、安寧なる暮らしをわれわれは願うものである、よき民ありよき導き手ありてこそ黄金のみちのく平泉は大日如来のご加護を得るものであり、われらみな大日如来のあらわれの一人一人である、云々と朗々たるいぶし銀のような声が聞こえたのだった。

ほう、ほう、と老哲斎がため息をついた。そうとも、ここのところ、まさに平安安寧がつつがなく続いておるのはかたじけない道理ではあるな……、しかし、勘繰るに、この先はいかがな成り行きになろうか、何しろ、平氏滅亡の後のことじゃて、鎌倉二品殿の野望がいかがな展開をみせようぞ、そここそが気がかりじゃ。その繰り言のすぐあとに、またしんとした静寂の一拍があって、思わず背伸びして堂内が見たくなったが、それはかなわず、坐したままで、ただ声のみ、ことばのみをタケキヨたちは聞いた。おお、秀衡様のお声じゃ。うむ、なんとおしゃっておられるのかのう、どうもわしの左耳はさっぱり音が入らんようになってしもうた。この眇眼《すがめ》とてむだにつぶれているわけではない。片目、片耳だけで生きてきた余生ということだ。ふむ、そうか、秀衡様の要旨はいかがじゃ。

タケキヨは耳を澄ませて一言も聞き逃さないようにした。決して凛凛としたお声ではないが、それなりに奥ゆかしい響きのある声だった。そのことばぶりは、このようにタケキヨの耳に染み入ったのだが、すぐに逐語で哲斎の右耳にいれるゆとりはなかった。何と？ と哲斎はせかせたし、せがむが、タケキヨは少しそれを制した。秀衡様の要旨はべつに際立ったものではなく月並みなことばでしかなかったが、みちのくのなまりがタケキヨには真心がこもっていると確認出来た。本来は、この場に平泉の民草の一人一人にも参集してもらうのが筋ではあるが、このたびはわれら平泉、この世の浄土を少しでも広げんとする仏弟子のみなみなに集まってもろうた。この地はようやくにして動乱の末にこそ、強き武人の厖大な死を犠牲にして、僥倖によって、阿弥陀仏のご加護によってこそ、このわたし秀衡が艱難辛苦の父祖の跡目を継ぎ、今般に至ったものである。まずもって、稲穂もみなつつがなく、民もみなつつがなきこの秋麗の日に、兵農分離の平和なるまほろばの、いま一歩の前進のために、過ぎし死者の霊に祈りをささげるものである。そこまで語りながら、秀衡のことばには、みちのくの訛りよろしいことばが随所にちりばめられていたのだった。それはタケキヨと同じだった。

たとえば、わたしと言いながら、ひびきは、明瞭に、ワダスというように語末に力点がかかってひき伸ばされるので、知らない者が聞いたなら、和田氏とでも聞き間違われてふしぎはなかった。あるいは、死という大事なことばの母音が、シではなくスとかスィとかいうふうに強く発音されるので、一瞬聞き耳をたてることになる。その訛音が秀衡様のことばに人柄の色彩を与えているようにも感じられた。そこまでゆっくりと途切れがちに話したそのあとのことだった。

ところでじゃ、みなさん、この麗しき日の朝まだき読経追善供養の、この奇しき折に、不肖ワダシ秀衡はこれにまさる喜ばしき思いなきをもって、ここに、京よりの長途の旅を果たしてワダシを頼りに過ぐる吉日に館を訪ねてくだされた、世に並ぶ歌詠みのなき西行、円位法師をみなみなにご紹介するの栄誉をおぼえるものでがんす。歌人西行を知らぬなどとはこの平泉にあっては許されない不名誉であろうぞ。さあ、西行殿、こちらへ、どうぞ、どうぞ、願わくは、ひとことふたことであれ、われらが中尊寺の御仏の理念と衆生救抜のためにも、おことばを頂きたいのでがんす。

この秀衡発言にタケキヨは耳を疑った。思わず膝立ちしたものの、堂内は居並ぶ黒染めの僧の密集によって何もわからない。タケキヨは驚きのあまり、隣の哲斎の右耳に、いまここに西行法師が来ておられて、秀衡様がご紹介をなさったのです！　と吹き込んだ。哲斎は最初、何かを聞き間違えたと思ったらしい。なんの、サイギョウとは何のことぞ？　歌人西行様ですよ。なんと、サイギョウ法師かえ？もちろんです。おお、なんでまたこのみちのくの平泉までじゃ？　ええ、それは分かりません。タケキヨは昨夜の慈澄師との語らいでも、このことは一言も漏らされてはいなかった、これには何かの訳があるのかもしれないと、今にして思い出した。

一瞬静寂が張った感があった。みなの僧衣の袖から肩からざわめきの波がひいていくような静かさだった。隣で瞑目している哲斎の目がしらから大粒の涙がとめどなく流れていて、それを拭ぐおうともしなかった。

タケキヨは今か今かと、生身の西行の声、ことばを、まるで光のように待っていた。まさに正夢とはこのことであろうかとタケキヨは突然夜明けの夢の引き際を思い出した、あの、山桜だった、束稲の山であった、外ヶ浜に旅立つその日だったではないか。

しばらく間が置かれた。不自然な間ではなく、おそらくは西行が祭壇の前に進み出るまでの歩みの間であったろう。そして、一瞬、錚々たる天台密教の専門家僧侶たちの静けさが限界に達したようだった。と、そこへ、西行の肉声が、途切れがちに、はたと、水が湧き出したとでもいように、ひとこと、ふたこと、ことばが、歌のことばのように声になったのだった。わたしは西行です、とも言わなかったし、いきなりひとことふたことが、すこしもぶしつけでも衒《てら》いでもなく、まさにいまそのように思っているつぶやきとでもいうように、漏れた。そう、口から洩れたのだった。

一生幾ばくならず、来世近きにあり。と、そこのことばは、もういちど、よく聞こえない人々のためにというように、力がこもった声で繰り返され、そして、すぐに、一生幾ばくならず、と自分のすべてを確かめるように声が消えて行ったのだった。西行のつぶやきは、総勢数百人は集まった人いきれの中に、ほとんど何の強烈な印象ももたらさずに、しみ込んでいったようだった。その一瞬の間に、それは、各人の心の奥の蔵に滑り込んだのだった。それから合掌したのに違いなかった。みながざわめきつつ袖の上がる音が漣《さざなみ》になって起こったからだった。タケキヨの傍らでは老哲斎が嗚咽《おえつ》し、むせび泣いている。男泣きというより、武人の泣き方だった。ああ、ああ、うううというふうに歯を食いしばっても声が漏れ、その声は悲しいというのではなく、むしろ喜びの嗚咽だったようにタケキヨは思った。なんという幸運だ！　そう哲斎はこぶしをにぎって膝を叩いていた。

それからにぎやかな動きが、いつものようにせわしなく生き生きとはじまった。この世の動きが始まったとでもいうようだったし、事実そうだった。朝餉が抜きでは仕事にならないのだ。タケキヨたちの水利部集団は日々力仕事だった。今日の段取りは、第二蛇行部の蛇篭が弱いのでごろた石をつめこんだ藁編あみかますで補修することだった。春の雪解け水の氾濫を分散させるために、雪の来ないこの渇水期のうちに、分水口をととのえ、低地に広大な遊水池を整備することだった。十九名のうち五名が賄所の軒下に駆けつけ、列をなして並び、木桶に入れた朝餉の粥《かゆ》と惣菜の小桶をもらい、谷間までそれを運んで行った。タケキヨは哲斎と一緒に油断しないようにして急な谷間の底へのぬらつく粘土道を下った。

となりで羊歯の茎や灌木の細枝につかまりながら、哲斎は、おお、北面の武士、ノリキヨよ、ああ、まさに一生幾ばくならず、生きていてくれたか、いや、わたしもまたこのように生きてきてしまったではないか、しかし、来世は常にそばにあり、何ら恐れるものではない……、ノリキヨ殿、あなたがいなくなったあと数年わたしは、北面の武士で勤め上げたものの、度重なる権力の奪い合いやら寝返りやら、合戦に貧しい一族郎党の二十名を糾合して加わったが、みな戦死し、われだけが死にきれずに逃亡し、ついにはこのみちのくまで僧姿になってたどりついた。ここが死に場所であった、おお、まるで三年前のことであるように思うがどうか……。北面の朋輩でもうだれも生きながらえているものはいまいなあ。おお、西行よ、西行法師よ、われら滅び去ったものたちのよろこびだ、ああ、会えたか、若き日のあなたの華麗なる姿を知っておるものはもうどこにもいまい、そうとも、ここに、この中尊寺域内の谷底にこうして、修行僧になって労働に明け暮れて生きていましたぞ……、……、哲斎の言葉はもうしどろもどろで発音も定かではなく、しかも京の訛りがいっこうに失われていないので、タケキヨには女々しいくだを巻いているように思われた、現場ではこんな哲斎ではまったくなかった。

# 二章

## 11　大祭

その日は水利部の面々は忘れていたが気が付くと毛越寺大祭の当日にあたっていたのだ。そういえばそうであったかと分かったのは宗務院の使いがやがてやってきて、谷間の底まで、酒の小桶二個と肴の大ざるをかついできてくれたからだった。大ざるには、衣川の川魚をこんがりと焼いたもの、黍団子の粟餅、そしてほんのわずかであったが赤飯という珍しい珍味まであったし、野の物は色とりどり、漬物はたっぷりとまげわっぱに盛られていた。昼過ぎには毛越寺の萩の花まつりが人々にも公開されるのだというし、もうすでに、都から招聘されて枢要な仕事を仕切っている公家《くげ》すじの人々が豪奢な牛車《ぎっしゃ》を十台は用意して、集まるというのだった。

よくもまあ、あんなゆっくり歩く牛の車などにうっとりと乗っておられるものだ、気持ちが知れないというのが、ここ谷間の労務僧たちの意見であった。公家衆のお姫様とかそれはそれは美しいものだというが、彼らには関心がなかった。気が遠くなるようないい匂いがするとか、まとっている衣装がそれはもう目にも綾なる色であるとか、扇で顔を隠しているのがなんとも艶なるものじゃとか、話題が出るが、こちらはそれよりも実質の方がはるかに魅力的だったのだ。平泉やその在郷からあつまってくる在地の娘や女衆のほうに大きな関心があったものの、一応僧の身分ではそれは気持ちの中での夢物語といってよかった。それでも気持ちは浮き浮きする。自分らは灌漑と水利の仕事で、近在の集落やその一帯の豪家にあげさせてもらうことがしばしばあったから、そのような豪家の婦女子の力強い素朴さにほれぼれと見とれることが多かった。別に卑しむべき野心があるわけではなかった。そのことばの訛りもまたことのほか心深く、優しく思われるのだった。山橡でこしらえた橡《とち》だんごを木皿にのせて、さあ、お寺さんだつもおあがりになってがんせ、うめでがんすよ、などといわれると、その手指はがっしりとしてなおふっくらと肉付きがよく、全体の腰回りが大きくてふくよかであった。恥ずかしがるではなくまるで男子と対等のように目をまっすぐに見つめる。その目がとても澄んで黒いのだ。ときにはもっと奥の水源地の集落に行くと、そこのおなご衆はいずれも目がうっすらと青い。これはいかにも不思議であったが、いや、黒いのも、茶色いのも、青いのも、べつに不思議には思われなかった。ただ美しと見とれるだけのことだった。少しことば尻に、跳ね上がるような抑揚があるだけだった。タケキヨたちの集団は、みな過去の出自については言い明かすことはほとんどなかったものの、その半数はなんらかの理由でここ平泉まで流れてきた人々で、その過去に何が眠っているのかは、だれもが語ることも聞くこともなかった。

いまさら過去の半身をことあげしたところでなんになろうか。何が変わろうか。あと十年そこいら、いや運あれば二十年そこいらを生き延びて、この世の無常を見ておきたいくらいの気持ちだったのだ。それが普段の語らいによく表れていた。そう思うと、今朝の大講堂での出来事は思いがけないきっかけだった。哲斎老はタケキヨの傍らで涙をぼろぼろ流しながら、鼻水を啜《すす》り、おもわず自らの遠い失われたはずの半身を、まるで他界身とでもいうように想起し、慕い、追憶し、愛でるように思い起こし、五十年も昔の自分を夢うつつに見ていたにちがいなかった。西行法師、西行、おお、あの、佐藤義清《のりきよ》殿よ、と一人の老いた平泉の下級僧がうれし泣きにくれていたのだった。

一日が大祭の休息日だったということで、さっそく、谷底の蓮谷房では、ゆっくりとした時間が流れた。谷底からみる秋の晴れ渡った空には風がわたっていくのが、まだ散っていない紅葉黄葉の木々のざわめきで分かった。かまどに火がくべられ、小桶で届けられた濁り酒は、大きな盃に小分けされ、ぬくめられた。ほんとうは冷で飲むのがいちばんであるけれど、少しでも酔いたいので、ちびちびとなめるのだ。なめながら飲むと酔いがゆっくりと熟成されてくる。タケキヨもまた一座に加わったものの、哲斎は奥の端に一人離れて思いにふけっているのが分かった。他の者たちはにぎにぎしく話に打ち興じていた。その会話の中で、西行法師の話題がふっとあがった。なんともさっぱり聞こえぬであったれど、妙なお声ではあったのう。おお、あの何とか言うたことばだが、なにやら竹笛のように聞こえ申した。ひょうと矢でも射ったとでもいうようであったべしのう。一瞬で終わりであった。いったい何が言いたかったのであろうか。ひきかえ、さすがに秀衡公はみごとな、がんすことばでぬくもりがひとしおであった。ま、ゆくゆくは、天下支配を狙っている鎌倉殿との大きな舞台があろうことと存ずるが、そこへ、あれは驚いたことだった。あの西行法師とは、鎌倉殿、もしくは京の公家衆とはどのような関係にあるのだろうのう。なにゆえ突然このようなみちのくの奥地まで来るものであろうか。よほどのことがあったのにちがいないではあるまいか。いやいや、さすがに都中に知られた歌人の第一人者だもんだ。言うことがふるっておったではないか。ふむ、われわれはきざはしの下で土下座であったから、明瞭に聞こえんかった……、いや、イッショオとかいうのは鋭く聞こえたし、ライセもようく聞こえたが、意味が分からん。

なに、天下一の歌人とまではいくまいぞ。というのも貴族の歌人筋では藤原俊成《しゅんぜい》殿とかご子息のまだ若い定家《ていか》殿とかおられると聞くがな。そうだしな。歌というのは貴族の詠むべきものじゃ。何不自由なく暮らしておって、花鳥風月を歎ずるのだよ。あはは、まさかのう、われらの粟や稗飯を歌うわけにはいくまいぞ。いいや、西行法師というは、若かりし日、それはそれは華やかなる武人であったかと聞いているが、武人が歌詠みとはこれいかに。なにをいうのだね、武人だって歌はいくらでもたしなみとして詠む。いいかね、血なまぐさい修羅を生きるからこそ歌の一つでも詠まぬでは浄土行きもならんでしょう。

質素ながらにぎやかな宴が僧房の飯台を取り囲んで始まっていた。だれもこれしきの酒を舐めながら酔うわけにはいかないが、話ではいくらでも自由に酔いが回るのだ。タケキヨも耳を傾けていたが、立ち上がって哲斎のそばにぐい呑みに分けた酒をもっていった。哲斎は憂いにみちたひげづらに笑みを浮かべた。ぐい呑みをすっと飲み干すと言った。眼がきらきらと輝いていた。おう、タケキヨ、忘れてったよ。あの第二蛇篭の取水口のことだが、気がかり故、いまのうちに見ておこうと思う。どうかな、わたしと一緒に行ってもらえまいか。はい、そうですね。ここのところ、どうも天候の変転がおかしいように思っています。たしかに平泉までの南部は豊作に恵まれたものの、わたしが見てきた外ヶ浜までの北域は、それはもう無残なものでした。数年に一度の大干ばつでした。ふむ。よし、それでは行くことにしよう。なあに、近在から鹿踊《ししおど》りの連中がきらびやかに練り歩いてくるまでには、帰ってこられよう。わたしとてもこの機会に、鹿踊りはこの世の見納めに見ておきたい。はい、わたしも、春の鹿踊りは見られませんでした。惜しいことをしました。

## 12　鹿踊りの始まり

谷底の僧房から秋晴れの空のもとに出て、中尊寺からの近道を通って衣川の段丘に立った。丘山というのは改めてこうしてたたずんでみると、不思議なほど高さがあり、稲田の下界が遠くまで平地つづきであるように思われた。二人は、蛇行部へ行くためにただ一つの橋梁を渡った。渡ってからさらに近道を行くために、川沿いの土手道を歩いた。秋草が茂り、もう黄金のすすきの穂波が銀色に変わって光と風にゆれていた。土手下のあぜ道と稲の刈り跡は水たまりがあちこちに残りぬかるんでいたが、そこも日にぬくめられて光っていたし、青空の一部さえ映っていた。奥に進むにつれて、小田《おだ》の稲架《はさ》は姿を消した。丘陵にそった衣川右岸には杉木立が幾重にも重なり、濃い緑から暗緑色の茶色に変わり、それが互い違いに重なって、どこまでも深い山越えがあるのが分かる。激しい戦いに敗れた武人たちが幾度となくこの山越えをして生き死にを分けたに違いなかったが、タケキヨにはそれらがさほど遠くない歳月であろうはずなのに、夜のおとぎ話のように思われた。むなしかった合戦に違いなかった。しかし寸土であっても一つまた一つと郷を、田畑の平地をわがものとしてこそ生き残れる。山一つ所領にくわえることだけでも一生がかかることもあったはずだった。

秋のこの深い静かな山田の大地《つち》を歩いていると、父祖たちの行ってきた所業になんの意味があろうかという懐疑が深まる。少し腰を落として重いがっしりした体重をやや蟹股でささえながら歩く哲斎にうしろから問いかけた。武家は、武人とか武者とかいうが、むなしい所業でしょうね。そうではありませんか、聞いたところでは、自分の所領を守る方便とは言いながら、一族が血を流して獲得し切り開き経営に励んできた土地を、無事に生き残るために、貴族の荘園に寄進するというやり方ですね、貴族はそれだけで利ザヤを稼ぎますね、そして地方の豪族は生き残る。どこにでも国司が任命されているので、その収奪をまぬがれるにはもってこいの方便でしょう。哲斎は足をとめて振り返った。手にした鉄製のながえは、蛇篭の調整をするにかかせない棒だった。タケキヨは背中に藁の叺《かます》と縄束を背負っていた。けっこうな重量だったのでもうすっかり汗ばんでいた。額の汗をぬぐうと、哲斎が言った。

やれやれ、いいかねえ、武者ともなれば、鎧かぶとに太刀とか弓とか、それに騎馬ともなればじゃ、そんな縄だ藁だでこしらえた叺《かます》の重さなど、重さのうちに入らん。あんたはなかなかの骨格をしとるが、武者にはむいておらん。戦とは重力の激突で勝負がつく。それだけのものじゃ。面白おかしくもないもんだ。うむ、その寄進のことだが、あんたの推察は正しい。貴族は手をぬらさずにじっさいにかかわりのない土地を集めて、現物で税を集める。うまくできておるのだよ。濡れ手で粟とはこのことをいうのだよ。武家はかわいそうなものよ。いかな豪族にのしあがったところで、いうなれば貴族の飼い犬程度でしかない。もちろんつるエサは、朝廷が発する位階だがね。まあ、これがまた地方に戻ればおおいに役に立つ。わしが言うのだから間違いはない。さて、そんなことはもうどうでもいい、この世はそのように出来上がり、これが壊れるまでは千年余もかかることだろうさ。そんなからくりに振り回されている暇はない。まさに、おお、わが若き日の朋友《とも》よ、佐藤義清よ、わたしもあのとき、同じように北面の武士を打ち捨てるべきだったが、まったく勇気も覚悟もなかった。わたしの実家の荘園の行くえも気がかりだった。わたしが北面を去れば、実家の荘園も鵜の目鷹の目の連中に攻め込まれる。一夜のうちにやられてしまうのだ。うむ、まあ、いまさら五十年もの昔話をしている場合ではない。まずは、水だ。ここのところ、秋の終わりにかけて、大雨の到来が激しい。それも一日二日ではない。どっしりとかまえて降る。何かの祟《たた》りが、天変地異があるとでもいうようにだ。油断はできない。一寸の穴から大河は決壊する。あんたも知っておるだろう、あの数年前の北上の氾濫のさまを。

タケキヨは、はい、そうですね、と何度もうなずいて答えた。この老哲斎殿が、西行法師と北面の武士として同僚だったのだ、おお、なんということだ。タケキヨは草の禾《のぎ》をひきちぎって口に噛んだ。川伝いに第二蛇行部までまだだった。そのときタケキヨは数頭の鹿が向こう岸の灌木のなかから静かにこちらを眺めているのに気付いた。越冬のためにすこしでも多くを食べておこうというので里にまで下りてきたらしい。哲斎もすぐに気づいた。気づいてすぐに哲斎は鹿の声をまねて鳴いて見せた。鹿たちが動いた。鹿の顔がまた上品で、どこからどこまでも美しい。すると哲斎が、わざとのように訛りをまぜて、いんだども、あれでながながのものだえぞ、罪のねえようだ面っこに騙《だま》せれねでがんせ、と言って笑った。鹿が出て来おったか。よえ具合じゃ。それから鹿たちが見えかくれしながら、向こう岸を、二人をうかがうようにしてゆっくりと進み、ふとした瞬間にもう姿が見えなくなっていた。

二人はようやく第二蛇行部に着き、土手から山田のあぜ道に滑り降りた。案の定、取水口がゆるんでいて、蛇篭の補修が必要だった。上の一枚の田に水がたまりこんでいた。タケキヨは哲斎の命ずるがままに、作業にかかった。叺《かます》のなかに田の土を入れ、水漏れの補修をていねいにした。さらに崩れがないように、田のなかに残されている垂木を集め、杭にして打ち込んだ。哲斎は鉄の棒で、杭をがんがん打ち込んだ。もう日が高かった。この労務が片付くと、気が晴れたように哲斎は明朗な人になった。おう、おう、これでケリはついた、ところで、ここの集落の長《おさ》の家に立ち寄って、麦茶の一杯でもごちそうになろうではないか。

哲斎の提案で二人はあぜ道を選び、薄煙があがっている大きな家に向かって歩き出した。特に秋の煙はいいわく言い難い喜ばしさだ、と哲斎がつぶやく。タケキヨにしてもそうだった。家の匂いというのに違いない。人の家族の匂いとでもいうべきだろうか。ぬくい匂いだな、哲斎がまたつぶやいた。ところで、タケキヨ、あんたは父母とか兄弟とかは？　おお、これはすまなかった、聞くべきことではないな。

いいえ、いいです。ゆえあって、父も母もまずは来世におります。兄が一人いたのですが、これもまたゆえあって、はるかな国に流されたと聞きます。というと、そなたは、武人の出自かな？　まあ、そのようですが、もうわたしには用のないことです。ええ、個で、一個で、一艘の舟で、川を下るというようなことでしょう。あはははとタケキヨは初めて作り笑いをした。うーむ。そうだの、そうだの、と哲斎は言い、前庭の広大な屋敷に入り、大きな声で人を呼んだ。すると中から子供らが叫びながら飛び出してきた、その後ろから、鹿装束をまとった八人が太鼓を打ち鳴らしながら、どんどん、どんど、どんど、どんこ、ドドド、という音でゆっくり現れた。そして二人を発見すると、総勢八人が顔にかぶった鹿装束のかぶりものを脱いで、礼儀正しく挨拶をした。屋敷の長五という戸主が盛装して現れた。

　おお、そういうことだったか、と哲斎が叫んだ。そうでがんすてバ、哲斎様、第二蛇行部のことではずんぶにお世話になってがんすが、ありがたいことでがんす、なにせ、今日は、毛越寺《もうつじ》で、恒例の鹿踊りのご奉納でがんすじゃ。村の豪家から、一組ずつ、縁者でも構わぬから出せとのことで、わが家からもこのように一組をこしらえたんでがんす。なにせ激しい踊りだもんで、小《ち》さこべには無理でがんすが、なんとも小鹿の役回りのあるもんだで、ほれ、この子には、おなごではあれどもシ、なに、区別もつくまいとて、子役でがんす。さあ、ふさ、鹿のめんこを脱いで、お坊様だちに挨拶をなされい、と父親が言った。小鹿役の子が、ふさふさした髪毛の房をたらした面を脱ぐと、びっくりするほどきれいな女の子であった。わだすの宝物でがんすよと父親は相好を崩して言った。七人はみな男衆だった。雌鹿の役回りも、面を脱いでお辞儀した。兄ではなく従兄だというのだった。哲斎はうれしい声をあげてはしゃいだ。おう、それではわれわれも間に合うように、毛越寺にはせ参じましょうぞ。近在の村々の組がなんぼ集まるにしろ、これほど豪勢な見ものはありませんな。豪家の長五おさが、せっかくのことだから、この前庭で、中尊寺のお坊様だちに、ここでひと踊り披露しなされ、と命じたのだ。すると屋敷の中からも、納屋から厩からも、使用人たちがばらばらと飛び出してきた。

そして鹿踊りが始まった。おがが様と呼ばれたおさの女房がふたりに急いで麦茶を淹れてもってきた。ふたりはのどを潤した。鹿踊りの始まりは静かだった。家の周りにはすすきの穂も銀色にゆれているし、垣根のそばの真っ黒な木には、豆粒のような渋柿がかぞえきれんくらい実っていた。前庭には秋の日差しが柔らかだった。

雄鹿が腰に下げている太鼓が、重く、強く、次第に激しい速度で、ダン、ダン、ダダダ、ドンド、ドドン、ドド、ドンドンと打ち鳴らされて、残りの鹿装束が一列並んだあと急に輪踊りへと旋回した。タケキヨは激しい赤や黒、黄色、紺色のあしらわれた装束に見入った。雌の小鹿役の女の子はとても女の子とは思われない機敏な動きをして回った。そして彼女だけが手に真っ白い布を、まるで天女の羽衣とでもいうように舞わせていた。

ふむふむ、みごとじゃ、と哲斎が称讃した。なんにしろ、鹿とくれば、ここみちのくでは、とくに貴重な獣だが、ただ獣にとどまらないのは、美しいからであろうのう。森に入って人は生きるために鹿をいくらでも仕留めて殺し、そのししを食らう、そして生き延びる。捨てるところなど何もない。皮は皮で冬をしのぐ皮衣にも、沓《くつ》にも、武具にも、腰帯にもなる。どれだけ殺してきたことかのう。人間も同じだが、さてさんざんに殺しておいてから、罪深さを覚えて、鎮魂するではないか。鹿にたいしてもおなじことであろうかのう。いいかね、タケキヨ、鹿だとて、十、二十と殺すようになれば、山びととて、人間じゃから、頭がおかしくなろうというものじゃ、殺しには、人であれ獣であれ、限度がある。それを知っているので、このようにも、鹿の身になって、激しくも美しい踊りを代わりに踊ってみたくなるんじゃ。この踊りが、鹿のほんとうの気持ちというものだろう。タケキヨにとっては、踊りが激しい分だけ悲しく思われ、それが鹿の精霊だというようなことよりも、それが人間のことだというように思われたのだった。鹿の激しさ、本能の激しさ、それは人間とさほど違わない同じ起源であるように思われたのだ。喜びの踊りであるのに、ふっと、死の踊りのように感じられた瞬間、前振りの踊りは終わった。八人はそれぞれ仮面装束を上げて、みなに一礼した。雌鹿の子役が装束から顔を出して、タケキヨのほうをじっと目をそらすことなく見つめたので、タケキヨは目をしばたかせて笑みを返した。激しい踊りなのに、とても優雅であったよ、とでもタケキヨの笑みは告げていたのかも知れなかった。そのあとこのひと組は、一列になってあぜ道へ出、そのあとから、家の者たちも続いた。ちょうどいい時間だったのだろう、遠くのあぜ道にも、鹿装束がひと組、ふた組と、現れて、太鼓の音が、風に運ばれてきた。

タケキヨは見送りながら、西行法師も毛越寺で、今日の鹿踊りを見られるのでしょうか、と哲斎に訊くともなく言った。

## 13　にぎわいの市

まことに良き日じゃ、このような日は一生に一度あるかなきかのめでたい日じゃ、ゆっくりと、のんびり、閑雅《のどか》にもながれてけでがんせのう、というふうに哲斎老は鉄棒をひきずりがちに野道を歩きながら言い続ける。おお、ゆくりなく、ということばがあるが、まことにそうであった。顔は見えなんであれども、お声はたしかに縦笛の音のようにわたしには聞けておったんじゃが、まあ、ことばの意味の方はさっぱりであったものの、タケキヨ殿、聡明なあんたのおかげでな、よくよく相分かったものだ。ふむ、いいものだ、長生きするのもまんざらではない。わが最良の栄光と没落の運命のはじめをこそ思い出させ、久しく涙知らずにきたこの老哲斎を喜びの涙でぐしょぐしょにしてくださったわのう……。野道は少しずつ広くなり、北上川の流れがきらきらうねっているのさえ見える高さになった。田んぼのあぜ道のあちらこちらから近道するのであろうか、近在の集落の鹿踊りの組が、にぎやかに、予行演習とでもいうように太鼓をたたき、手を振り踊り、跳人《はねと》になったりしながら、広い野道へと合流してくるのだった。タケキヨたちなど邪魔だとでもいうように、脇をすりぬけて行く。哲斎は、ふっと思い出したように言った。のう、タケキヨ、あの長五おさの末むすめかな、あの子のきれいなことといったら天女の子のようであったな。思い出してしもうたじゃ。何をですか?

ふむ、わたしにだって、あのような孫むすめがおってもおかしくはないのじゃ……。はあ、とタケキヨは口を噤んだ。どこに運命があるかわからんものよ。はい、とだけタケキヨは応じた。ほら、もうずっと先へと行ってしまいました。われわれも毛越寺に立ち寄りますね。もっともなことだ。いうなれば、神事であるこの地の鹿踊りを見ぬでは、運命を逸すに等しいぞ。鹿の装束の下に、誰が、何が、かくれているか分からんぞ。哲斎様、こわいことをおっしゃらないでがんせ。なに、冗談じゃがな、まあ、思うても見よ、それは鹿とは、ここの民草、杣《そま》びと、あるいは山者の殺す獣ではあるが、鹿装束の中に入って踊り狂う者にとってみればじゃ、ひょっとしたらここら衣川での無数の武者たちの、いんにゃ、立派な武具に身を固めた武者ではなくて、そこここからはせ参じた土民、農民たちもだが、それらの死者の怨霊ということもあろうがな。踊るというはそこまでも含む。鹿装束にはもちろんめん玉があいておるがども、いったん装束に身を包まれて踊りだそうものなら、憑かれるのだ。物の怪に憑かれるのだ。いいかね、その物の怪というは、どこか別の世界におるのではないのだ。まさにここ、この世においてしかおらんのだ。となれば、この現世の人間においてほかならないというすじになろう。厖大な武者はそれはたしかに死に切ったものの、しかし、その事実がある以上、まだまだ死に切れておらんでがんせ。なあに、獣の鹿の衣装に化けて、生きておる。鹿踊りの勇壮な激しい踊りはただごとじゃあるまい。

哲斎の話は説教ではなく、つぶやきのようだった。タケキヨは縄束の重い残りを片方の肩にかけながら、ゆっくりと歩いた。自分もひとつ鹿になって踊ったらどういうことになるだろうか。何と？　いいかね、雌鹿を襲わんとしてたけり狂う雄鹿のことを思ってみなされ。これはまことに恐ろしいことでがんせ。雌鹿は子を連れとるんじゃ。雌鹿はこの雄鹿を受け入れることなしには生き延びられんじゃろう。むごいもんじゃが、そういうことだ。これは鹿という獣だけのことではござらん。人間界の事実というもんじゃ。そこでじゃ、ここは知恵者がおってな、樵とか、山者が、割って入る、あのような屈強な角をそびえさせて突っ込む雄鹿を、矢で射ち殺してめでたしめでたしじゃ。そのようなつぶやきを風の話のように耳に聞き流しながらも、それにしても鹿踊りの装束が、素朴なものから豪華なものまで、それぞれの集落で競い合っているみたいにタケキヨは観察した。

やがて毛越寺への道が見えだしたとき、タケキヨは言った。哲斎殿、西行法師はどうなさるのでしょうか。毛越寺の門前で、村々の鹿踊りなどご覧になられるのでしょうか。ふむ、止むにやまれぬ何ぞ重要な任務などでござらっしゃるとでもあれば、それはいかがなものかな。それに平泉とて近年は、平穏に見えても、油断は禁物というべきじゃ。ほおれ、もうあそこあたりから、まるごと市のように人々が集まって、なにやらかにやら商いを始めておろう。何があるか分からん。みな近在の庶民なら別にどうということはないが、いろいろ諸国からとて人々が入り込んでいる道理だからな。夜ならば悪霊はそのままで自在に跋扈《ばっこ》するが、彼らは寝ていない。白昼は人間の面をかぶって跋扈する。で、いいかね、その悪霊とは、ふむ、悪霊それ自身がこの世に事実としてあるということではないのだよ。悪霊はおらんがだよ。しかし人間の思念の中におる。それがあらわになる。思念が生み出すんじゃ、そして現存して跋扈する。武者、武人、権力者というは、みなこの内なる悪霊の巣なのだ。殺した数だけの悪霊が生き延びて、一生苦しめる。タケキヨは哲斎の重いつぶやきがとつぜんどこから湧きだしたのかいぶかしく思った。ゆるされよ、つい話題が重たくなってしもうたじゃが、気にしない、気にしない。タケキヨは哲斎の心配事が分かるように思った。油断ですね。そうじゃ、そうじゃ、そこじゃ。己の善なる思念があればみなそのようにというわけにはいかないが、理想《おもい》が高いとついつい、人間のうちに跋扈する悪霊のことを忘れるものじゃ。おう、見なさい、もうにぎやかな市ができておるではないか。タケキヨも驚いた。ふだんは、ただの広い野道にすぎなかったはずが、道に沿って、市が立ち並び、物売りの呼び声もにぎやかで、人々もまた晴れ着姿であちこちと散策し、物売りの品物の品定めをして笑い声も絶えない。

さらに驚いたことには、にわか仕立ての舞台までしつらえられて、そこの二階では、白粉《おしろい》で顔を塗りたくったような白拍子《しらびょうし》たちが、やーれ、どうなれ、どうとなれ、というような歌に合わせて舞を踊っているのであったが、それを見上げた哲斎は、なんとまあ下卑たることよ、烏帽子《えぼし》が泣くというものじゃ、まったくもって、あのようなブッとした顔も、肉付きのよすぎる腕も、どこの国の白拍子と言うんじゃ。わざとのように哲斎は目に手をあてがったが、もとより片目なのであるから、ほんとうによく見えていたのだろうか。タケキヨは踊りには関心があったので、男装の白拍子がほんのりと歌にあわせて舞うあわれのある舞いの緩慢な動きとしぐさにしばし見とれた。色っぽいかね、と哲斎が言った。いや、このような卑しいことばはわたしのことばの蔵にはないというべきだが、若いということはすべからく肉付きよければ色がついて見ゆるものだ。ふふ、それでこそ健全でがんすな。いいえ、そうでもないですよ、わたしは、白拍子と聞いただけで、かなしみが動くのです。かなしみとは、何と言ったらよいでしょうか、愛しく思われるのです。

白拍子小屋の隣では、動物使いが、猿や雉、一歳にも満たないような可愛い子熊などをつないで、小さな芸当をやらせていた。猿は立ち止まった人々に飛んで行って、ざるをさしのべるのだ。熊の子は主人の言いなりで、寝転がったり立ち上がったり、でんぐり返りまでするのだった。さすがに鹿はおらんで正しかった、とまた哲斎が言った。そうじゃな、さぞかし、樵だの、山者だの、母熊のいないのをみはからって、奪いとってきたのだろう。どんどん大きくなるぞ。手に負えなくなるぞ。となれば、奥山のアイノに頼んで、殺してもらうということじゃな。ふむ、来世に無事に送って差し上げるのじゃが、そのときはこどもまで出てきて、花矢《チロシ》というのをぽんぽんと打つ。それから大人が本物の毒矢でしとめる。哀れこの上ない。おお、それにつけても、隣にきっちりと礼儀正しく坐っておるのは、ほれぼれすくらい良い犬だ。真っ白なしっぽが、くるくる巻いておる。おお、めんこいのう、どこの犬だもんだか。

タケキヨはすぐに答えた。子供時代を一瞬のうちに思い出したからだった。動物使いが言った。いいんにゃ、これには芸をさせるわけにはいかぬでがんす。神さまのようなセタでがんす。セタとはなんじゃ。なんの、アイノことばで、犬でがんす。で、名はなんというんじゃ。アイアイ、名は、マサアアルでがんす。何と！　いいえ、お坊様、難しい字で書くなれば、真という字に、砂金の、サ、沙とか書くのだそうで、それは縁起の良い名だそうでがんす。では、ルは何とする？　おほほ、ルとは、流れるルというのだそうでがんす。タケキヨも可笑しくて笑った。で、このよき犬の出身はいずこかな？　おほほ、あの山をいくつも越えた海のある、ピナイの生まれだそうでがんす。なるほど、ザギトワの方だな。んでがんしょ。花輪のほうだな。いんでがんしょ。毛越寺への門前市は人々でどんどんにぎわいをみせていた。まるで絵巻物に描かれているのと同じだとタケキヨは思って面白くてならなかった。下級の半僧同然の身分なのだから、俗世のこのような色彩や声や人々の生き生きした顔は、この世が浄土であっていいのにという感想をもたらした。

生きている。生きている。今日一日だけでいいから、このように喜びに満ちている。もちろん足なえ病者やら乞食やらも物乞いを目当てに襤褸《ぼろ》をまとって地べたにこごまって小さな声をあげていた。売り物になるようなモノでないにかかわらず、それを手にして目をつむっている老婆たちもあふれていた。そのまえを、色あざやかな衣装をまとった官人たちの家族らしい群れが、豪壮な柳の館が建っている広場へとゆらゆらと動いていくのだった。嘆声があがり、花に飾られた牛車がのろのろと進み、御所前の広場で、ゆっくりと大回りになって回りながら車を止めると、きらびやかな男女がいでたちも美しく、下車した。嘆声とも歓声ともつかない黄色い声があがった。二人はこのような人混みをかき分けるようにして、毛越寺の前にようやく至った。

さて、どうなさいますか、とタケキヨは哲斎に声をかけた。毛越寺の前には、もう近在から来た鹿踊りの群れが、それぞれの衣装の特徴をあらわにみせながら立ち並んでいた。観客の群れに押されるように、門前の右手へと押された。萩の群れが狂おしいばかりに微塵の花をつけて、またその細身の背にたえられなくて、臈《ろう》たけたるおみなの上品なしなだれた容姿のように、そして微塵の紅色や白の花を散らすがごとくに、二人の腰のあたりに触れていた。萩の花の群れは、ここだけではなく、もっと奥まで奥ゆかしく、しかし、タケキヨが見わたすと、どこまでも続いているように見えた。そして時刻を告げる時鐘が低く重く、そして僧侶の読経の声のように、鳴り渡り、幾重にも幾重にも波紋をひろげながら静まっていった。タケキヨはあの長五の末むすめのいる鹿踊りの八人がどこにいるのかと目で探していたのだった。もう誰もが鹿の装束になっていたので見分けがつかなかった。それなのにタケキヨは、あの小さな女の子の鹿にどこかで見つめられていそうに思った。だれも手を振ったりする人はいなかったが、タケキヨは子供にかえったとでもいうように背伸びして手を振った。

で、タケキヨ、あんたも見ていくのかな、と哲斎が言った。一瞬タケキヨは迷ったが、いいえ、谷間の房に戻っていなくてはなりません。慈澄様からいつご連絡が来るかもわからないのです。おお、それも道理じゃ、外ヶ浜の長旅の報告のことであろう。土俗の鹿踊りなどに興じておられまいな。いや、わたしも別に見ようとは思わない。もう幾たびと見たが、取り立てて新しい発見はないのでな。いや、鹿踊りは、もっと一番初めの素朴に帰すのがよろしい。年ごとに華美になる。人間の思いによって、自然の本然がすなわち自然本体が別のものに化けさせられておるまいか。それはそれとしてわたしは朋輩の老僧に久々に会うてのち、帰ることにしよう。

タケキヨは萩の花群れに押されるようにして門前を抜けて、谷間への近道へと上って行った。しばらく進むともう人々の声も色も、なにもかも失われて、ただ秋だけが静かに息づいていた。

## 14 その人

初秋の寂しい山道のたたずまいほど美しい浄土はあるまいというふうに現身《うつしみ》の僧たちは行き来したが、タケキヨもまた同じような思いにおのずとこころが静もっていった。時には鹿も通れば、また荒くれてなお臆病な猪も夜更けにはけもの道として歩いたし、難病に苦しむ襤褸の山家の男女もまたとぼとぼと不運を受け入れながらこの細道をつないで毛越えの道へとまぎれていった。タケキヨはこうしたいくつにも踏みしだかれている山道に迷い込むことがしばしばだった。時として、はっとして振り返ることもあったがもうその一瞬のうちには妄念の半身のように、いや、他界身のように鹿の姿が掻き消えた。しかしこころと皮膚に、淡い鳥肌のように戦慄が残された。それらはみなこの地の死者たちの亡霊のように思われたが、あたりは人の形などあるはずもなくすべては草木、名も知らぬ多くの野花や、木々が綾なす万象の奇跡のような織物の美しさであった。死者たちはここでひっそりと草木の美しさになりかわっているのだった。タケキヨはしかし法名さえまだもたない半僧であり、労働に従事する下僧にすぎなかったから、浄土を求めてやまないような信心の熱意はなかった。
なあに、浄土は自分にとってはここのこの世であって一向にかまわないことだ、この秋の美しさが現前しているだけで十分だ、どうしてわざと無理をしてまで浄土を求める必要があろうか、まして苦しむ人々をその浄土へと導くなど自分にはとてもかなわないことだ、わたし一人でほんとうは精いっぱいのことだ、もし可能ならば、もちろんわたしはこの国土の人々のために救い出しの方図を現実的に考え成就したいものだ。運よく、哲斎僧のもとで治水灌漑部に採用されたことだけでも幸運だった。学問が深ければ、もうとっくに上級の僧侶に合格していたところだが、いや、そうでなくてよかった。というのも、ありあまる知識と観念の肥大によって、現実が薄らいでいくのではないだろうか。この世を見ないで、頭の中に生起してどんどん大きく壮麗に成長するあの世の浄土がうつつに見え出したら、これはあぶないではないか。生きた人間が、いまここにない浄土のためにこそ生きるということになろうではないか。

タケキヨは山道のくずの花の濃厚な残り香にも似たくすぼれた紫と、乱れた葉むらのからまりに足をとられ、残っている穂状花の形になぜか遠い国の俤《おもかげ》をおぼえるように、うらうらと上っていった。バサッと鳥影がよぎるが、なんの鳥ともわからない。山鳩が巣を守っていたのかもしれない。遠くで杣夫《そまふ》が木に斧を打ち込んでいるような音がかすかにわたって来た。そしてこの山道を見えない水が流れているようなせせらぎの音がしていた。風が遠慮しがちにつつましくわたっていくのだった。どれだけの人がこの山道を通っていったか、その理由は何であったろうか、その後ろ姿はどうだったろうかなどと思うと、まるで自分がすでにここを通っていったかのような奇妙な気持ちになった。耳の中の遠くの、遠くの奥底からとでもいうように、タケキヨ、タケキヨ、と呼ぶ声が聞こえて、幻聴に違いないのだ、これはまさに自分が自分を呼んでいるのだと、タケキヨはそれでも耳を澄ませた。呼吸は健やかだった。重い縄巻きの残りは水を含んでずっしりと右肩に乗っていた。

このようにひっそりと上っていくうちに、分かれ道に来たので、タケキヨは足をとめた。彼の性格の一つだろうが、妙に迷信深い性癖があった。行く道は決まっている。左の道こそが、谷底の僧房への近道だった。しかし、タケキヨは、さて、と口に出してつぶやいた。右の道をいったん下ってからでも谷底に行けぬことはない。ここは運命の分かれ道かもしれないことだ、と彼は思った。なにを大げさな演技をしているのだというふうにもう一人のタケキヨが笑った。どちらを選んでも至りつくところはすでに決定されているのだぞ。しかし、どちらがいいだろうか。そのように迷い出したなら終わりはない。理路《ことわり》の立たない迷いの理屈がつぎつぎに浮かび、思いは金縛りにあったようになる。さて、どうするのだ？　同時に現実にあって二つの道を選んで進むわけにはいかない。右か左か。足が動こうとするが動けない。動いてしまえばそれでいいが、後悔があとからくるように思う。なんという優柔不断だ、とタケキヨは声に出した。そしてその時だったが、左の歩きなれた道のまがりのあたりで、姿は見えないけれども、ひとのことばが聞こえるようにひびいてきた。タケキヨはすべてのつまらない迷いが滑稽に思われた。立ったままで耳を澄ますと、とてもいい声だった。哲斎が鹿を呼ぶときの真似声のようにさえ聞こえたが、ひとのことばだった。この山道を下ってくるのである。下りながら、なにかことばの調べを整えているというように思われた。

それはしかしいかにも不思議な抑揚だった。ここらでは聞いたこともないような調べだった。慈澄師が歌を吟ずるときの抑揚そっくりなように聞こえた。大きな声だったのが、そこここの草木や茂みにぶつかって、音量が落ちたのにちがいなかった。聞くともなく、たたずんだままで聞いていると、それは幾度も同じように、そして調べが違うようになり、また繰り返されて、少しずつ下《くだ》ってくるのが分かった。もうはっきりと聞こえた。みちのくは、旅にしあれば萩の花……というように音節化されてタケキヨにわかって、おお、あれは、歌というものだとすぐに分かった。それもまた、ことばの順序が逆になって、萩の花、旅にしあれば、みちのくは……、というようになって聞こえた。それから、ころものかわに、ころもの、かわに、とし、たけて……、というように別のことばがくりかえされ重なり合った。おお、衣川のことだ、ともちろんタケキヨは思った。音節がとても長く引きのばされるのが分かった。そのすこしあとで、左手の山萩の茂みのかげから、人影があらわれ、現れてきて、大きくなり、タケキヨが同じ道をはばんでいるように呆然として立っているのに気付いた。

ああ、とだけ最初その人は発した。タケキヨはそれなりに中尊寺域内で行きあう僧侶たちに会釈するように会釈した。タケキヨは一瞬のことだが、旅に来たどこか遠国の僧侶だと判断できた。僧衣はかなり色も落ち、いわば使いすぎた雑巾布のようにしわしわで、軽くひらめいているし、草鞋《わらじ》も脚絆《きゃはん》もかなりのものだ。暑苦しいのか笠は背に投げかけていたので、顔かたちがはっきりと分かった。まず鼻梁がとても高くてずんぐりしているし、口元もへの字にむすんでいるが、うっすらと笑みをたたえている。濃い眉はどうやらもう白眉といってよかった。眼は大きく、眼光はさしたる輝きではなく、眠たそうにしばたいていた。日差しの加減でか、あるいはその人がタケキヨの上方だったせいか、眼の色は、碧眼に見えた。いや、そんなはずはあるまいにとタケキヨは思った。ひげは剃っていないので、両頬から白まじりで渦巻くようだった、頭はすでに禿頭であって、両がわにちぢれ毛の渦ができてはねあがっているのが、タケキヨには可笑しかった。

旅の老僧はタケキヨの前に立ち止まった。タケキヨは急に胸が鳴った。

あれ、これはよいところだった、道に迷うたものかと思った矢先、あなたはけだし中尊寺の僧身分ですね、そうでしょう、口さびしくなって、この山道を下りながら歌の一つもと思って口ずさんでおったのだが、どうにも調べがよくなくて、ちょうどそこへあなたと出くわしましたな、と彼の方から話し出した、タケキヨはその軽めの話し方に最初あっけにとられる思いだった。近くに立つと、眼の色は真っ黒というより褐色に見え、眼光がおだやかだった。で、お訊ねするが、毛越寺《もうつじ》への近道はこれでよいですかな。毛越寺で今日は、鹿踊りの祭りがあるとのことで、寺坊をこっそり抜け出してきたところじゃ。タケキヨはすぐに答えた。そうでしたか、もう少しじゃな。はい、もうじき始まりましょうが近在の村々から十をくだらない組が集まってきているので、十分に間に合いましょうし、堪能いただけるでしょう。いや、ありがたいです。それと毛越寺で有名だと聞く萩の花を見ておきたいのです。ああ、それで、ここはついでながら、もしやわたしの歌の声が聞こえていたのではありませんか、そう、萩の花のこと。みちのくのこと。それにしても、衣川ですが、コロモガワとは実に優美な名ですがね、ことばの由来などが先ほど急に気がかりになって、声にしていたのでしたよ。土台、古来この方、川の名はどれもみな美しい。人もそうでありたいものだが、本来はそうなのだが、ま、それは脇に置いて、衣川は、河域が美しい衣のように広がっていたからというようなことでしょうが、いかがなものかな。あなたはここの土地のお方ならば、なにか聞いておらなんでしょうか。

タケキヨはいきなりの問いにびっくりした。そのようなことは思ったこともなかった。自分がよりによって衣川改修労務にも加わっている身だなどと、ここで言うのも不躾だろう。タケキヨははっと思い当たった。はい、正しいかどうか自分には分かりませんが、コロモ、というのは、この地の古い民であるアイノのことばではなかったでしょうか。意味は分かりませんが、コロ・モ、などという音の結びつきは、あちこちで聞きます、とタケキヨは答えながら、また思いがけず、まてよ、もしかしてこのお方は、もしやあの西行法師その人ではあるまいかというひらめきが走った。そうであれば、自分は何というへまをしでかしているのだ、と思った。するとすかさず、そのよれよれの僧衣の老僧は、満面に笑みをたたえた。なるほど、アイノでしたな、うむ、それは忘れていましたな、ここはむつのくじゃったのう、なるほど……。ありがたいおことばじゃった。おお、遅れてはなるまいぞ、わたしはな、ぜひとも、鹿踊りを拝観して、歌の一つでも詠みたいと思ったのじゃ、ふむ、それでは先を急ぎます、お若い方、また縁があればお会い出来ましょう。そう言うなり、老僧とは思われない足取りでまるで走るように山道を分け下っていった。

タケキヨはそれにも唖然とした。何という足だろう。体格は、それとなく、哲斎にも似通っていた。タケキヨはやや長身であるが、タケキヨよりは少し背が低めだった。ひょっとしたらではなく、これはまさに西行法師殿ではなかったか。たいへんなことだ。タケキヨは興奮を抑えかねながら、山道をぐいぐい上り、やがて谷底の僧房に下っていった。

## 15　青天の霹靂

どのように　毛越寺で大祭奉納の鹿踊りが終わったのだろうか、タケキヨは谷底の蓮谷房の一隅で長旅の調査記録と経費の計算をまとめながら夕べを迎えた。

春の束稲山《たわしねやま》の桜を見てから、奥地の糠部《ぬかのぶ》、宇曾利《うそり》の半島をまわり、硫黄の煙にむせながら透明このうえもない湖をへめぐり、内浦の湾にでて、海伝いに外ヶ浜まで出て、海村を辿りながら、さらに反対側の半島部へと進んだのだった。そののち、西海岸と呼ばれる海辺すじに抜けて、大河の趣のある岩木という川の河口にでて、その潟の岸辺にある古き世の城趾に足をはこび、はるかに白い波頭がひたおしに寄せ来る海原を眺望した。タケキヨがこれまで知っている北上川西部の複雑に入り組んだ入江続きの豊かな海原とは似ても似つかぬ荒涼たる光景だった。それからさらに奈良朝から新田が開発された、古田地帯にまで足を伸ばした。この間の調査記録の野帖はふところに入るくらいの料紙二つ折りの大きさで、三帖におよび、夕べになって判読するにも文字が小さく乱れに乱れて、考え込むありさまだった。春の山桜から始まって外ヶ浜の干ばつの夏と、飢餓の村々と、使役されているアイノの人々、西海岸の海路から津軽に植民したらしい人々の暮らしをつぶさに見て回った。

この旅の間はどこに行っても背後のあるいは右に左に、秀麗な山一つが、一人勝ちしたような神々しさでそびえ、遠のき、あるときは眼前に立ちはだかった。人々は古い信仰によってその一つの山を女の神とみなして、タケキヨが訪ねたときも、松明をとぎれることのない火の数珠のようにもって、まじないを唱えながら、ほとんど直線になって山を登り、朝日を拝むのだった。奈良の仏教がすでに入り込んではいたものの、神仏はここではごくあたりまえに自然だった。ひらべったい顔も、眼鼻立ちのくっきりとして毛の濃い顔も、頑丈な骨格の人々も、小柄で機敏な人々も、さまざまだった。そこへ雑民とでもいうべきか、多くの知識と情報をもった人々、手職や大事な技術をもった人々が奥地まで入り込んでいた。銅や鉄の精錬などの技術もとっくのむかしに定着し、銅物師や鉄の鍛冶までが大きなふいごで精錬をしていた。金糞の山までがそここに残され、そこそこの寺までが小ぶりながら頑丈な甍を見せていた。神社なども奥に行くほど、神さびたものが森の奥に秘められていた。

タケキヨの野帖には道筋も、それらの風景図も、距離も、植物や獣の名も、産物も、人々の顔も、家の造りも、ほとんどは竪穴に近かったが、なかなか工夫されたものとして丁寧に描きこまれていた。もちろん水利の図は、とくに詳細に描かれていた。判読しがたいひねまがった文字は、夜に灯のない場でもいそいで書いたものに違いなかった。タケキヨは思いにふけった。いったいどのようにしてどこで泊りを得たか、とくに思い出された。小さな補注のように、どの記述にも、干ばつ、雨乞い、疫病、飢餓の文字が残されていた。およそ美しいような出来事の記述などは見当たらない。しかし、それらはすべてタケキヨの心の蔵にしまわれたのだった。このようにして初秋に母郷の平泉に戻ってくると、思いもかけない豊作の秋を迎えていたのだった。

祭りの余韻ももう静まったのであろう。谷底には何も聞こえてこなかった。夕日がここまで空焼けの明るさをもたらさなかった。タケキヨの小さな経机の上はもう暗かった。深い池に隠れ住んでいる大蝦蟇がのろのろと鳴き出した。中尊寺が創建されるはるかな時代から生きつないでいるという大蝦蟇で、神の使いだと言われていた。夜になると谷底の森を歩いているのだということだった。この谷底に遺棄された死者たちをすべて知っているともまことしやかに言われていた。タケキヨは灯にする油は貴重品だったので、控えた。そのかわり、これはもっと貴重であったが、蜜蜂の蜜から精製した蜜蝋を経机から取り出した。僧房の土間にはかまどがあって、湯などを沸かしている炉に燠が残っている。杉の葉を燠に吹いて、細い蜜蝋の糸芯に火を点した。

隣の小さな谷地にも似たような僧房があって、そこは中尊寺域内で使用するさまざまな品を手作りしている人々が働いていた。彼らは僧ではないが、信仰では、僧に近い人々だった。自由民だった。その多くは、熊野の山伏系の人々で、この地まで来て住み着いていた。それもいつまでもということはなかった。それらの一人にタケキヨの知り合いがいて、蜜蜂を飼ってあちこちと回ってここにまた帰って来るのだった。山伏なのに養蜂家でもあって、なかなか実入りがあった。暇に任せて、作るのがたいへん面倒で高価な蜜蝋の蝋燭をつくるのが道楽だった。その蜜蝋には経文の一句が書き込まれていた。一切空とか、ただたんに無の一文字だったりした。タケキヨは蝋燭の灯で、野帖を点検した。他の僧房の人々はみな出払っていた。大祭のこととてみな繰り出したのだった。夜にならないうちに、慈澄から使いがくるだろうとタケキヨは思っていた。いずれにしろ、今夜ということはなかろうが、明日にでも宗務院の幹部たちの前で報告をしなければならないのだ。文書だけの報告ならわけはないが、口頭で、しかも質疑があるとなれば、そうそう簡単ではあるまい。話すべきことを、まちがいなく、個人的な偏りがないように、よく吟味して選び出しておくべきだ。事実を事実としてそっけないほど明瞭に語ることが自分にはできるだろうか。しかしやってみるほかない。長途の旅に派遣された責任を果たさなければならない。これほどの任務をひそかに推薦してくれた老師の顔をつぶすことだけはしてはならないのだ。

野帖をめくっているうちにふっと疲れが眠りをもたらした。小さな火が目の前で急に暗くなったりまた持ち返したりした。蝋燭の芯の炎が小さなゆらめく仏像に見えた。眠気をこらえながら、あれは、ひょっとすると、たしかに、西行法師殿だという気がするが。特別に凛《りん》とした威厳もないことだったから、勘違いであったかもわからない。それにしてもあの僧形のお方は、可笑しなところがあった。なんだかおしゃべりを気軽に見知らないわたしのような者と、交わすあたりは、軽いなあ、衣川についても、わたしの意見は、あれでよかったか、怪しいものだ。間に合って、鹿踊りを堪能されたとならば、いいことだ。そうだ、あの長五の屋敷の組の鹿踊りも、ご覧になられたとならば、たしか、縁があればまた会いましょうとおっしゃっておられたのだから、お聞きしてみたいが、それとても妙なことだ。鹿踊りをわざわざ歌に詠むというのも酔狂というものではあるまいか。あのような舞を歌にしてみたところで何が出てくるものだろうか。うん、あの愛らしい女児は子鹿の役をぶじに舞いおさめたことだろうか。彼女は腰に小さな太鼓をぶら下げていた。あれをどんな風にたたきながら、舞ったというのだろう。鹿踊りは、ひとまずは太鼓舞であるものの、隠された物語が進むにつれて、勇壮で、荒々しく一変するのではなかったろうか。剣こそ持たないが、剣舞《けんばい》のような激しい所作と足打ちがなかっただろうか。

タケキヨはうつらうつらした。旅から帰って来てまだ一日二日ではないか、たちまちのうちにこの世というのは忙しいものだ、現実の目白押しのはかりごとにてんてこ舞いさせられるが、これがこの世で生きるということで、徒労のような気がするが、いや、この世に徒労などあるはずもないではないか。因果の流れがそのようにできていて、外れるわけにはいかない。そして空に至る。無に至る……。だれが浄土など夢見るものだろうか。彼の心の中で萩の花があふれて動き、枝のなかほどに小さなマムシの子がすやすやと眠っているのだった。起こさないようにそっと行きすぎよう。この時、タケキヨのうとうとしている谷底の上空には、さらに満月へと満ちていく月が動き、星たちがその明るさに遠慮して、北の夜空は多くの星たちでひっそりと輝きを隠していた。

夕餉のことも忘れていた。僧房の戸をたたく音がして、タケキヨは目覚めた。お入りなされ、と経机から立ち上がり、大きな声を出した。それは慈澄づきの若い僧、そうだった、センダンだった。センダンは手灯籠《どうろう》を提げて明るかった。用件を伝えに来てくれたのだった。慈澄様からのお伝言であるが、大祭も無事に済んだこととて、明日の正午に、報告をしてもらうということだった。どこで？　会議堂で？　いいえ、そうではありません。タケキヨ殿、驚かないください。なんとまあ、お館さまの高館《たかだち》の茶室ということです！　何と？　報告は何とまあ、秀衡様とご対面でということです！　おお、おお、まさか。いいえ、まさかではありません。慈澄様からの書状を持参いたしましたが、口頭でもお伝えしなさいとのことでした。いったいどういうことなのか、さっぱりわからない。分かるも分からないもあるものですか。言うまでもなく、慈澄様もご一緒だそうです。おお、そうでしたか、それならば救われます。いまも、実を言うと、報告の吟味をしていて、何を言い、何を言わないか、その選別を思案していたところです。はい、分かります。秀衡様が直々にということですから、これはただごとではないとも察せられるところです。しかし、杞憂はばかげています。

センダンはまだ二十《はたち》かそこいらのはずだが、もう立派な秘書といったところだ。もうひとかどの祐筆《ゆうひつ》のような落ち着きようだった。書状には慈澄の署名が大きく一筆書きでしるされていた。で、宛名に、法名が記されていたので、タケキヨはさらに眼を疑った。中尊寺僧澄衣というふうに書かれていたからだった。おお、これはいったいどういうことでしょう。センダンは満月のような顔をさらにまるく膨らませて答えた。はい、今日の大祭を吉日として、慈澄さまが提案せられて、正式に中尊寺僧身分に登録を許されるということです。つまり、正式に、ここ中尊寺伽藍の僧侶身分の一員に認定されたということです。タケキヨは、おお、自分はこんなことを望んでいただろうかと思った。この旅の調査の修行旅のご褒美といった理解でよろしかろうか、とタケキヨはつぶやいた。ええ、わたしもそのように思います。慈澄老師は、なにくれとなく、タケキヨ殿の真の庇護者だと思います。

## 16　法名

翌朝はみな何事もなかったように一日の予定の労働にとりかかった。ほとんど明け方に帰房した何人かもいたが、朝餉はいつものように当番の数名が谷間から賄房まで行き、食事桶を下げて帰って来た。哲斎はとても満ち足りた顔をしていた。実はわたしも朋輩と一緒に鹿踊りを堪能させてもらったが、何とも言い知れぬ感慨を持つに至った。あれは、仏教的というよりもそのはるか以前からの信仰の、そうだ、切なる願い、自然界と人間界との融和の神事のように思われて、激しい踊りの激情のうちに埋め込まれた切なる祈りのようなものを感じたのだよ、と言った。タケキヨは昨夕の慈澄からの書状を見せて、今日の仕事は休ませてもらいたいと頼んだ。

哲斎は小さな書状を読んで感極まったように言った。どこに運命があるものか分かったものではないとは、このことだ。驚いたのう、タケキヨ殿のご本名を今頃になって知るとは。九戸《くのへ》氏の一族にあたっておったとはな。しかし、まあそれはそれとして、そこは今後のことを忖度すれば、いわば危ないこともあるであろう、しかしだ、青天の霹靂とでもいうべきか、この大祭をしおに、正式に中尊寺伽藍の僧として任命されたということはたいへんな栄誉だ。もはや、ここの水利灌漑の実際の労務などについている場合ではあるまい。現実の現場で、土嚢だの蛇篭だの汗を流すのも衆生のためだが、しかしことばの力で、仏教の力で生きとし生けるものの魂を助ける仕事も大事じゃ。澄衣というはどうも面白き法名であるのう。けだし、これまた最澄様の血脈という意味で、澄の一字をたまわり、かつまた衣とは、強き法衣との含意でもあろうが、さてどうなものか、わたしには、衣川からとられたものと推察せられるが、どうじゃな。

はい、わたしもそうだと思っています。法名だなんて思ってもいませんでした。二十年もここにいるのですが、まあ、自堕落な落第生といったところでしょう。いや、台密の教義、仏教の真の相に通暁すればそれでよいというのではあるまい。何にもまして、あなたのうちなる信仰心がいよいよ顕われたと認められたということであろう。してまた、秀衡公に招かれて、なんと申すべきか、この上ない栄誉であるが、高館のお屋敷にて、対面となー　これは一生に一度あるかなきかの運命じゃ。実際に会うと会わぬとでは、日月との違いほどあるぞ。しかもじきじきに、タケキヨ殿、いや、澄衣殿、あなたの報告を聞かれるとは！　哲斎はしきりに手で膝を打ちたたきながら言ったのだった。何か心構えといったものがありましょうか、哲斎殿、とタケキヨは言った。おほほ、多少はおじけづいたのかのう。心構えとは、言の葉はただ達するのみぞ。そこだけを肝に銘じておけばよろしい。武人ならば刺し違えるほどの覚悟あるのみぞ。われを空にして、ことばの真を言い切るまでのことじゃ。

タケキヨは鹿踊りのことを詳しく聞きたかったが、自分の報告の気がかりで心がせわしなかった。朝餉を済ませると、僧房の人々はいつものように河川補修の労務へと出かけて行った。大祭が済むころ合いに例年は大風や大雨に襲われるので、かさ上げした土塁の点検を怠りなくしなくてはならなかった。空は雲行きが朝から怪しく、みなは雨除けに、蓑《みの》を着て出かけた。

タケキヨはみなを送り出したあと、報告の要旨を一枚の料紙にしたためた。それは提言のたぐいではなく、この眼で確認した事実だけだった。書状は提出する文書だが、実際に面談と対話になると、タケキヨは自信がなかった。対話ともなれば、ことばは多面体の様相を呈する。しかも相手の心の動きもある。感情も動く。反応も一瞬のできごとだ。口から一度出たことばを、回収するわけにはいかない。タケキヨは三点だけにしぼって考えたのだった。一は、奥地外ヶ浜の現状。二は、かの地の信仰のこと。三は、天台宗の教えを広めるには何がいちばん緊急であるか。この三は、もちろん、タケキヨの結論だった。かの地の豪族支配の現実、各地の民政について自分は述べることはできない。

タケキヨとて、実際のところ、このみちのくにこもっていてのことだが、平家滅亡のあと、急激な変転で、鎌倉の頼朝殿が武家の支配権を確立し、西国まではすぐには支配はいきわたらないまでも、着実に全国をおさえはじめ、王権が鎌倉の支配に楯突くことができないように真綿でゆっくりと首をしめつつあることを知っていた。やがては、ここみちのくにもその支配が及ぶことになるだろうとも危惧していた。新しい地頭の実質的支配の制度がみちのくにも及べば、奥州平泉支配の平和な浄土国はずたずたになろう。まだいまのところは、鎌倉の頼朝は、みちのくを後回しにしておいて、白河以南の支配をさらに強固なものにして、ゆくゆくは朝廷に食い入り、骨抜きにするであろう。そういう状況認識だったので、タケキヨとしては、秀衡公に何か問われた際に、口が滑らないかと恐れていたのだ。仏教の浄土国をここみちのくに確立したとしても、果たしていつまでそれが可能だろうか。時代の歴史のなかにあって一寸先は見えないし、また一歩もその歴史の檻から出られるわけがないにかかわらず、仏教の信仰と、砂金と馬の財政力で、果たしてこの先があるのだろうか。王権がその昔に採用した仏教の強力な力はまだまだこの先、有効なのだろうか。擬制としてなら、なるほど、理解できるし、個人的な意味での救いということでなら、仏教は重要だったが、政治権力として考えた場合には、この先があるようでいて、先が見えないように思われていた。正式に法名をいただき、明日にも剃髪すべき身になって、このような懐疑を秘めていて許されることだろうか。いまなお人々に浄土の夢を見させていいのだろうか。こんなふうに高館へ参上する刻限を待ちながら、ここは、法名など辞退すべきではあるまいか、という思いがだんだんに大きくなるのを覚えた。いや、いざとなったら、還俗《げんぞく》するだけのことだ、というような考えも生まれた。

慈澄老師のセンダンがタケキヨに新しい法衣を用意してあわただしく僧房にやって来た、高館まではセンダンが案内してくれることになっていた。髪はどうするのか、とタケキヨがきいた。センダンはあいかわらず笑顔だった。得度《とくど》、剃髪の儀は、なにも今日でなくてならないことではありません。タケキヨも笑った。そんだなあ、涅槃の彼岸に急いで渡らなくてもいい。いまは半身だけで十分でがんせ。ひげはどうする？ 剃りますか。いや、剃らなくてもべつにかまいません。まだ、今日この日は彼岸ではなく、此岸ですから、とセンダンは笑いながら答えたが、タケキヨは自分の迷いが気づかれたように思った。タケキヨは真新しい僧衣をまとった。見違えるほど清々しい肌触りとぬくもりだった。脱ぎ置いた着古した僧衣は仕事着そのものとなって、つぎはぎだらけ、それもみな自分で縫い、糸でかがったものだった。もちろん、みな同じようにしていたのだったが。よし、これでできた、とタケキヨは言った。センダンはそばに並んで立ち、なにやら武人が僧衣をつけたみたいな趣きありですね、とも言った。その瞬間、タケキヨのなかにかすかな波が走った。父祖たちの戦乱の時代の、記憶の残像といってよかった。彼らはいったい何のために血みどろの殺し合いをしていたのだろう。血みどろの死者たちの果てに浄土を実現しようとしたとは思われない。

僧房を出ると、谷底は霧のように雲が入り込んでいた。寒かった。杖を持った。笠をかぶった。雨にはなろうか。いいえ、雲の流れが出ているだけです。二人は上り始めた。センダン殿、あなたはどうするのですか、とタケキヨは聞いた。何がですか？ 臨席するのですか？ まさか、わたしはご案内するだけです。あちらで慈澄様がいまかいまかとお待ちでしょう。あの方はどうしてもわたしをほんとうの僧にしたいのだなあ。出家僧にして、どうなるというのだろうか。いいえ、そんなことおっしゃるものではありますまい。あなたのことを思ってのことです。谷底に入って来ていっぱいになると雲は足元を見えなくしたが、上へ上へと動き出していた。雲水とはよく言ったものだ。始まりだな。はい、そのようです。とどまらず、とどまらず……

## 17　対面

二人は高館の館がある北上川の右岸へと急いだ。秋草がことのほか美しく、すすきの穂波は低く垂れこめた灰色雲にふれてそよいでいた。まだ秋草の緑も残り、野菊や伸びすぎた薊《あざみ》たちが花の残りを萎えさせていた。館への道は車馬が通れる道幅だが、急にくびれるあたりは何か防御のための工夫らしかった。曲がりかどで、ふっと館の姿が見えなくなるのだった。ただ急に、どこから現れたのか、十尺くらいも深くに北上川の水が音立てて流れていた。水でえぐれて崖になっていた。それから低い尾根とでもいうようにまた道がつづいた。川から船で攻められることはまず考えられまい。船を寄せたとしても、矢がとどくかどうか。崖をよじ上るには無理があった。

秋草に裾を濡らしながら、センダンが言った。そうですよ、実はわたしは年を越すと二十歳になります。慈澄老師から、比叡山での修行を勧められています。四年の修行ということになるでしょう。ええ、もちろん、わたしは都をも知っておきたい。しかし、大きな不安もあります。四年も平泉を留守にしていることが出来ましょうか。政治と宗教は同じでないまでも、しかし時の政治によっていかようにも宗教はなりましょう。まして台密の宗派ではいかがなものか。いかに秀衡様の中尊寺が威厳をもって、みちのくの理想的な浄土の国の証になっていても、ひとたび戦火に見舞われたなら、ひとたまりもないのではないでしょうか。ああ、それは鎌倉殿のことですね、とタケキヨは聞いた。そうです。一、二年のことではないのです。四年ともなれば、時代の流れは急速でしょう。その足音がそれとなく聞こえているように思うのです。いいですか、先年のことですが、平泉の砂金は、これまでは京にも自由に入れていたところが、今後は鎌倉殿を介して行うべしということで、秀衡様もその要求をのんだのです。徐々にそのようにしめつけてくるに違いないのです。となれば、中尊寺三千房と言われる僧の数からいっても、もちろんこれは同時に兵力とも戦時にはなりましょうから、万一何事かあったなら伽藍自体の存続さえどうなることか。ご存じでしたか、ほら、西行法師殿が突然のように来られたというのも、ここだけの話ですが、平家の軍勢による南都大仏焼き討ちの結果、朝廷は思い余って数年前に大仏再建の詔《みことのり》を発して、そこで、西行法師に白矢の羽があたって、このたびの滅金勧進の旅であったということです。なるほど、わたしは大講堂の階《きざはし》の外で坐して参集しました、おお、西行法師のお声もかすかに耳に聞くことができましたよ。そういうこともあってのことだったたか、なるほど。

二人の眼前に、北上川を背後にして、木造の巨船とでもいうような館が現れた。タケキヨは河川水利の仕事でこの地方を歩き回っていた知識から、すぐにこの地の利が、先住のアイノの城塞あとのチャシを利用したものだと分かった。川を見下ろす岬状の丘から水運を監視できる。そして万一の場合は城塞となる。上って来て、平地が開け、一方はもう一つの下りる道がつづき、これはもう一つの上り口から攻められたときの非常口と言ってよかった。館の建築は美しかった。質素だが、豪壮な用材を惜しみなく使い、土塁代わりに人には越えられない土塀がめぐらされ、なおそのなかに空堀が掘られ、そのうしろに逆茂木《さかもぎ》のような木柵が構えられていたが、荒々しい印象はなかった。それは広い中庭に木々が植えられ、石庭がひろがっていたからだった。水は直に北上川からくみ上げているのだったかどうか。警護の者たちに来意を告げると、二人は館内に案内された。館の離れにある厩前に、すでに二頭の馬がつながれて飼い葉桶に首を入れていた。鞍がおかれたままだった。ああ、慈澄様の馬でしょう。

二人で館の大きな式台のまえに立ったところへ、武者ではなくて、侍女とおぼしき﨟《ろう》たけた女が出てきて丁寧なあいさつの口上を述べた。タケキヨがこれまで聞いたこともないようなみやびな抑揚だった。まず耳が驚いた。まるで耳にかぐわしいお香が入ったとでもいうようなくすぐったさだった。にもかかわらず、薄化粧して口に高価な紅を塗った顔は、どうみてもみちのくの顔にちがいなかった。すこし面高で、目鼻立ちがくっきりしすぎていた。こらえているような笑みも、みちのく風で、かくされた底意がない笑みだった。お待ちかねでありましたよ、と侍女が言い、センダンをすでに見知っているらしく、センダン殿はどうぞ別室でお控え下されてよろしゅうございますとのことです、とまた口元に笑みを浮かべた。センダンはタケキヨを見て、いつもの明朗な笑顔を見せた。光栄です。タケキヨは緊張した。足袋もはかない素足のタケキヨは気持ちのいいどっしりと重い感覚がかえってくる木の床をゆっくりと歩き、センダンは手前の部屋に入り、タケキヨは次の間に案内された。それはまばゆいほど明るい広間だった。

おお、おお、待っていた、タケキヨ殿、と慈澄師の声がひびいた。慈澄師は広間の左手に坐っていた。

こちらに参られよ。そう、そう、ここでよい。じきじきに秀衡様が来られようとのことだ。タケキヨは呼吸をととのえて慈澄師の傍らに正座した。秀衡様と三人で？　とタケキヨはささやいた。言うまでもないことじゃ。平常心でよい。水利の労働のときと同じで一向にかまわない。また、秀衡様は詰屈《きっくつ》のお方ではない。存分に思ったことを聞かれたら述べるのがよい。タケキヨはかえって胸の動悸をおぼえた。

そこへ明朗この上もないけれども訛りの強い声が、ごほんごほんとむせながら入ってきて、それが秀衡だった。この瞬間まで、タケキヨは一生に一度会えるか会えないか、あるいはまた一刻一瞬、出会いとはどのような場合であっても運命の顕われなのだと心に思っていたのだった。

やんれ、やんれ、とその声はどっかりと坐ってから、よいから、そう窮屈させないでがんせ、さあ、慈澄殿も、正座などいらぬから、みちのく風にどっかりど胡坐をかいてがんせ。腰をすえることが肝要じゃ。ところで、若いじゃあのう、その、うん、キヨタケだったか。すると慈澄が口をはさんだ。おお、タケキヨか、そう、そうであった。もうちっとばかしそばによってがんせ。わたしの声がどでかいのは耳が遠くなってきたもんだから、これは誤解のもとじゃ、されば、もっとお二方だちもまぢかに来てがんせ、よおぐ話がとどくではないか。タケキヨは思い描いていた秀衡公とはまったく別人のような人物がいまこうして生身の秀衡公本人として話していることに、度肝を抜かれた気がした。

それにしても、どんどんよくしゃべるお方だ。それでもタケキヨは秀衡公の聡明で奥の深いふところのような趣きを一瞬のうちに、第一印象のうちに、その柔らかい眠たそうな眼光に感じたのだった。鋭く一瞬にも突き刺すような、または猜疑心を秘め、狷介な目つきではなかった。夢見がちなような、心がここにあらず、しきりに心中では別の次元のことを考えているようなうっとりとしたまなざしだった。

これはタケキヨには初めての出会いだった。やはり、浄土の国をこの世に夢見ている人ということだろうか。おお、それで、それで、若いということはいいことだ、それで、それで、タケキヨ殿、あいあい、わたしとて知らぬわけがないではないか、たしか、慈澄殿、この若い僧は、たしか九戸の血筋にあたられたかな、そうだな。うむ。これもまた乱世の宿世であるんだども、惜しいことをなされたの、血で血を洗う抗争、内輪もめの無残さゆえ、いたしかたのないことであった。しかし、このように中尊寺において志を得ておられたことは幸いなことであったじゃ。

で、さても、どうであったかのう、外の浜の調査の結果はかんばしいことがあったものかな、どうだものであったべかな。話してがんせ。そう言われてまじかで見られると、タケキヨは緊張したままだが、のどはからからになっていなかった。書状一枚の料紙は秀衡公の手のなかにあったが、見もしなかった。さあ、とタケキヨは促され、そばで慈澄師も促してくれた。タケキヨは真新しい僧衣の懐から野帖を取り出し、これを秀衡公に差し出してから、自分でも思いがけず小さい声で話し出しかけた。

と、目の前で秀衡公が、九戸の血筋たる若いのが、そったらだ声で話すてどうなるッか、もっといい声ではっきりとしゃべれ！　と言ったのだった。わたしに聞けぬでは話になんだろう。はい、とタケキヨは答えた。野帖とはまたよき記録を残されたではないか、ふむ、ふむ、ほお、おもしろきものじゃ。これは重宝な記録じゃ。すると慈澄が、秀衡様、このタケキヨは管理部の水利灌漑の役で長年労働に従事してきておるので、こういったことは他に追随を許さないものありです。しかし、これはまた読みにくい手じゃなあ。

申し訳ありません、とタケキヨは口をはさみ、やっと声が出やすくなった。このような小ぶりに料紙を半折にしまして、日々、夜になって見えないところでも矢立筆をのたくらせるので、実は自分でもよく判読しかねるのでがんす。すると秀衡公が、じっとタケキヨの目をまともに見据えた。よろすい。うん、じちによろすい。気に入った。あんだの言いたいことはすべて相分かった。これば読めということころだな。よろすい。祐筆のものたちに判読させよう。いまこうやって、ちらちら見るに、奥地はことのほか悲惨のようだな。いうまでもなくこの地に所領を安堵されおる豪族たちからの報告も多々あるども、なにか手加減が入っていて信用がならない。ほお、ここにみられる、注字だが、おしなべて皆、干ばつ、疫痢、飢餓、死人多数、ましてや、津波、地震などなど、こちらで詳しく知らないことばかりではないか。

タケキヨは思い切って、外ヶ浜もさることながら、山田、久慈というように、このみちのくの海岸線の豊かな海村が激甚な災害に見舞われていたこともつぶさに話した。海津波、山津波というように二重の天災でした。平泉は、帰ってまいりましたら、数年に一度の大豊作ということでしたが、奥地は、みちのくとは言え、酸鼻をきわめます。いや、言われんでもわかっておるじゃな。で、何がいいたいのじゃ。いや、若い勇気で、存念を遠慮もなく言ってけでがんせ。わたしを秀衡だと思わずともよい。タケキヨは隣の慈澄老師をちらと見た。慈澄は、さあ、というふうにうなずいた。よし。

曇り空の広い窓から、北上川の流れが悠然と流れていた。それがタケキヨからも見えた。秀衡公からももっとよく見えていたのだった。

このような大河あってのみちのくの豊かさではあるが、しかしまた、自然の恐ろしさにはかなわない。秀衡公がつぶやいた。タケキヨはそこをつかまえて口をはさんだ。はい、みちのくの浄土の国の成就は、まずもって民びとの豊かさでなくてはならないと思います。なんだとう？　これでもまだ十分でないとでもいうのか？　タケキヨはぐっとこらえたが、一瞬にことばの方が先に出てしまった。はい、まだまだ、不十分どころか、みちのくの真の富はゆきわたっておらないとみました。そこまで言うか！　おう、若いのう、してまた、なんとまあ、あんだは九戸一族の血脈であることだてば！　もうすこし夢見よ。百年、五百年、いんにゃ、千年経とうが、無理というものじゃ、だからこそ、わたしはこのいのちのあるうちにとて、浄土の国を、まがりなりにも、平泉において夢を見させたかったのだ。生きているうちにだ！　諸行無常の歴史は、ここまでうんざりするくらい見てきたもんでがんす、せめて五十年、この世の歴史において、浄土の栄華を人々にも味わわせてあげたいからでがんす。さなくば、真に富の、ふむ、平等な、配分という意味であろうが、それはあなたが思わさっておるような容易なもんではないんじゃ。富が先か、浄土の夢が先か！

秀衡公が頰のたれさがった顔をしかめて、もっとタケキヨに体を寄せた。そして、また笑い顔になった。おーい、濃い熊笹の茶っこと橡団子を運んできてがんせ、われらはのどがかわいた。秀衡はタケキヨの手にぼってりと厚い手をのせて言った。ここまで来て、わたしとて来世が待つような齢とはなった。みちのくにこの浄土を持ち支えるには、あんだらの若い力が必須な時となったが、まだまだこの乱世は終わらない。みちのくが浄土の栄華を極めたとしても、その先もまた諸行無常というべきであろうな。それゆえにこそ、今が大事なんじゃ。おーい、おなね、熊笹の茶はまだか！

秀衡公の呼ぶ声に、すぐにこたえるよくとおる声が聞こえ、熊笹の茶と団子の皿が運ばれてきた。タケキヨが目を挙げると、館に到着したさいに出迎えて中に案内してくれた侍女だった。秀衡は目を細めて、熊笹の茶をすすった。このおなねはわだしの姪にあたる。何ということか浄土についてはわだしより詳しい。おなごにしておくのはもったいないくらいだ。また、浄土の絵巻ものにするのじゃ、汝《な》、あの中尊寺絵巻の、衣川の図は美しいものであったなあ。タケキヨは、秀衡のそばに並んだおなねという娘の手指を見た。指がしっかりと発達していた。慈澄もタケキヨも熊笹の緑色したお茶を音立てて啜った。かの女は無言でまた退室したが、タケキヨは初めてこの世で不思議な姿を見たように思った。萩の花をかきわけるような裾の動きだった。ふむ、昨今はどうにも足のしびれが来て、このように熊笹の茶をいただいている、そう言って秀衡公はまた茶を啜った。わたしは大きな夢を見たい、実現して遺しておきたい。この時代の心の姿とはどんなものであったか千年後にでも知らしめたいでがんす。無常を知ってしまった一人の出家としてもそのような欲が残る。武人としてはわたしの出る幕ではなかろう。この短い世の浄土びととして全うしたいものじゃ。

ところで、慈澄から知らされたが、タケキヨ殿はこのたび中尊寺の役僧として得度の運びとなったそうじゃが、ひとえにこの長きにわたる縁の下の力持ちの功であろう。九戸一族の血脈ともなれば、これは武人の血筋であるから、もろもろこの先々を懸念すれば、正式に出家して、僧身分に認定されるのがよろすい。武人はとにかく危ないことだ。わだしにしてからが、常に、どのような場合においても、油断がならないことだ。わだしのみちのくの藤原一族とて、先の豪族たちの壮絶な戦いの果てに、そうだとも剛勇の武人たちがほとんど共食いして死に絶えたからこそ、このように平泉まで、衣川を南に一歩越えて、支配の礎を築いた、が、んであってもじゃ、ふたたびまたふたたび、死に絶えたはずの血脈からおがってくる勢力や武力は尽きないものだ。そのように武による権力づものは、うちつづく輪廻のごときものじゃ。タケキヨ殿、いや、明日からは、中尊寺役僧の澄衣ということだが、よろすいかな。

かたわらで熊笹茶と橡団子をいただいていた慈澄は、ありがたいことです、と合掌した。タケキヨもまたうなずく他なかった。内心で、いいではないか、こうまで言われてみれば、生き延びる道の一つであるだろう、方便とまでは言わないが、わたしの武人の幻想など子供時代に捨て去られたのだ。タケキヨもまた合掌した。いいかや、中尊寺は信仰の砦ぞ、最後の砦ぞ、真の浄土の一歩。みちのくの魂魄の証でがんす。頼みますぞ。

北上川の上空に一列の雁の飛び行くのが見えた。今年は早い、とタケキヨはながめた。

## 18　運命

あわただしさが始まった。秀衡公はもう一つの仕事が待っていたので、タケキヨはセンダンと一緒に館から辞去した。短い時間のうちに周りの秋が一変したように見えた。実際に、戦《そよ》ぐすすきの穂もみな傾いて風にゆれ、岸辺の葦《よし》のむれはもっと激しく波に洗われだしていた。水かさがましているのかも知れなかった。厩の前に静かにつながれていたもう一頭の葦毛の馬について、センダンが言った。もう一頭はもちろん老師が乗って来た馬だったから、葦毛の馬は、だれか客人の馬だろうとセンダンのみたてだった。

二人はあわただしい気持ちで僧房に帰ることになった。夕刻にふたたびタケキヨは慈澄の庵に参上することになった。明日の早いうちに、あなたの得度式が行われる、覚悟はよろしいですか、とセンダンが背伸びするようにタケキヨを見つめて言った。いよいよですね。何がいよいよなものか、とタケキヨは受け流したが、心はゆれにゆれていた。船酔いのようでがんす、と言い足すと、センダンは同情を示した。一生幾ばくならず、ですね。なるほど。それもそうだ。はやいおそいなど問題にあらずだ。わたし自身の意思ではないが、しかしここまで来れば、わたしの意思に他ならないというべきだ。現世から離れるのではありませんよ。ほら、このわたしだって、このようにつるつるの頭じゃあないですか。身は現世にあり、心は来世にあり、とでもいうべきでしょうかね。タケキヨは仕方がないとでもいうようにため息をついた。役僧待遇というのはどういうことだろうか。そうですね、それは特別の任務ということでしょう。慈澄様の方から説明があるでしょう。うむ、そうだね。いよいよか。え、何がいよいよだと？　いや、法名です。最澄の血脈譜というのだからね。そして、出家僧の名が、澄衣だ。はい、ふさわしいです。おお、まず、ぶじにその法名で一生が終えられるとよろしいです。

タケキヨは再び衣川を渡るときに、橋上《きょうじょう》に立って、大きく息を吸った。七歳で中尊寺に来て、以来二十年の歳月は夢のようであった気がした。二十年自分はいったい何を成し遂げてきたというのだろうか。何も成し遂げていない。いや、水利灌漑の仕事ではかなりのことをしたはずだが、それとてもほんの大地の一隅の改修にすぎなかった。毛越堰の掘削だけは、あるいはわたしの名も残ろうか。堰堤の碑にでも名が小さく掘られるだろうか。哲斎の名と一緒に。

橋上でセンダンとしばしたたずんだ。あなたも来年比叡山に修行となれば、いよいよですね。はい、これはわたしの強固な意思ですから、間違いなく来年の春には京に上るでしょう。ああ、わたしはつい先日、長い長い、外ヶ浜の旅から帰着して、そのとき、この橋上に立って、まるで戦場から帰ってきたように思ったことなのに、すぐに仕事に付き、矢継ぎ早にこのように運命が待っていてくれようとは、まったく思いもしなかった。この衣川を越える前に、稲田のあぜ道で迎えてくれた集落の子らに、土産話をせがまれた。ん、どんな話を？　ああ、子らの心に傷を残すような土産話はできない。外ヶ浜の飢饉のさなかでも、子供らが笑いながら、川で鮭をつかまえ、小さな手指を鮭の口にいれて、柔らかい身をえぐりとって、ココココ、ココココ、め、め、と言って食べている話をしてやった。すると集落の子らはそれをまねて、うめ、うめ、ココココ、ココココ、と鶏みたいに声をだして笑っていた。どこでも子供は同じだ。それがあっというまに大きくなる。そのことが、わたしには悲しい、胸がつまるように感じられるのだ。彼らの運命を考えるとです。

タケキヨ殿、それはわたしも同然でした。あっという間にいまの自分になっていた。おお、慈澄老師のおかげでしょう。わたしもそうだった。今日は、秀衡様との対面で、何とまあ、おまえは九戸一族の血筋だから、武人の血が騒いではならない、出家して生き延びる道を求めよ、というようなことばをいただいたのには、びっくりした。それはわたし自身まったく忘れ果てていたことだったからだ。このことばに目が覚めた。ひょっとしたら、わたしの心の蔵に、この血統の思いが、未練《みれん》が匿われていたのかもわからない。もちろんでしょう。わたしたちのこの時代は、この先もその先も、何だってあり得るのです。ここだけの話ですが、浄土は千年経ってもまだまだ成就しないのです。しかし希望を捨てるわけにはいきません。なぜなら、わたしたちはうんざりするほど武人の死を見てきたからです。彼らはまったく人間として違う種族と言っても過言ではありません。体力、知力、すべてにおいてずばぬけていますね。そして欲望が強烈です。支配欲もまたとどまるところがないでしょう。弱肉強食の現世《うつしよ》を世界だと思っているのです。それは、言ってみれば、動物の世界と同じです。このような支配に抑制をきかせられる思念とは、仏陀の教えではありませんか。慈悲の世界です。如何に強きものとて、死が待っています。彼らはそれだけを恐れているのです。ここそが彼らの急所です、ここをこそ突くのです。さあ、急ぎましょう。

タケキヨはセンダンの明瞭な考えにあらためて驚かされた。俊才とでもいうのだろうか。いつのうちにこうなったのかという思いが湧いた。何か事があってこそ、突然強固な思念が生まれるのだ。そしてセンダンは小柄ながらタケキヨと並んでも見劣りがしなかった。並んで僧衣をひきずるようにして歩き、時折つまずいたりした。考えに集中しているのだ。いいですか、夕餉の時間ですが、慈澄老師は、そのころはもう帰庵しておられるはずです、夕餉は庵でご一緒というのがよろしいです。タケキヨ殿には、申し遅れていて、わたし自身の氏素性を述べておりませんでしたね。

わたしは、高乳根山、おお、ご存じですね、あの美祢《みね》神社一族なのです。なにやら得体のしれない恐ろしい、また美しい山岳です。実に古い古い伝説を秘めています。そしてつまりは山伏の子孫というべきでしょう。山伏と書きますが、本性は、山の武人でしょう。これが零落の末に、神社も寺も一体になさしめて、代々血をつないできた。わたしの一族はどういうわけか女系が続いた結果、婿はより肉体的にすぐれた山伏を選んで婚姻させ、子が生まれるや、用済みとしてその男親は離縁されるのです。そのようにして、次々になみすぐれた強靭な男の子種を得て、代々を重ねてきたのです。そしてわたしはそのような生まれのほとんど最後にあたるのです。わたしはこの事実を嫌悪しました。父親の像も知らずに育ったのです。母系の権力とはそれは傍目には美しく見えましょうが、唾棄すべきものです。救いというものがありません。山の神々に見られながら、母系の女たちは次々に代々、強き男たちを、餌食にして栄えてきたとでもいうべきでしょうね。わたしはこの高乳根の血統を棄てました。わたしのなかに代々流れている素性の知られない山伏たちの血を、悪霊を棄てました。そうしてゆくりなくも台密の慈澄様に拾われたというわけです。あのままあそこにいたなら、わたしは発狂していたことでしょうね。ましてや奇跡的にわたしが最後の男児だったのです。考えてもみてください、あのままわたしがあの高乳根の神々の奥の院に住まって、今度は次々に里の女を奪い、めとり、また離縁し、またこめとり、子を産ませるというのは悪夢以外ではありませんでした……、すみません、やれやれ、突然、話が飛躍したことになりましたが、それで、わたしはここに来て救われたのです。わたしの血にひそむ悪霊の力のおそるべき跳梁をねじ伏せることができたのです。

二人は参道の別れ道まで来て、何事も聞かなかったとでもいうように別れた。タケキヨは谷底の僧房に下りていった。これで自分はどのような世界へ出ることになるのか。ここの人々を棄てることになるのだ。タケキヨは懐かしくてならなかった。過ぎ去ったことがすべてだった。それは湿った山道の草たちのように、すべてが美しかった。同時に、先ほどセンダンから聞いた出自の話が体の奥底、芯まで入り込んだのが分かった。母系ということばも初めてのことばだった。

まだみなは僧房に帰っていなかった。タケキヨは経机に向かって坐し、頬杖をつきながら、一瞬うとうとした。

つかのまの白昼夢のなかであろうか、タケキヨは見知らない峰々《みねみね》の岩山を下っていたのだった。突兀《とっこつ》たる岩々には見も知らぬ女たちが坐って招いていた。白拍子のように謡い舞っていて、誘われるように近づくと、女たちはいずれもが生首になって岩にのっているばかりで、笑みつつも黒髪を梳いて誘っているのだった。タケキヨはその自分を別人のように背後から見ながら、自分の時代は相も変わらず生首の世だというふうに思っていた。おお、供養せよ、悲なる大地に埋葬せよ、それらの生首のまぶたを閉ざしめよ、バッサ、バッサと白や黒の鴉どもが飛び回っていた。ハッとしてタケキヨは夢から醒めた。僧房がにぎやかになった。哲斎が入って来た。

## 19　蓮池で

タケキヨは帰房した哲斎と一緒に大蝦蟇の住む蓮池の前の丸太組みの長椅子に腰掛け、高館の館で秀衡公と面談したことを話した。んでがんしたか、ン、ン、いかにもいかにも……、と哲斎はひげをしごきながら相槌を打つ。秀衡公の印象についても、いかにもいかにも、あのお方はそのようなお方じゃ。ついに身も心も、みちのくのお方となられた。あの都ぶりは、みちのくの開花のためだろうて。ふむ、わたしと一つ二つも歳は違わないはずじゃ。したがって、わたしにもよくわかる。諸行無常も知り抜かれておる。先代様にくらぶれば、二代目様としての心労も尋常でなかったはずだども、越えてこられたのじゃ。この儚《はかな》い現世にこそ浄土をと願うのはまことに正しいお考えだ。

で、わたしが着目するのは、このような水利灌漑、つまり治水部を定めて、実を大事にするお考えは、これまでは先例のないことだったぞ。つまり、浄土の思念の土台には実利、人々の暮らしをおくという考えをだ。ひもじい思いをむりやりに浄土へと向かわせるのは酷というものだ。ま、かえってそういう道もないではないが、この世を生きるに値いしない地獄だぞと思い知らせて、信仰の方へとおびき寄せるのは、もう古い。人の情としてしぜんに、浄土へと身魂が動くというのが一番である。無理強いはいかんなあ。で、秀衡公に会うてみて、タケキヨ殿、あんたはどうであったかな。タケキヨは率直に述べた。おいおい、拍子抜けというのは、こりゃ、失礼ではないか、と哲斎は声をあげて笑った。まんず、奥の深いお方はえてしてそのように見えもすものでがんす。気に入ったかの？　はい、おおいに。そうじゃろう。で、秀衡公は、あんだを気に入ったかな？　いや、それは分かりませんが、お会いした瞬間に、馬が合うというように直感しました。何と！　馬が合うだと！　いかにも馬産国で富をたくわえたみちのくとは言え、おほほほ、馬が合うだとは、秀衡公が耳にしたなら、エゾ送りじゃ。

タケキヨは蓮池の濁った水面をながめた。秋の蓮葉はまだ遅咲き花をどこかに隠していて、風が起こると、ふっとその花のうてなをもたげそうな表情だった。それで、ここが肝要じゃ、これがわたしの知りたいところだが、な、西行法師殿は、どうであったか？　おらんかったと？　ふむ。しかし、西行殿が勧進に参られたその砂金の合意はいかが相なったのだろうか。はい、わたしにも分かりません。おお、そうでした、慈澄老師とわたしはご一緒でしたが、厩の馬つなぎには、もう一頭の馬がございましたよ。武人がお乗りするような葦毛のいい馬でがんした。ほほほう。それは怪しい。もしや西行殿もおられたのではあるまいかな。西行法師様は騎馬が出来ましたか？　出来るどころの話しではなかろう！　秀郷《ひでさと》流の典雅このうえもない流鏑馬《やぶさめ》の名手であったぞ。そう言えば、それもありということでしょうか。まあ、いい。ともあれ、あなたはいよいよ正式に役僧に任ぜられるということが、老いたるわたしの喜びだ。

ああ、そうだとも。わたしが、そうだとも、父上が所領の収入の実に多くをかき集めてじゃ、おのが不出来な息子が北面の武士の役どころを得るために尽力してだな、ようやくにして、北面の武士となることができたときの感激は、忘れるものではない。財をもって役を買うのがあたりまえのことだった。華やかな栄達の夢が実現したのだ。まんず、北面の武士と言っても、上はみな貴族とか大豪家の子弟とかに占められるので、しがないわたしのような出自では、北面は北面でも、下北面であったのだ。それでも、院の北面の守護となれば、天にものぼる思いがしたもんだった。おお、今は亡き清盛殿はたしか上北面であったなあ。それにしてもタケキヨ殿が、今し、ついに、みちのくの国の中尊寺の役僧になろうとは、感極まることだ！　どのようなお役になるにしても、さても、出家得度の儀も明日にでもということか。いんにゃ、また一方では、口惜しくもある。正式の僧になるということは、この世の内側にいて同時に外側に、億年のかなたの浄土にいますということでもあろうから、わたしどものように半身の裾だけを浄土に触れさせているような生き方はなるまい。いかにも窮屈なことでがんせ。おお、おなごの喜びだとて、それも軽々にはなるまいよ。何よりもこの世の浄土の実現について日々考えなくてはならない。衣川の堰だ土嚢だ、水の分配だなどというのとはわけがちがう。

二人はまた黙って、蓮池を眺めた。まだよろよろと飛んでいる蝶が蜜でも求めているようだったし、一匹の小さい蜂が蓮のしぼんだ葉のあいだにもぐりこもうとしていた。ちちゃっこいいのちだけが、さいごまで、いのちの尽くることとなんぞ、知るものかという具合じゃあないか。よろすい、よろすい。ちちゃっこい栄誉もよろすいもんでがんす。

タケキヨはこの期に及んでなお、優柔不断の心がゆれていた。哲斎がうれしがればなるほど気持ちが萎えてくるように思った。一生を一変させる岐路に立っているのだ。しかし、秀衡公の前でも披露されたことをひっくり返し、ご辞退するなどこの世で出来ようわけがない。両手に顎をのせて蓮池の水面をみつめた。おい、ここのぬしの大蝦蟇よ、あなたならどうかね、とタケキヨはつぶやいた。萩の花の美しさが幻のように見え出した。半僧半俗であるだけでいいのではあるまいか。浄土の思念に魂を焦がせば、もう萩の花の美しさはどうなってしまうだろうか。

しばらく二人が無言になって静けさが満ちてきたとき、センダンが谷底に転がるように下りてきて、言った。タケキヨ殿、慈澄様から至急のお呼びです。とにかく一緒に来てください。何事ですか。何と？　まさか。西行法師がお発ちになった？　そうです。詳しくは道々。ともかく急ぎましょう。すると哲斎も立ち上がった。おお、そうでしたか、んでがんすか。わたしもお会いしたかったが、いやいや、このような身をさらすことのできようことか。おお、立ち去られたか、みちのくとの今生《こんじょう》のお別れでしたな。よろすい、それでよろすい。それでこそ西行殿だ、いや、佐藤義清殿だ！

タケキヨとセンダンは谷底からけわしい小道を上った。荒い息を吐きながらセンダンが言った。わたしたちが館から戻ってから、すぐだったとのことです。つまり、やはりあの葦毛の馬は西行殿が乗って来られた馬だった。わたしたちが辞した後、秀衡公は西行殿と膝を詰めてお話しした。慈澄様も臨席を許されたのです。で、どういうことだったのですか？　滅金勧進の合意です。秀衡様はここまで熟慮のうえで、ついに快諾なさった。十月には鎌倉殿経由で、砂金を京に送るという確約をなさった。口頭ですか。まさか。きちんと秀衡公ご自身が一筆をその場でしたためた。西行殿はすぐその場で、帰国をお願いしたのです。

その場で？　ええ、その場で。それはすごい。ええ、すごいです。間一髪というものです。秀衡公はどうなさった？　ただちに西行殿に旅に必要な資金を用意させた。騎馬で？　はい。途中までですが。その先は、徒歩でしょう。それは西行殿から言われたのです。みちのくにはるばる歩いて来て、また歩いて帰るのが自分の夢であったというふうにおっしゃったそうです。これがわがいのちの最後とぞ思うとも秀衡公に言われたそうです。秀衡公はふくよかな手で西行殿の武骨な手を握ったとのことです。縁あらば、またふたたび見《まみ》えんとも言われたそうですが。あの齢では、秀衡公もお分かりだったでしょう、それは夢のまた夢でありましょうに、来世の縁を信じ切ったのです。縁を？　いかなるえにしというべきでしょうか、とタケキヨが言った。

タケキヨは、あ、と声をあげた。わたしは西行法師にきのうお会いした！　鹿踊りに行くとて、山道で出会い、別れました。萩の花の、歌のしらべを吟じて歩いてきた。別れるとき、縁があればまた会いましょうと言いざま風のように下って行かれた。てっきりただ旅の僧だとばかり思っていたのですが、やはりあの方が西行殿だったか！　あのよくひびく声がタケキヨの耳によみがえった。

萩の花、……みちのくの、……、くだりきて、……、としたけて、萩の花かも、いまは、いまは、……、いく様にもその声がタケキヨの耳で聞こえた。ああ、毛越寺に鹿踊りを見に行くと言われて。

二人は慈澄の庵に駆け付けた。

## 20 西行再話

慈澄師の庵は中尊寺境内でも草深い苔むした小径を進み、やがて萩の花が波のようにかぶさってくる幾曲がりかを過ぎなくてはならなかった。それがもどかしかった。センダンは興奮していた。すでに老師から事の次第を聞き知ってのことだったから、タケキヨにとっては説得力があった。山の上からようやく雲間がのぞき、沈む夕日の名残りが、その雲間に青い空に金箔をはっていたのだった。その金箔がさらに動き、雲間がひらかれていった。

タケキヨは上を仰ぎながら、西行法師が東大寺の大仏復興にぜひとも必要な金箔のための滅金勧進にこのみちのくの奥地まで三千里も歩かれてきたのだということを、かみしめる気持ちだった。センダンは言った。大仏様の頭も出来ておるけれど、金箔がなくて真っ黒なままだとか、なんともおかわいそうなことだね。財政逼迫の朝廷もこれにはさすがに困り果て、そこで、西行法師殿の出番になったらしい。なんでも重源《ちょうげん》という高野山の切れ者が、いや、この方は民間から大仏復興事業のために登用された実力者で、なみなみならぬ政治力がある。教祖的とでもいうべきか。それで西行殿を説き伏せたものらしい。

もとより西行殿も一時は高野山に庵を転々とかまえつつ三十年余は暮らしていたことだし、それなりに見知ってはいたものらしいよ。まして勧進については、西行殿は弁舌も信仰心もさることながら、妙な説得力をお持ちだったんだね。人柄ということだろうか。いや、歌人であることが何か影響があったのかもわからないよ。

西行殿は、後年は、自力でさる由緒ある寺院を再興しておられる由だが、その勧進もなみなみならない成果をあげられたと聞くよ。そうして、晩年は、つまり都の権力闘争の二つの乱においては、三重の伊勢神宮の下宮《げぐう》に招かれて隠棲し、伊勢の二見浦《ふたみのうら》の岬につつましい庵をかまえて、歌を詠むことに集中したのだね。この伊勢神宮の頃だろうと察せられるが、高野山の重源が実に大勢の宗徒を引き連れて、あろうことか、伊勢神宮に参拝という儀に及んだそうだ。まずは神仏一体との考えがあってのことだと思うがね、そのころ西行殿自身もまた、日本の神と仏とを一体とするような思念にとらわれたのだろうね。神の顕われこそが仏教の大日如来だというようなお考えだね。日本の神すなわち大日如来という思念だよ。この時、やりての重源は、東大寺大仏再建の勧進には、西行を口説き落とそうと思ったに違いない。というのも、大仏には厖大な金箔が必要だね。つまり、金だ。その砂金だ。砂金となれば、みちのくの平泉だ。藤原秀衡公だ。しかも、西行殿と平泉藤原は同族だよ。藤原北家の枝分かれだからね。秀衡公の藤原は、みちのくに所領地を拡大し土着した。西行殿の藤原、つまりのちの佐藤一族は、高野山の裏の紀ノ川中流域を在地として生き延びた。うむ。どうですか、タケキヨ殿、実は、慈澄様からの受け売りですがね。

よし、もう少し開陳させてください。いいですか、西行殿の俗名は佐藤義清《のりきよ》ですが、この佐藤は、いま言ったように、藤原北家の流れで、秀衡様の平泉藤原とは同じ一族です。西行殿の藤原は、世に名だたる英雄の俵藤太《たわらとうた》を出していますね、すなわち藤原秀郷です。やがて、一族は検非違使《けびいし》に任官するようになって、左衛門尉《じょう》になられて以来、その役職の左という字から、佐藤というふうに名乗るようになった。検非違使というのは、これは都のみならず地方の狼藉者、反徒などすべてをとりしまる武門の重責でもありましょう。タケキヨは言った。はい、初耳でした。藤原だったのですね。そう、始祖は藤原鎌足ですがね。驚きました。そのような氏素性のお方だとは。都で名だたる出家僧にして歌人とばかり思っていました。ええ、それでいいですよ。でも、栄枯盛衰は必定です、時のながれとともに、佐藤一族は、もちろん自分の所領を在地に持ちますが、佐藤は、それですね、高野山の向こう側、さきほど言ったように、紀ノ川の中流域に所領を開墾して経営していたのです。言うなれば武士の荘園ですね。まあ、荘園農民も武士も一体ですからね。したがって、西行殿の故土は、高野山の裏の地域と言っても過言でありません。わたしは高野山に参ったことは残念ながらいまだありませんが、いや、来春、比叡の本山に修行に出ますから、機会を得て、高野山に行きたいです。聞くところによると、高野山にのぼると、何とまあ、眼下に、指呼の間ですよ、瀬戸内の海が一望されるそうです。われわれのみちのくのような、果ても知られないような海原ではありません。美しくも豊かな内海！　たくさんの島々を浮かべて、さまざまなりわいと人々のくらしが織りなされている海です。いいですか、この内海から、思えば、わがみちのくの海にも船が来ているのです！　これには目が覚めるような思いがしました。奈良、高野山、こえて紀ノ川、そうして豊満にして美女なる、いやこのたとえは冗談ですが、おお、麗しい瀬戸内の海。まあ、平家滅亡の悲しい海ではあるんですが。

で、しかし、この紀ノ川流域は豊かな田畑の地方ですから、荘園領主に武力抗争が絶えない。で、西行殿の父はこの合戦で命を落としたとのことです。合戦とは言っても、数十騎馬単位での戦ですね。で、西行の母が、夫亡き後、この荘園を守り経営するのですよ。ああ、ご舎弟がおられます。ご存じでしょうが、ことに西国ならではのことで、領地財産は、母系がにぎるものでしてね、これはずっと古くからの民族の事情ではありますまいか、西行殿の母御も同様であったのです。夫亡き後は一族の長となる。泣き悲しんでいるひまはない。そして嫡男佐藤義清に英才教育をほどこす。武人としてもですからね。そうして元服ののちは、多大の費《つい》えを朝廷に献納して、めでたく北面の武士という職務を手に入れたのですよ。元々が検非違使の尉《じょう》の一族でしたからね、北面の武士というと、然り、そう、申し分ない官職です。

センダンの話し方は歩くのと同じほど早口だった。タケキヨは聞き役だった。萩の花の路をこぎわけながら、センダンはまたまんまるい満月のような笑いを浮かべた。北面の武士、と聞いただけで、わたしらはすごいと思います。院の御所を守護する武者ですからね。ええ、それはすごいでしょう。えり抜きの豪族、官界の実力者、荘園領主たちの子弟たちでしょう。もちろんですよ。タケキヨは秋萩の微塵《みじん》の花のこぼれる美しさに見とれている暇はなかった。センダンは笑った。そこでがんすよ、と彼はわざとのように言った。言い方は下卑ていますがね、一皮剥けば、院政がつくりだした虚構《からくり》ですねえ。天皇に権力を渡さないで、院が父として政事の全権力を掌握するのです。これは、万が一、天皇が権力を掌握するというようなことになった場合、危ないでしょう。そこで考え出されたのが、この院政を守る武装集団です。これが北面の武士、というもののの本質といっていいでがんしょ。ようするに、院の私兵です。傭兵と言ってもいいでしょう。双方にエサがあります。北面の武士となって殿上人と人脈が出来ること。その貴族の人脈によって、北面の武士は在地の自分の所領を安全なものに出来ますね。殿上人の貴族たちにも大きな利がありますよ。北面の武士の所領をですよ、自分の荘園に登録させて、領地からのあがりの上前をはねるのです。したがって、貴顕のあちこちに、となるとこれまでの各地に置かれた律令政下の国司はそこから租税を徴収できないのですね。

センダン殿、ひとつお聞きしたいです。天皇とか院に献納ということはどうなのですか？　いや、それは出来ません。天皇の財産というのはありませんよ。その代わりですね、皇后とか、皇后の親族すなわち外戚とかになら進んで献納できますね。さすれば、双方とも一挙両得というものですね。いい点を聞いてくださったですね。天皇も院も、ご自身で財を蓄えることはないのです。最大の財とは、その祭《さい》祀《し》権力の象徴ですね。で、さて、西行殿もまた、こういう立場のやるせない一族だったのです。武人が天皇体制の貴族社会で頭角を現して、権力に少しでも近づくにはこれが唯一の方便でもあったのです。そうして、もちろんのこと、情勢論で言いますと、今日現在では、平家滅亡のあとは、鎌倉殿が武家の支配権を実質的に確立しつつあるわけです、しかし、これとても、まんまと生きのびている天皇神権の呪術力、そう、わたしはあえて呪術力といいますが、この魔力を無力化するにはまだまだ数百年だってかかるのじゃありませんか。いや、わたしどもは、それは台密とて、元はといえば、鎮護国家の教義でもあり、そうそう簡単には言い切れないものがあるのですが。

もう慈澄師がじりじり待っているに違いない庵の前に着いて、タケキヨは一つだけセンダンに訊ねた。

それでは、北面の武士をいきなり捨てた若い西行殿は、北面の武士という脆《もろ》さに気づいたのですね？
それはそうでしょう。ひとたび都で合戦でもあろうものなら、北面の武士は手弁当で、一族から仮りに十名の戦闘員を糾合して合戦に臨むとしてですよ、いいですか、北面の武士が、上と下の二つの階級の人数をかけて計算すると、院は一晩で、一千人規模の兵を集められるのです。北面の武士である限り、そのような危険と隣り合わせなのです。さあ、入りましょう、とセンダンが普通の冷静で物静かなたたずまいに変わっていた。わたしの講義や如何にというふうな笑みを目に浮かべていたのだ。

庵は静かだった。この庵は木々と裏山の襞のおかげで小さく見えるが、中に入ると、庵というよりは、いくつも室があって、小講堂のような造りになっていた。慈澄大僧正の執務室をも兼ねていた。センダンは音もたてずに足早に歩いた。そして執務室ではなく、真っ黒い木彫りの小ぶりな仏像が一体おかれた部屋に、声をかけ、返事がし、二人はかしこまって入った。

経机にもたれた老師が二人をむかえ、坐らせた。じりじりと焦っておられるかとばかり思ってきたが、老師はのんびりしていた。おお、来なさったか、よろすい、よろすい。ああ、しかし、困ったことではありましたよ、と苦笑した。センダンが言った。タケキヨ殿には、道々、あることないこと、講義をいたしました。すると老師が、そんなことじゃろうと思った。説明が省けてたすかる。それにしてもなあ、西行様はあのお歳で、お若いんだか、お年だんだかのう、せっかちだんだか、のんびりだんだか、いやはや神出鬼没だんだか、秀衡公と談合が成ったとたん、もうその足で、出発なされてしまったでがんす。で、こうなってしまっては、こちらはいろいろと考えることもあって、急ぎ、タケキヨ殿、あなたを呼びにやって、相談をしたいと思ったのじゃ。おう、おう。その前に、秀衡公と西行殿との話の成り行きの次第について、若いあなたたちに語り残すのも一興じゃ、いやいや、一興どころかすべて一期一会の縁の不思議をばどうして語らずにおられるか。はい、お聞きしたいです、んでがんす、とセンダンとタケキヨは異口同音に答えた。よろすい、よろすい。ほおれ、大講堂における西行殿のいかにも短い法話というべきかご挨拶、述懐というべきか、あなたらも耳にしたことだな？　わたしもまた先立って一言述べたものの、あのような短かいおことばには、さすがに唖然としたのだよ。も少し、さてもこのわが浄土のみちのくに長途の旅の果てに来られ、しかも秀衡公こそ頼って、東大寺大仏修復のおんためめの滅金勧進の行脚である以上、中尊寺三千房の僧たちにもよきことばの一つ、歌の一首で唱えられてと期待しておったのに、何と、何と、一生幾ばくならず、……との、いきなりのご発声には、うんにゃ、これは、これはと、どのように解してよいやら、ふんにゃらとかわされた思いであった。ふむ、そりゃあ、わかるでがんす。わたしとても、それくらいわからぬではないが、もうすこし、こう、威厳というか、気張るというか、そうのようにあらまほしく思われたことであった。どんなに長い一生でも、そりゃあ、大いなる仕事を成就するについては、短かすぎて、話にならん。うん、それはそれでいい。そのあとがいけない。短かいのだから、夜寝る暇も惜しんで仕事だ、仕事だ、と叱られたようなものじゃ、特になまけものの僧たちには。そして、来世は近きにあり、と言いつないだものだから、いけない。脅しに聞こえようじゃないか。わたしもぎょっとした。おお、来世、あの世が、おとなりで袖をすり合わせているような気分になったでがんすべ。どうも西行殿のおことばには、やはり生涯鍛錬をかさねた歌の調子があるからじゃ、あの、一生、というただの短かい一言であっても、第一声が、イッショと語頭が倍音に近くはねあがって、それでやられてしまった気がいだすのう。あなたたちはいかがであったろうか。

センダンが答えた。わたしは、これだなと思いました。一生幾ばくならず……、このように、いまかいまかと、都の、いな、わが国においても比類なき歌僧とも称讃される西行法師が何を話されるのか、固唾《かたず》をのんで見守っているときに、このようにつぶやく！　ご自身の思いをまっすぐに出される。まるで大日如来がつぶやいたとでもいうようにわたしは聞きました。進行係をつとめさせていただいたので、ふっと緊張がほどけました。そして、来世は近きにあり、という下の句ですが、これは、西行法師がこのご高齢にいたって、日々、刻々、痛感しておられることのつぶやきではありませんか。いつあの世に赴こうともかまわないというような覚悟とでもいうべきでしょうか……。センダンがこのように感想を述べると、ふむ、秀衡公が苦笑を浮かべてこう言うたでがんすな、と老師が言った。まさにわたしの今日この頃の実感でありすなあ。わたしもまた、まだまだこの世の浄土実現にまい進したいと願うが、なんにしてもこの世はめんどくさいことが多くて、どんどん持ち時間が目減りしていく。来世がそばでかさこそと落ち葉のように鳴る。これはまずい。足もこの頃はしびれが来るようになった。尿に悪しきものが出ておると医僧が言う。ふむ、それではまずまずよき説教であったということかな。

ところで、タケキヨ、あなたはどう聞いたかな？

タケキヨは、自分たちは谷底僧房の灌漑治水部なので、大講堂の床には入れず、きざはしの下で、地べたに坐してお聞き出来ましたと答えた。聞こえたか？　かろうじてではありますが、西行殿の一声は、どういうわけか、うちならぶ僧のみなみなさまの頭のうえを波のように寄せてきて、わたしたちの地べたにも、そのお声が優しく、また強く、ひびき、聞こえました。で、意味はどのように解したのかな？

はい、意味はいかようにも、ことばですから、聞くひと各人が自由に己の器量にあわせて解するのですから、どのようでも別にかまいませんが、わたしは、ただ歌を吟ずるようなその清調に感じ入りました。意味はべつに凡庸の域を出ておらないかに思いました。というのも一生が短かいとか、短かすぎるとか、だれでも大昔から知り抜いている真実です。また、来世がすぐお隣にあるだなんて、これも凡庸です。いや、浄土教へ近すぎるようにも思います。ことばが悪いようで申し訳ないですが、来世云々は、やめてほしいところでした。若い者にとっては、虚無への感懐ととられましょう。ほほう、タケキヨ殿は幸せ者でがんせ。あの日の感激について、タケキヨはここで正確に伝えられないと思い、逆に、あれは凡庸だというように、つい曲がってしまったのだ。となりで涙を流していた老哲斎のことをここで言ってどうなろうか。

よろすい、よろすい。ここは、西行殿の一期一会のお声だけでも感謝尽きないことであるが、問題は、さて、一人脱兎のごとくに立ち去った西行殿の見守りのことで、秀衡公から至急のおことばが来たでがんす。秀衡公は、もとより、お互いに同じ血筋の枝分かれであることもあって、もちろん、血筋は血筋、政事は政事で別のものであるが、西行殿にすっかり魅せられたのだ。なんとも、かわゆいお方であるとも言われた。並みであるが並みではない。ほれ、絵師にも、上手と、上手糞、あるいは糞上手とか、みちのくのことばでいろいろあるではないか。その伝で言うならば、糞上手には当たるまい。ただの上手にもだ。もちろん下手でも、下手糞でもない。まんず、ここは、上手糞、とでもいうところか。上手ではあるが、しかし糞でもある、アハハハ、お二人は滅金勧進の話について、一瞬でもって合意されたのち、ややも一献を傾け、北上川のとうとうたる眺めを愛で、なお西行殿は、若き日、歌枕を訪ねてみちのくの漂泊の旅の一年をここまで来られて歩き回ったことなど、夢のように思い出し語りをされたので、秀衡様とて、その頃は同じ年齢であられたことゆえ、思い出話に花が咲いたでがんすなあ。で、秀衡公が、そのおりの一冬は、いずこに？　平泉におられたのでしたかと問うと、西行殿は、どうにしてもそのひと冬が思い出せませぬと額《ひたい》を叩いてお答えしておった。春が来て、出羽に抜けて、山寺の桜を愛でたことは覚えておるのだがと。おお、平泉には雪の凍るときに来られて、衣川に立ち、春は束稲山《たわしねやま》の山桜に酔いしれたとも……

タケキヨはその一冬の空白について不思議に思って、センダンを見た。センダンもくるくると眼を動かしていた。忘れているはずがあるまいよ、あれほどのお方が、とでも内心で言っているようだった。タケキヨも同じように思った。出家した身とはいえ、高野山の僧房に正式に僧侶として登録されたわけではなかったのだし、まだ二十代の終わりであったろうか、土台、古来、歌枕を見てまいれと帝から言われれば、みちのくの任地への左遷を意味したが、こちら西行殿は、自らすすんで歌枕を訪ねてみちのく平泉まで至り、さて冬が来て、その後の数か月は何をしていたのだ？　ただただ冬籠りだって？　ばかな。北面の武人でもならしたほどの健全なる肉体と精神の若い男子がだ。タケキヨもセンダンも同じことを思っていた。

大事な見守りが云々という話の前に、センダンもタケキヨも、秀衡公と語り合っている西行の姿といったものを知りたがった。臨席していた慈澄師の眼を通してでも構わなかった。センダンは聞き出し上手だったので、老師は、それを喜んだ。わだしにしてからが、この宴は一生の宝である。あの世に自分だけでもっていくには忍びない。若い二人に披露するのが善きかなじゃ。慈澄様、一つ二つの挿話でもよろしいのです、とセンダンが膝を進めた。あれやこれやとあるが、さてどれがよろすいか。どんなことでもよろしいでがんす。

## 21　つづき

二人の若さにせがまれるようにして慈澄師は、あれもこれもとある中から、この旅の途中、西行殿が鎌倉入りをして、頼朝殿と差しで一晩語り合ったという挿話をえらびだして、話し出したのだった。というのもこれは秀衡公が、西行殿に、ここはぜひともお伺いしたきことでがんす、と小さな平盃を傾けながら、頼んだ話題だったからだ。西行殿もこちらのほうはかなりいける口だったのだ。西行殿はしばらく、とぼけたようにことばを濁していたが、いやいや、秀衡殿のたってのご所望とあらば、話さずば義理も信もたたない。そう言って、西行殿はその明かるげな茶色の眼に愉快そうな漣《さざなみ》を浮かべた。なんともまあ、それがのう、可笑しそうであった。こんなふうに慈澄師が話し出したものの、まじめ一本の老師の語り口では、どうにもその情景が髣髴《ほうふつ》としないように思って、センダンはじれったかった。そこでセンダンは、梵字も相当自由にできるいわば翻訳力もたしかだったこともあって、慈澄師の語る話を、自分がそれを逐語的に、入れ台詞《ぜりふ》など加えずに、自分で再話するというような聞き方で、注意深く耳傾けた。

再話にあたっていちばんむずかしいのは、西行殿のことばが、みちのくの音韻とはことなっていて、京地方の西国的な抑揚、ことば、あるいは音節の高低の高まりが微妙な意味的ふくみをもっているようなので、これは特に注意ぶかく聞かぬでは、西行殿の真意が伝わらないきらいがある。老師はそこらへんが、もちろん若き日に高野山で修行した身ではあるが、元々がみちのく人なのだから、知り尽くしているわけでなかったので、鎌倉殿と西行法師が対坐して語る情景は、単なる記録のようなへらべったさであった。センダンはそこを、老師の話の含みをおしはかりながら、心の中で、再話したのだった。つまり翻訳しながら聞いたのだ。センダンが聞いた話の、その情景は、もちろん慈澄師のことばによるものではあるが、ほぼ次のようなものだった。

西行は話し出したでがんす。

――……さても、何も隠す必要もないことですから、ありのままをお話ししておきましょう。このたびのみちのく三千里の長旅は、いや、三千里とも言うのはややも大きな袈裟《けさ》を着せたような言いざまではありますが、しかし、わたしにとっては三千里の二倍掛けと言うたも同じです。わたしが重源様のことばに乗せられて、いや、そうではなくわたしの切なる一存、いちずなる念願発起と言うべきか、齢六十九歳に及び、さても七十の坂を下りまいらせるこの年の夏に、幸運にも東大寺復興大仏の勧進の旅に出でんというは、御仏の心に添うものであり、いかにも忝《かたじけな》い機縁をいただいたものと判断できたのです。人の道、一刻の後にも何があるかさっぱり無明のなかであるのですから、このみちのくの旅路において死すとも可なりとの覚悟のほどであったのです。ましてみちのく平泉なる秀衡様には、今生の別れとでも言わんか、現世の血脈譜から言うても遠祖は同じ一つの藤原北家でありますから、そのはるかなる遠祖たちの栄華とのちの艱難を想い起こすにつけ、是非ともお会いしておきたく思ったことです。

おお、ご酒、もう一献、忝いです。この海やまの幸の肴も美味この上もなしですね。

さて、そうそう、もう一つの旅のひそやかなる内面の因とでも申すべきは、若き日、おお、そうですね、もうかれこれ四十年は過ぎ去って、みな歳月の煙のごとくではあるんだが、その白き煙は、この旅路において、煙をたなびかせている富士の山を、こう笠を挙げ、目路はるかにも眺めましたるときに、命なりけりと思うたことでありました。ここまで命をいただいて、ここまで来たというような喜びとも悲しみとも、あるいは空無の思いとでも言うべきでしょうか、そうですね、もう一度、このみちのくの旅においてこそ、いや、わたしはこれまで高野山、その近辺、はたまた遠く西国まで多くの旅寝を重ねては心を癒すべく多くの歌を詠んできたのでしたが、もうひとたび、みちのくにおいてこそ死なめと心にも言い聞かせて歩き続けたのです。今は過ぎ去って亡きわたしの若き日のわたし自身の姿、してまた、みちのくの忘れがたい自然の景観、海やまの恋とでも申すべきか、若き日に一人自らを叱咤しつつ、歌枕を訪ねたひと年のあの一年よりも、わたしは今回の老いらくの旅路において、まことの歌枕を訪ねたことになったと実感しております。

というのも、若かったときの旅では何があればあるとて、おおきにあまたの歌を詠んでは心ひもじくしていたのですが、今回は、さ、どうでしょうか、さっぱりと歌が出て来ないという不思議を覚えたのです。しかし考えてみたらば、それこそが本当ではなかったでしょうか。自然はここでは自然のままに在り、歌のことばなど必要としないことも知られたことです。逆に言いますれば、歌に詠まないことで、心はなお豊かになりまさり、ことばによる自然の収奪、つまり自然が人間によって奪い取られるということがないという簡単な発見でした。

わたしはこのように政治宗教向きの勧進という事業に手を貸して、ここに参らせていただいたものの、そしてそのよき結果は、秀衡様の即決英断によりまして成就したことですが、打ち明けて言いますと、それも大きな感激ですが、それ以上に、みちのくの自然の美しさの再発見にほかならないのです。そしてここに逗留させていただいた日々は至福のいたりでありました。人はえてして己の命のことだけにおいて、命なりけりと感じ入るものですが、今回は、富士の山の煙のことも、忘れました。萩の花一つ見て、これでいい、これが仏の真であるというように思いました。そう言えば、ここ高館の野道にも萩の花、いや、毛越寺の大祭の鹿踊りの前庭もまた萩の花、これだけでこの世は、このような一隅においてこそ真ならんという思いを得たのです。わたしとしては、打ち明けて言いますと、大仏復興のための滅金勧進についてはこのような成就があろうとは思っていなかったことです。ただ、このようにして秀衡公とまるで従兄弟同士とでもいうように、お会いするだけでよかったのです。

おや、前置きが長くなりましたな。で、おお、鎌倉で頼朝公とお会いしたことが、問題でしたね。そう、あれは、ここで後の記憶の証にもと、いや、事実ということについても、懐疑を常に抱くということについてですから、ぜひとも、誤解というか、わざとの曲解、捏造というか、そういうことがこの世の習いにあるということで、うんざりすることですが、話しておきます。それで、ここで面白きこと一つ申し上げましょう。白河の関を越えて、ようやくみちのくの国に入りました頃の何日目であったでしょうか、わたしの旅は、馬を使うわけでなく、それはよほどのことがある場合ですが、その日の泊りは、例によって、高野山宗派の真言宗の寺に宿を借りたのですが、ええ、もちろん、寺がないような場合は、野宿だったり、あるいは困窮の民家であったりといたしましたが、その日の真言宗の寺にお世話になったところ、たまたまみちのく入りした鎌倉殿の政所《まんどころ》の若い祐筆《ゆうひつ》が泊まったので、思いがけない話に打ち興ずることになったのです。その若く聡明な祐筆は、わたしが西行であることをなぜか発見してびっくりしたのです。たいへん歌にのめりこんでいる京出身の官吏でした。で、彼が言うには、あなたが過日、八月十五日に、頼朝公と面談して深更におよび歓談されたという記録を拝見したというのです。そう、鎌倉殿政所《まんどころ》の政治向きの日誌記録簿ということになりましょうか。そこでわたしも面白く思うて、どのように記載されておりますかと訊ねたところ、かくかくしかじか、さほど長き記事ではありませんが、興味深く思ったことですと言うのです。

それをいま概略をお話ししますと、八月十五日に鶴岡八幡宮への頼朝公のご参詣があって、一行がいよいよ八幡宮の境内前に至りつくと、遠目にも老僧らしき人物がそこで左に右にと目立つように挙動不審の動きをしている。これを怪しんで、頼朝公が乗り物の中から、警護に同行していた梶原景時《かげとき》を呼び、その挙動不審の僧を誰何《すいか》せしめたところ、高野山の僧西行というもので、俗名はかつて北面の武士の佐藤義清というものであることが分かった。それを聞いて頼朝公は、参詣をすませたあとに直々わが御所まで来るように言い、そこで西行もまた参詣を済ませ、夕刻になって御所をお訪ねした。で、深更まで弾んだ談話になった。その語らいとは、頼朝公は西行に対して、洗練された優雅な流鏑馬《やぶさめ》についてぜひその奥儀を知らせてもらいたいと言ったが、西行は、もはや武門ならず、すっかり忘れてしまったと答えたこと。しかしそれではあんまりだと思うてか、流鏑馬で馬を走らせる時には、もうすでに弓をすぐにも射ることができるように、水平ではなく、このようにオッ立てて疾駆するのが肝心だということを述べた。それから、歌について訊ねた。西行は答えた。いやいや、わたしは歌を詠むとて、ただみそひともじに思いを述べるのみですと答えて、自分の歌詠みの秘訣を明かさなかった……。こんなふうにその若い祐筆がかいつまんで語ってくれたわけですが、どこまでがその記述に添うているかも定かではないとは言え、おおよそは鎌倉殿の記録、伝聞であるがわたしについての記述が判明したのです。

いかがですか、秀衡様、面白うございますか。ああ、忘れていましたが、御所で頼朝公と差しでごちそうをいただきながら談笑した次第ですが、おそばに記録係が熱心に聞き耳を立てて筆記をしておりました。祐筆《ゆうひつ》ですな。ところで、その日が何かの祭りではあっても、はて、わたしにはその日、鎌倉で流鏑馬の行事があったとは記憶していません。わたしの遠祖藤原俵太流の流鏑馬の奥儀については、頼朝殿が大変知りたがったのは分かりますが、それは鎌倉武士の流鏑馬はけだし、ただ実利的だったその無粋を、万般にわたって都の優美に洗練したかったのでしょう。すでに平家を壇ノ浦に滅ぼしたあとの頼朝公ですから、ここは動乱から平和へと舵を切るころあいだったのでしょう。鎌倉の武家というのは、各自寄せ集めの強力な利害集団でもあったわけですから、これはここだけの話としますが、頼朝殿とて、どれほどそれらの武家たちの暗殺を行ったことだろうかと思います。とにかく彼らはどういうわけか、すぐにでも殺すような挙に出る。始末におえぬ、恐るべき武家たちです。そうそう、頼朝殿がわたしに歌について問われたのも、頼朝殿の都ぶりのあらわれかと察しられます。まあ、十四歳の初陣において父義朝とともにとらえられ、義朝は頼朝の眼前で首をとられる。それを頼朝は見ているのですから、心の奥底の傷は癒えるものではないでしょう。武門の運命とは所詮はそういうことなのです。それでいて雅《みやび》を思えば、武門とて歌を見事に詠みもします。たしか頼朝殿も、見たことはないですが、なかなかの歌を詠むとうわさにきいたことがあります。あの晩は、二人で歌でも詠みあわせるような感じですか？　さあ、どうだったでしょうか。武人とともに詠むのは、これはつらい。脂燭の灯りですが、頼朝殿の顔は、ことば弾んでも顔は灯のせいでしょうか小さな炎のゆらぎが映るように思いました。

## 22　つづき

……さて、ところでその日録の記述のくだりは、およそ事実は記録するものの側に都合のいいように改変したり、小細工をもって捏造して尾ひれなどつけて粉飾するのが現世の習いであるのですから、これを信じるわけにはいきません。というのも、わたしが鶴岡八幡宮の境内においてさも人目に立つような挙動不審な動きを行ったというふうにありますが、まったくそのようなことはありません。ここそ秀衡様とて知りたいところでしょう。実はわたしとて、ただ手ぶらで、意味もなく鎌倉に足を踏み入れたわけではないのです。重源殿はたいへんに情報収集者でもありまして、鎌倉の頼朝殿とも親密な連絡網がありまして、わたしが鎌倉入りをするについてはもう事前に知っておられた筈です。わたしは出立に際して重源殿から、みちのく平泉に勧進に参るということについて、鎌倉に立ち寄って頼朝殿に伝えておくのが賢明だというふうに示唆されていたのです。というのも、ここは、秀衡様もとっくに御存知ですが、すでに前年には頼朝殿は再三にわたって平泉に執拗な圧力をかけ、都に、つまりは朝廷向きの人脈に貢金《こうきん》、貢馬《こうば》を送るについては、鎌倉を経由しなくてはならないという合意を求めてきていたわけですな。鎌倉政権を通さずには、みちのくの財貨を朝廷側に送ることはあいならぬという方策をとったのです。いわば経済制裁というわけです。いうまでもなく、秀衡様はこれをのんだわけでしたね。

頼朝殿はこのときすでに、今後の背後の敵は、みちのくの藤原平泉であること、この平泉を牽制すべく、つまり朝廷と結託して鎌倉を脅かすことになろう事態を予測して、このように、平泉の金の移動を、金の売買を、牽制しにかかったのです。鎌倉を経由することで、その軍事資金を抑えることを仕組んだのです。まして、義経殿がいずこともなく逃亡して居場所がいまだにわからないという状況でしたから、頼朝殿が一番恐れた事態は、義経殿がみちのくの平泉と結びつくことであったのです。もしわたしが一介の歌人西行法師として滅金勧進にみちのくにまっすぐに行くということならば、わたしは途中まちがいなく鎌倉殿の手にかけられていたことでしょう。重源殿もそれをわきまえていたので、わたしもまた、途中あえて鎌倉へと入ったのです。ですから、日録の記述は、みちのく滅金勧進のことは一言も記述せず、たんにわたしが風狂の歌人のようなふるまいを派手にして鎌倉殿の眼を引き、対面することになったのだというふうに捏造したのです。やれやれ。そしてわたしを手厚く遇して、一晩語り合ったというようにですね。このように書かれてもわたしは一向にかまわず、またのちの歴史記述にそのように語り継がれようとどうでもよろしいことです。しかし、ここで秀衡様の前では間違いを正しておくべきかと愚考いたします。要するに頼朝殿は、わたしが前日の夕方に鎌倉入りをしたことを百も承知していたのです。然り、その知らせはとっくにわたしの旅立ちの日に鎌倉に届いていた訳でしょう。

八月十四日の夕刻ですが、わたしはいよいよ鎌倉に入るとて、難所のような切通の隘路をくぐりぬけて、鎌倉に入りました。海辺にそって砂浜の夏草の道を歩き、風に吹かれ、この海の光景にみとれました。それから、すでに決めてあった宿泊の寺に着いたのです。あの寺は鎌倉では唯一の高野山系の真言宗の寺でありましたから、これもまたわたしと高野山との縁によるものです。ここからは住職殿から早速に鎌倉殿へも知らせがもたらされ、その結果が、明日午前、頼朝殿一行が鶴岡八幡宮参拝の儀があるので、境内で待たれよというような流れになった次第です。これが真相です。頼朝殿ほどのお方に偶然にも会いたくて、旅の風狂の歌詠みが境内前で挙動不審のふるまいをしていたなどは、笑ってしまいますな。頼朝殿は恐れていたというか、疑心をいだいておられた。

流鏑馬のこと歌作りの秘訣についてなどと、日録はらちもない記述でありましたが、ほんとうのところは、頼朝殿はわたしとみちのくの行方について、わたしの考えを聞き出しておきたかったのです。砂金の売買移動については、すでに、秀衡様との交渉で決着していたのですから。今後、ほんとうに平泉の金は、別の抜け道を通して、朝廷権力へと抜け売りされようことを何よりも警戒していたのです。それくらいのこと、風狂の歌人であろうと分かります。土台、風狂の法師歌人が、三千里の一人旅で東大寺復興の勧進に出るものでしょうか。酔狂ゆえにできることではありますまい。この頽齢《たいれい》でみちのくの往復です。ともあれ、これで件《くだん》の日録の記述の、まあ、濡れ衣は雪《そそ》ぎましたが、さて、秀衡様、あなたがお知りになられたきことは、わたしと頼朝殿のとの語らいの本質ではないでしょうか。おお、そうですね。いったいわたしがどちらの岸におるのかというようなことですね。

頼朝殿はわたしより三十ばかりは年下ですね、したがって四十歳ほどということになりましょうか、栄華の絶頂期にありますが、この先もまた難関が待ち受けていることです。武門の長の絶頂というは、古の先例を見るにつけ、一人として平安に死するはありません。みなそれぞれに無残なるかなというようなものでしょう。武門ゆえの定めでしょう。頼朝殿とてそれを予言のように一方では恐れておられるようにわたしは感じました。父義朝殿のような武人ではありませんでしょうが、というのもなかなか繊細な性質のようで、ま、どちらかというと細面《ほそおもて》とでも言いましょうか、しかし気持ちのいいお顔ではないでしょう。常になにごとか心の奥で考えておられるような、その奥に闇があるというような第一印象でした。が、いざ語りだすと、さすがに都育ちであったこともあるでしょうな、典雅であると同時に、長きに及ぶ伊豆の配流生活にもまれたせいでしょうか、いきなり襲い掛かるというような激情を隠しておられるような気配でした。名馬にはちがいないのですが、名馬は名馬によって死ぬるというような気配ですな。で、わたしたちは語り合いました。

その日録では一晩語り明かして、翌朝西行は旅立ったというような記述だそうですが、そんなことはありません。流鏑馬の話題はつまらない話題です。歌についてもつまらない話題でしょう。いかにして歌を詠むかなど机上の空論にすぎません。一生詠み続けても行きつく先があるようなないようなことです。となると、わたしたちの一晩中の会話とは何でしょうか。もちろん、わたしとて頼朝殿との会話ではなにもかもうちとけてというわけにはいきませんでしょう。というのも、わたしは、北面の武士以来、北面上級の武人であった清盛殿とはのちのちまで縁があったこともあって、わたしはと言えば、平氏のありようにと気持ちがあったのです。清盛殿もまた西国ですから、わたしとは近しい気性であったものでしょうか。わたしと清盛殿との絆について、頼朝殿が知っていたかどうかは存じ上げぬまでも、あのお方は察してわたしを疑心しておられたことでしょう。財政も困窮の朝廷が東大寺復興の勧進にわたしのような法師が乗り出すとはどういうことか。もとより東大寺大仏の焼失は、平家軍が、敵対する南都の僧兵に業を煮やして火をかけて鎮撫したのが原因ですから、その復興に加担するということは、どういうことかと、もちろん頼朝殿も熱心でしたが、疑心がおありだったでしょうね。わたしはわたしで民のための東大寺大仏の復興を思い、朝廷の焦慮も思いつつ、しかし同時に、平家滅亡のあととあっては、平家の焼き打ちの咎を滅したいものだというような気持が強くあったのです。

わたしたちの対話はそれほど時間はかからなかったのです。わたしは自分のみちのくへの思いを開陳し、無事に京へ帰れるかどうかの不安をも述べました。また、平泉藤原とはおなじ血筋であることもです。まあ、そういえば、源氏ともまた、みちのくの攻略史において果たした功績は大きいでしょう。八幡太郎義家以来ですから。で、最後になって、頼朝殿は、眼を細めるようにして、西行殿、あなたはこの世の浄土国をつくるみちのくの平泉についてこの先をどのように考えていますかと、単刀直入に聞いたのにはびっくりしました。これはもう都ぶりではありません。血の匂いのする権力のことばでしょう。わたしは答えました。わたしは武人ではなく、現実の政事についてはあずかり知らない歌人であり半身は出家僧、あるいは隠遁者です。いかように現実が進もうと、それもまた御仏の慈悲だと思うほかありましょうかとお答えしたのです。わたしは重い心で、十五夜の月夜に頼朝殿の御所を辞去し、ふたたび寺に戻りました。寺域は広大な鎌倉の森が重なり合って、八月の半ばとはいえ、海風が吹き、寒いような生暖かいような、気持ちの悪い夜でした。わたしは翌日、夜明けとともに歩き出しました。

以上が、秀衡殿、頼朝公との一期一会の一刻でした。いかがでしょう。わたしがここにおいて、みちのくのことを、その未来のことを、否定したかに聞こえたのであれば、わたしのことば足らずのせいです。みちのくが栄えるとなればさらに栄え、また滅びるとなればまたそれは仏の御心だろうと思いますし、にもかかわらず未来においてふたたび栄光が巡りくることも必定だろうと、因果の法則によって定められているかに、老いたる一人の歌僧としては思っています。いまは、ともあれ、一隅を照らし、みちのくの百年後、千年後をこそ夢みたいように思います。わたしは歌によって、秀衡様はさらにこの世の浄土の理念において正しからんことを信じます。

## 23 みちのくを去る

西行殿の語った話を、慈澄師の訛りある語りからこのように聞き直してセンダンは理解したが、これはタケキヨもほとんど同様だった。秀衡公はいかがでしたか、とセンダンはさらに知りたがった。慈澄師は嬉しそうに頷いた。平泉の財力から言えば、大仏復興のための大量の砂金送りなど、物の数ではない。みちのくがこのような善き浄財をなすことこそ本願であろう。まことに時宜を得たる機縁であったことでがんす。したがって、実は、この頼朝殿との話に聞き入ってのちに、秀衡公は何度も手で膝をうちたたき、即刻にも金を鎌倉殿経由で送られることを決めたのじゃ。西行殿はさらに盃を傾け、かたじけない、かたじけないとおっしゃってのう、まるで子供の喜びようであった。三千里をみちのくに来ました甲斐がありました、いや、わたしの勧進の成功などではありません、どう思うても、運命ということでしょう。可笑しなことさの、西行殿は、酒は左にも右にも盃をもちかえ、いかにもおいしそうにいただくお方だった。秀衡公は足のしびれもあって、少しは控えておられたんだが、西行殿の喜びにつられて、ことのほか御酒がはかどったんじゃ。

それからが愉快であったぞ。西行殿がふっと立ち上がって、みちのくの浄土の未来のためにと言い、一つ舞をいたしましょうぞとて、歌に合わせて、左に右にとゆらゆらと舞いだした。なんでも、平泉束稲山の香桜に捧げる舞《まい》とか言っておられたが、何ともハー、うまいんだか下手なんだか、それでも歌にあわせての舞ゆえに、あだかも束稲《たばしね》のあの桃色濃き山桜の花びらが雪ひらのように舞う趣きであった。西行殿にこのような童のごとき振る舞いがあろうとは思ってもおりませんじゃ。秀衡公はあの大きなふっくらした肉厚の手を打って喜んだ。なんのそのよ、平泉の黄金のごときは、束稲の香桜のあの浄土のごとき匂いにかなわずじゃ。そういって、祐筆を呼びつけ、重源および東大寺あての誓約をしたためさせ、秀衡公直筆の署名をなし、硃砂印泥《しゅしゃいんでい》の器を取り寄せ、拇指《おおゆび》を押して、そのおおゆびをごしごしぬぐったでがんす。よろすい、よろすい。戻りは、口約束だけというのでは西行殿と信がたたないでがんす。よろすい、鎌倉殿へは十月の半ばまでにお送りいたします。鎌倉殿は、それでもって朝廷に対して権威を見せつけることができる。それでよろすい、よろすい。これはわたしの側から言えば、政治交渉ではない。信仰の信義ということじゃ。さあ、西行殿、なにとぞご無事で京まで至りつけてけなされ。

　すると、突然西行殿は何かを思い出したもののようで、あたふたと、まるで読みさしの文書の頁を閉じるとでもいうように、あああ、と言って、あわてて帰り支度をなさったのじゃ。これには驚かされた。一日でも早く急ぎたい、というのだった。馬はこのまま次の駅まで、お貸しいただきましょう。すると秀衡公が可笑しがって、これは西行殿、さすがにお歳を思うて下さねばなりませんぞとおっしゃった。西行殿は法衣に頭陀袋のような袈裟をかけていましたが、扇子をとりだして首をかいた。歌人は落馬では死にませぬ、死ぬるは寂しき庵にて、歌書き散らし、料紙が風に吹き散るがままにて、とおっしゃっていとまごいをなさったんじゃ。

そこまで語って、慈澄師は、さて、ここからが問題でがんす、とようやく本題へ入ることになった。のう、タケキヨ殿、明日にでもあなたの得度式のあろうものであるけれども、これもそうも軽々にはならなくなり申した。秀衡公のたっての願いじゃ。いや、きょうのことは何ら心配はないが、この先じゃ、帰路三千里のご無事の帰還の見守りをと命ぜられたのだ。これは平泉の武人では困る。なにかにと困る。護衛だとなれば、鎌倉に情報が行く。いうまでもなく白河の関までがわがみちのくの地ではあるから身の危険はないまでも、心配なのはお体じゃ。いいかね、いかに頑健だとて、齢七十の声を聞くお方じゃもの、なにがあっても不思議はないぞ。あの方もそう思われておろう。そこでじゃ、強靭なる若い者をして、無事に京まで入られるのを見守りしてもらいたいがじゃ。

それが自分だと分かってタケキヨは悲鳴のような喜びのようなへんなうなり声を発した。センダンもまた、ううう、というような声を出した。ここは男児間一髪だ、とタケキヨは眩暈《めまい》がした。老師が言い添えた。正式の得度のことはこの任が終わってからでも問題はない。もうあくまでも中尊寺役僧である。帰り次第、得度式となろう。僧形ではないが、しかし、あなたはどう見ても出家僧のごとくだ。つかず離れず、西行殿をお守りしてほしいぞ。おりふしの連絡は、砂金流通部の網を使いなさい。ただちに書状でも届く。資金も十分用意しよう。

こういう運命があろうか、とタケキヨは心で言ったが、そばでセンダンが、春の都で会おう、とささやいていた。

# 三章

## 24　新たな任務

タケキヨの出立はすぐ明日の夜明けというわけにもいかない。それなりの支度もあろうというものだった。その一夜は慈澄師の庵でセンダンとともに過ごすことが出来た。夕餉も満足のいくものだった。昆布巻きと山芋の煮つけ。あさり貝の汁までついている。

今ごろ、あの方はどこら辺であろうかとセンダンが言った。燭の炎が小さく燃え、センダンの居室は小さな祠《ほこら》といった印象だ。僧ともなればこのようにして住み、学問をするものなのか。小さな扇形経机には日課であるという写経の料紙がきれいに整頓され、鍍金《ときん》された観音開きの小ぶりな観音像がそっとおかれていた。タケキヨがその観音像に興味を示したので、センダンは笑みを浮かべたようだった。燭の炎が動いたのだ。もう山全体が闇に包まれていた。せせらぎのように虫の音が聞こえるようだったが、それも静かな甲高い耳鳴りのようだった。

そう、これは、もちろん来春の比叡山入りに際しては手放さずに携行しようと思っているよ。形見だから……。鍍金も剥げているがね。形見だって？　顔も覚えぬ父のだ。ほれ、ここいらが焦げて、変色しているだろう。火にやられた。合戦でだったと聞いたが、父の持ち物だ。このような仏を懐に入れていたのかと思うと、やれやれ、残されたただ一つの形見だ。山伏の雑兵の一人として加わったらしいが詳しいことは知らされていない。母系とはそういうことだ。胤《たね》が続きさえすればいいからだ。

タケキヨは汁の貝の身を舌ですくいながらつぶやいた。そんなふうに言うものじゃなかろう。そうだよ、来春の修行に御守りとして持参するのはいい。ところで、タケキヨ殿には、なにかこのような形見の品はあるのか。……残念ながら無い。何も無いということはなかろうよ。何分にも小さい子供であったから。何かは持っているだろう。そうだ、父の書いた手が……。歌か？　いや、どなたかへ送った手紙の下書きだそうだ。一、二枚だが、見せられたことがある。どなたに？　さあ、どなたであったか覚えていない。久慈の海の人だったらしい。内容は？　ああ、それは言いきかされたから子供心にも記憶がある。どんなだい？　今思えば、教訓臭いねえ。武ならず慈悲に生きよ……というようなものだ。生き残る家族は影に日向に助けよ、というような当たり前のことばだった。おお、いいね。遺文じゃあないか。そう言えばそうだね。水利部で十年も、治水に明け暮れる。思えばこれも大事な慈悲であったかも知れない。センダンは、わざとのように、いんでがんせ、と繰り返した。春雪解け期の氾濫する川の一隅を、まあ、蛇篭と土嚢で照らすということだね。人が一度にできることなんてない。一気呵成に合戦で勝利したところで、みなゆくゆくは泥田にはまったも同然だ。死ぬまで抜けられない。

慈澄師の勧めで、出立は明朝ではなく、明後日の夜明けということになった。西行殿がどれほどの健脚であろうと、二日の道のりはたかが知れている。よほど急がれているようであったども、心は急いても、足は正直じゃ。若いあなたにはかなうまい。こちらはつかず離れずでよろすいぞ。で、タケキヨとしてもほっと安堵した。つかず離れず、分かりました。されどじゃ、万が一ということもある、そのときは西行殿を武人のごとくにお守りせよ。例外というもんじゃ、そのときは中尊寺僧であることを忘れてよい。心魂をもって武器としなされじゃ。タケキヨは心がかたまった。これが運命だったか。そしてセンダンと深更まで語り合った。

春には都で会うことが出来ようぞし、とセンダンが言った。いや、わたしは西行殿が無事に都入りなされるのを見届けたら、平泉に取って返すことになっている。ほう、冬になるぞ。一生に一度ではないか、もう少しのんびり、京でも西国でもまわってくるという手もあろう。さあ、それは慈澄様の心づもりもありましょう。いいかい、タケキヨ、あなたはちょっと鈍くさいところがあるね。うすうすわたしは察しているけれど、ここ平泉はそれほど浄土の枕を高くして寝てはおられない。噂にも聞くが、義経殿がいま逃亡中とて、さっぱり行方がつかめない。鎌倉は必死になって探索している。昨年からだが、いいかい、頼朝殿は義経殿を捕らえるとの名目で勅許《ちょっきょ》を得て、各地の荘園や公領に地頭として鎌倉御家人たちを送り込んでいる。以前の地頭ではないのだ。荘園を自由に検断《けんだん》できる新しい御家人出の地頭だ。いわば荘園の検非違使《けびいし》といったところだ。なんでも出来る。あなたは何も知らないのだね。秀衡様は数年前に陸奥守《むつのかみ》に任ぜられたのを期に、東大寺の大仏滅金料として、五〇〇〇両を献金しているのだ。頼朝殿は一〇〇〇両だ。これはいかにもあてつけがましいぞ。頼朝殿はじわりじわりと平泉を包囲している。その時を忍耐強く待っている。万が一にも、義経殿が平泉を頼って来るということにでもなればどうなるか。秀衡様が育てあげたような方だから、秀衡様はもちろん匿うにはやぶさかならずだ。しかしそれが鎌倉殿に知れたら一体どういうことになるか！　平泉を攻める大義名分が得られる。今の秀衡様がご健在ならば、いかようにもなろうが、知っての通り、秀衡様は持病があって、先がわからないではないか。われわれの運命にもかかわる難問だ。泰衡《やすひら》殿はまだ若いし都ぶりがはなはだしいと聞くぞ。

そういう情勢であったのですか、とタケキヨは言った。だから、あなたは、冬に平泉に戻るようなことは急いではなるまいよ。わたしだって来春に比叡山の修行が決まっておるものの、思うに、ぎりぎりまでは分からない。しかし、わたしは行くだろう！　みちのくとは雪国なのだ、深い雪に閉ざされるということが盲点だ。義経殿が仮りに無事にみちのく入りがなされるとすれば、長い一冬の逃亡となろう。つまり、雪解けの頃に、みちのく、懐かしの平泉には入るだろう、というのがわたしの勘だよ。北陸、出羽、越後というように一冬を人に知られずに歩きとおしてやって来る。武者とはそういうことだ。山伏と同じさ。それがわたしの見立てだ。わたしがもし義経殿なら、そうする。冬に追手は動かない。それに、いいかい、鞍馬山で武を学んだというからには、そういった細かいことにも通暁している。それより何より、みちのくの地理、風土は知りぬいている。

センダンは熱してきた。まるで武人にでもなりかわったとでもいうようにだ。ふむ、しかしわたしは義経殿には関心がいかない。武は武で滅ぶのはうんざりするほど見てきたではありませんか、とタケキヨは言った。うん、その通りだ。だからこそ、この世にようやくこしらえた浄土のみちのくをどうしたらいいのか！　いまや頼朝殿が糾合できる軍勢は、おそらくは二万ではきくまい。それ以上集まる。みな勝ち目のあるものに集まる。所領安堵と恩賞めあてだよ。そして一気に、みちのくを滅ぼす。いや、鎌倉の手法というのは、もっと陰湿であろう。暗殺にたけた手法だ。となれば、義経殿が平泉にありと分かれば、秀衡殿に、義経殿の暗殺を持ち掛ける。もし平泉がその手にのって、暗殺を決行したなら、今度はそれを理由に、平泉に軍を進めるだろうね。どうだい？　タケキヨは言った。秀衡様はそうはならない。もちろん、その通りだ。しかしご健康の問題がある。万一、秀衡様が突然逝去なさったらどうなるか。ここ一年のところが運命なのだ。われわれもだがね。ああ、とセンダンはうなるように言った。タケキヨは言った。そういうときに、わたしが西行殿を追いつつ、京まで入っていていいのだろうか。いいかい、わたしが来春に、都であなたと再会できないということになれば、決してあなたもみちのくに帰って来てはなるまい。

タケキヨは暗く重いものに打ちひしがれる気持ちだった。タケキヨは秀衡公にお会いできた館を思い出した。あそこで、西行殿も即興で舞を舞ったのだ。西行殿は何を思われていたのか……。その夜、タケキヨは夢にうなされた。またしても衣川に生首が数珠つなぎになって浮かび、萩の花たちがその生首に髪毛のように巻きついている。中尊寺にたてこもった僧たちが読経していた。

## 25　夢の汀《みぎわ》

悪夢は続かなかった。冬の川だった。それは衣川なのかどうかわからなかった。タケキヨはこれが明らかに夢であると思いながら、眼に接してくる色のある冬の景色のなかを自分でも雪をこぎわけて一歩一歩進んでいたのだった。山襞を、また青い山襞を、谷も、渓流も、黒い森も、よじ登るように真っ白い息をつぎながら、しかしはっきりと道はまちがっていないと確信して、これはさまよって、迷っているのではないと、時折、後ろを振り返った。後ろには遅れがちながら人影が一つ二つと見えるのだった。そして気がつくと、そこはもう樵《きこり》の家で、ひどく豪壮なつくりなのでおどろかされ、見上げ、吹雪で雪のかさぶただらけの扉をどんどん敲《たた》くまでもなく、もう彼は中に入っていて、寝間から女人が寝衣の胸をあわせながらに出てきた。みだれにし、みだれにし、陀羅尼の……というふうに彼はその声を聞き、安心して雪を藁蓑《わらみの》からバタバタと叩き落とした。鹿皮のはばきの雪は氷になっていた。これはやがて来るみちのくの冬なのだとタケキヨは思ってながめていたが、雪を鹿皮から叩き落した彼の顔がはっきりと見えた。それは自分ではなかった。樵だった男が寝間から入れ違いに出てきたが口をきかなかった。ひげ面に眼だけで、さあ、寝間さ入りあんせ、と促すのが分かった。また眼で言うのだった。わが寝間のこの戸は、山の栗の木千本伐ってこしらえてある。外からは開けられんし、鉄よりも固いぞ。ここに匿われてあれ。冬の寒さばしのぐには、人肌よりもよきものはないから、わが女房をぞおつかいなされ。まれなるお人ぞと見たれば、わたしはこれから炭焼きの山へ戻るべし。

タケキヨが見ていると、胸の寝衣をかきあわせて、じっとみつめている女人が、どう見ても、ずっと以前から知っているように思われた。そして言われるがままに寝間に入ると、香草の匂いがたちこめ、小さな脂燭《しそく》の炎がゆれて、そこに坐しているのが、なんだ、センダン、あなただったのか。そうタケキヨが彼に言うと、その彼が顔をあげた。センダンが、ほおれこのわしが義経だ、と笑っているのだった。タケキヨは、樵の女房とはどなたかと訊くともなくきくと、センダンは、ほおれ、ご存じでがんせ、秀衡殿の姪御の……、そうじゃとも、鹿踊りの、おなを様でがんす、と言うのだった。お連れして逃げておるところだが、ここはもう海にそびえる秋田の鳥海の山を越ゆれば、みちのくの道行きも終わりじゃ。ともに帰るかね。しかし、彼がおなを様と呼んだ女人の顔を見つめると、まったくちがう童顔だった。ああ、ああ、なんだ、長五おさの孫むすめ、鹿踊りの子だったのか！　はい、もうあれから五年、六年でございましたでがんす。そのおなをはセンダンとも義経とも分からない彼のそばに坐った。ここの樵は由緒ある武人の出でしょうね、とタケキヨが言った。それは分からんが、それなりの謂われがあってこのように高貴の身ながら嫁がれたのであろう。わたしは雪解けまでここにおろうと思うが、あなたは都へ急ぐ身だ。タケキヨはそのおなをという人をまじまじと見つめた。こころもち腹部がふっくらともちあがっているのだった。おお、とタケキヨが言った。あなたのお子ではないのか？　いかにも、んでがんす。雪がとけたら、日高見川の北からまわりこんで、みちのく浄土の都に入ろうと思う。

わずか数瞬の夢にすぎなかったはずだが、タケキヨは夢の汀《みぎわ》で胸がつぶれるように思っていた。夢はすべて正夢だとおっしゃったのは哲斎だったではないか。いいかね、女人の夢をみるようになったら、それはよろすくない。現世にひかれてのことじゃ。その一瞬後に、こんどはタケキヨが藁蓑に鹿皮のはばきをつけ、冬の幾山河を歌のように越えていくのだった。因果応報なのだ。厖大な死者をこの世にもたらした以上は滅びしか待たぬ。知り抜いてのことだとは言わせない。とタケキヨのうわごとが、もう目覚めていたセンダンの耳に聞こえた。

しらじらと夜が明けていた。

# 26　祈禱

当然のこととはいえ、夢が覚めてみると、物質はすべて重くて実質があり、夢のように奔放な飛翔力のあるはずはなかった。一つ一つに重さがあった。タケキヨは見た夢をよくおぼえておこうと夢の中ではしっかりと自分に言い聞かせたのに、早朝に谷間の僧房でのあわただしい仕事、勤行、そして忙しい朝餉、それから一日の労働ははずしてもらい、哲斎老には、西行殿を追って明朝出立することになったと伝え、そのあと、旅立ちの支度をした。支度と言っても特別のことはなかった。思えば、春から夏にかけて糠部《ぬかのぶ》、外ヶ浜調査行から帰って、数日を経ずして、途方もない旅に出ることになったのだ。哲斎老は、真を求めて三千里どころではないとて、七千里でもいっこうに臆することなかるべし。のう、西行殿とてご高齢にてみちのくの旅を果たされたその心を思えば、などと言って、タケキヨの肩をがっしりと抱擁した。餞別のはなむけにというものもなければ、わたしからは、ほれ、この鉄の錫杖《しゃくじょう》を進ぜよう。いいかね、これは武器ともなる。心して用いよ。ふたたびこの錫杖をついてじゃ、万が一、よろぼう身となろうとも必ずみちのくに帰り来ませ。

錫杖には銘が刻まれてあった。錫杖を手渡すに際して哲斎は泣き出しそうな笑顔になった。タケキヨ、あなたが西行殿にお会いするとなれば、このわたしもまたお会いするようなものだ、よろすい、よろすい、このようにわれわれの現世は出来ておるんでがんすな。わたしの、あの過ぎし年々の合戦動乱から命からがら脱した折の形見と思うてくだされい。偈文が刻まれておるんじゃ。武器とてその使い方は分かるね。そうだ、振り回すのではないぞ。ただ一気に突く、それだけだ。万一矢が飛んできたならば、払う。それだけだ。鉄の杖だ。あなたにはことばの杖の方が似合っているが、そうも言うておられんときがある。寂しそうな広いがっしりした肩をすぼめるようにして哲斎は、タケキヨの代わりの労務者をともなって、谷底を上って行った。

やがてタケキヨも支度を整え終わり、かさばる笈《おい》の代わりに大きな合切袋《がっさいぶくろ》を背にし、はなむけの錫杖を手に谷間の道を上った。ずっしりと重い錫杖の錫頭《すず》には鉄鐶《てつわ》がついていて、一歩ごとに鳴った。その足で、予定通りに、本堂とはかなり離れた小ぶりの御堂に出向いた。慈澄師がやって来た。センダンがすでに中にいて、祈禱の準備を整え終わっていた。ただちに祈禱が始まった。祈禱僧はセンダンだった。慈澄老師は、タケキヨと並んで坐した。まあ、センダンの読経と護摩焚きぶりをしっかりとみておきなされ。数年もすれば、われらが中尊寺僧をたばねる地位に昇るだろう。

センダンはいきなり激しい声で、両肩をまるで護摩焚きの炎のようにゆらしながら、片手に数珠《ずず》をもみ、片手ですかさず火に木片をくべ、くべるつどに火壇に火の粉がとび、炎がいまにも御堂の天井に燃え広がるように見えたが、センダンのわざは、それを読経の呪術力で抑えているようだった。センダンの顔は火のほてりで赤く、立派な僧衣もまた火に焦がされそうに思われた。

タケキヨにはとてもその祈禱のお経のことばの意味などわかるわけもなかったが、じっと聞いているうちに、すべての意味が手に取るようにわかる気持ちになった。すべてが終わりのない繰り返しのように聞こえるのだった。その決して終わることのないような繰り返しだけが祈禱の本質だとでもいうようだった。祈禱の音声《おんじょう》から快感のような情念が生まれてくるのが分かったが、それは決して、何かからの解放ではない。再びまた、炎の底とでもいうように心が運ばれて行き、またふたたび果てしない繰り返しの波に浮かばせられるのだった。

　このまま一刻でも続いたらどうなるだろうか。炎は火のはぜる音を飛びちらし、護摩焚きの火のうしろの台座に立っている忿怒の毘沙門天像を赤黒く照らしていた。そして、いきなり、読経は沈静し、鳥が空から落ちるようにして、センダンの声が落ち、護摩焚きが終わり、炎が鎮まった。センダンはこちらに向き直った。タケキヨは思わず礼拝した。そして普段のセンダンに戻って、彼は笑いを浮かべて、まんず、不謹慎ながら、ここは慈澄師と三人だけの祈禱のお経でありましたから、少し気合を入れましたでがんす。慈澄は、みごとだ、みごとだもんだ、わたしの若いころもこのようであったが、もっとよろすい。無常の風っこが吹いておるばたて、負けないくらいの力がこもっておるでがんす。そう言って膝をこすった。そしてこの祈禱の読経のある瞬間に、タケキヨは夢のあとをハッと思い出していたのだった。山間の雪に埋もれた豪壮な家、樵、寝間、栗の木千本の寝間の戸。あれはなんという名であったか、おなを、であったか。そして武将だ。たしか、出羽の山岳だったたか……。眼前のセンダンがその夢のなかで義経に成り代わっていたのがハッと思い出された。この護摩焚きの祈禱は、センダン自身のことであってもおかしくない。正夢というものがあるならば、とタケキヨは思ってセンダンを見た。

## 27　惜別

京までの旅の支度は整ったものの、心の準備はまだ少しも明瞭にはならない。春から夏へと外ヶ浜の長旅の心労といったものが今ごろになって出はじめている。もうすべてが終わったことなのにと思うが、しかし何も終わっていないことが、不図した瞬間に絵になって浮かび上がるのだった。その中から美しいものの無垢なるものを選んで思うことだけが救いになった。あとは、どんなに人々に災いと不幸、悲惨をもたらそうとも、それ自体で自らも破壊と荒廃をもたらしながらもそれが当たり前だというような、平然たる表情の自然だけが、救いとまでいかないまでも、頼りになった。やがては冬、そして春がめぐってくれば、芽吹き、花を咲かせ、茂るのだからという確信だった。

しかし人はそうはいかぬ。タケキヨは治水の仕事の経験から、その点では楽観的だった。自然は悠久の時を有して生きている。人も獣も、鳥も、そうはいかない。まるで矢のように生きて、飛びつつもやがては地に落ちる。その矢は何を的にして飛んだのか。野の花は何ゆえに美しく咲くのか。あの奇跡的な装いはなぜなのか。種を残して生き延びるためだとある人たちはしたり顔に言うけれども。

いま、眼路に北上川、眼下に衣川を見下ろしながら、二人は草の上に腰をおろしていた。センダンが言った。そんなことを言ったところで、こちらは人間なんだから、花の気持ちなど分からない、とつぶやいた。花たちが、ほんとうに自分の装いを知っているとしたら、どうだろうか、とタケキヨが言った。うむ、そうだね、知っていると言いたいね。そう憮然としてセンダンが答えた。で、わたしたちはどうだろうか、とタケキヨは秋なのに若い葉をみずみずしく成長させている虎杖《イタドリ》の小さな先端を折り、口にふくんだ。知っているじゃないか、とセンダンは少し怒った口ぶりになった。いや、自分ではよく知っていないが、他によって知らされるということだろう。タケキヨがうなずいた。そうだねえ。鏡のようにだねえ。衣川の蛇行部の遠くにはいまごろ哲斎たちが労働をゆっくりとこなしているはずだった。山を登るには一歩一歩と言うが、その一歩とは、ほれ、この自分の足の長さだけでないといけない、そう言ったのは哲斎だった。人間の時間に負けるな、飲み込まれるな。とも言って、蛇篭を編みなおし、土嚢を積み、それだけで一日が暮れるのだった。タケキヨが自分よりはるかに聡明なセンダンに言いたかったことは、この人間の時間についての希望と絶望の思いだった。

センダンが言った。小手をかざす身振りで、それはたしかに傾いた日輪に光がまぶしすぎたせいだったが、あの、そうだね、この衣川の向こうの、あのはるかな北から、あなたは帰って来たばかりだった。いつかその機会がめぐるならば、わたしも行くであろう、とセンダンが言った。わたしも行くであろう、という気張った言い方に、タケキヨは笑った。そして、縁があれば、そうなるね、と言い加えた。本当のところは、ともタケキヨは言った。西行殿の見守りは、あなたこそふさわしいと思うよ。わたしでは荷が重すぎる。それはだめだ。わたしはここ中尊寺に責任があるのだ。すでに言ったではないか、いいかい、ここ、一、二年の間に何が起こるか一寸先は、まったく予断を許さないのだぞ。わたしは、しかし春が来れば、必ず比叡山に留学する。あなたはともかく無事に帰って来てくれ。入れ違いでもいいじゃないか。センダンの心の地図には、もう夢の道筋がひかれていたのだ。比叡山の修行ののち、彼は無事に帰って来るだろう。わたしはすでに使命を果たして平泉に帰って来ているだろう。そう思ったものの、夢の欠片がタケキヨの心を刺した。平泉は残っているのだろうか、その時には。衣川の北の広大な大地を眺めているうちに悪夢の欠片などどうでもよくなった。

それからセンダンが言った。いいか、タケキヨ殿、西行殿の見守りのことだが、無事に京に入るまで、つかず離れず、西行殿の心になって行け！　タケキヨが言った。わたしがあのお方の心になるって、どういうことだろうか？　これだから困る。いいかい、あなた自身が、京まで三千里を歩み通す老いたる西行殿のお気持ちになるということだよ。おお、老いたるとはこれはちょっと。そうじゃないか、考えてくれ、西行殿は齢六十九だぞ。わたしたちより四十も上だぞ。一日一日、あなた自身が四十も上の西行殿の気持ちになって、うしろから影のようについて行くということだ。道連れの相棒といったものが必要なお方ではない。心の手足纏になるだけだ。まんず、あのお方を言うには、永劫の旅人といったようなところがあるね。いいかい、そのようにしてあなたが歩くならば、西行殿の心の分身といったものがおのずとあなたに乗り移る。学び問うというのはそういうことだ。いいか、生死にかかわるほどのことがない限り、決して気づかれないように離れて居よ。

その距離は？　とタケキヨが聞いた。一日の距離だ。一日の距離か……。われわれだって、一日の距離をおいて見守られていると思えばいい。ああ、西行殿は浄土的な距離で見守りされているのだろうけれど、この世では、一日の距離がよろすいでがんす。万一のことがあれば、騎馬で駆け付けられるぞ。タケキヨは馬は乗れたはずだが、どうだ？　ええ、それはもう、半日そこそこでは、腰が立たなくなるなどといったことはありません。西行殿の心になれ、というセンダンのことばをタケキヨは心の奥の蔵にしまいこんだ。ふたりは崖際にすわり、日輪を拝んだ。そのあとセンダンが言った。わたしの祈禱はどうだったか。護摩焚きはどうだったか。経文の意味などあなたにはさっぱりだったろうね、アハハハ。タケキヨは、すごいと思ったと答えた。すごいかね。ええ、あれはすごい。うん、ありがたいね。あれは、炎をもって炎を制する経文だった。同時にわたしは平泉の安寧をも炎にこめた。

日輪の傾いた輝きのこちら側にいて、それからまだ二人は話していた。それからセンダンが、センダンらしくもなく、照れくさそうにして、料紙を二つ折にした薄い冊子を取り出した。いや、あなたは読まなくていいが、西行殿が無事に京に着かれたあかつきに、よき機会を得て、西行殿に見ていただきたく思うのだ。わたしが詠みためた拙い歌だ。タケキヨは驚かされた。僧が歌詠みであってどこが驚くかね。西行殿とお付き合いのある慈円というお方だって、すごい歌詠みと聞くぞ。いや、これはこのように濡れないようにと油紙に包んである。アハハ、あなたが読むだろう頃は、このわたしのわずかの歌草が、わたしの遺言になろうとも限らない、いや冗談だがね。タケキヨは思った。あなたこそが西行殿の歌の心を継ぐべきひとではないか！　センダンは言った。やれやれ、わたしは西行殿のように自由な僧ではない。歌によって宇宙森羅万象の本然に入れる身でもない。しかし憧れが尽きない。日輪の光を受けたその閉じられた料紙の冊子を、タケキヨは受け取った。センダンは立ち上がった。ありがたいでがんす。わたしの餞別とでも思ってけんせ。二人は無言で、日脚が漏れる杉木立の孤独のなかを歩いた。

夜明けには見送りにいかない、とセンダンが言った。これが別れになろうとも、後ろを振り向くな。

わたしは必ず生き延びる。おお、慈澄師からの一袋は、どんなに費《つい》えがあろうとも、十分すぎるから、その点でひもじくはないぞ。とにかく、西行殿のお心を映してこそ行け。

タケキヨは庵の萩の花の群れまで送り来て、あなたの歌は必ず西行殿のお心に届けると言った。ただ冬までの旅だ、必ず帰って、西行殿の判のおことばを持ち帰る。

## 28　西行を追う

タケキヨは僧房の寝板で最後の夜を眠ったが、寝付けなかった。

谷間の上を月が通っていくのが分かった。静寂だけが月の光をコオコオと響かせていたのだった。タケキヨは夢を見ているわけでもなかった。まとまりのつかない想念が葛の葉むらのようにタケキヨの心をからめとっていた。支度はすべて終わったから、なんの心配もない。鹿のなめし皮の山袴が枕元にあった。僧衣に脚絆だけではあぶない。背負い袋にはもう一枚皮衣が入っていた。雨には笠と、蓑代わりにする油引きのアッシ織りの長衣が用意されていた。しかし経験したことのない旅だ。北へ北へという春夏の外ヶ浜までの旅とは決定的に異なるのだ。タケキヨは想念の中で、まるで勾配の低い下りを果てしなく下りていくように感じられたのだった。白河の関まではまず問題はないとしても、その先については何があるかもわからない。鎌倉御家人たちによる厳しい検問があるやもしれぬとのことで、中尊寺役僧である護照《ごしょう》を慈澄師がしたためてくれた。

タケキヨが寝返りを打って眠らずにいるのに気付いた哲斎が、となりの寝板で身を起こした。実はわたしもにわかに気がかりがおこった、タケキヨ殿、あなたは西行殿を追うて、どこまでも行くわけじゃが、その道筋のことで、あっと思いついた。四十年も昔のことであるが、そうじゃとも、わたしは、白河の関など越えぬ道を選んだもんでがんす。なぜだかって？　それは、つまり、わたしは合戦のあと近江越えして、みちのくの反対側を人に知られず、雑民にまぎれてじゃ、海を使ったのだ。タケキヨは聞き返した。そう、海じゃ、海路じゃ。陸はあぶない。どこにでも落ち武者狩りもおれば、検問あり、これは十中八九、危ない。その点、海路はな、何も海のど真ん中まで行くのではないよ。岬から岬、岸から岸へ、海村をつなぐようにして北へ回るのじゃ。それに、大きな船も荷を積んで回っている。船ではどこへも逃げられぬから、乗ったらもう覚悟を決める。嵐でどうなるかもわからない。しかし、船頭というのはいわば瀬戸内の一党なので、なかなか気骨と人情においてすぐれておる。連中はみちのくとの深い縁もある。わだしはあの時は、出羽《いでは》のツルオカという湊まで逃げて、そこでさらに北へと回っていく大船にひろわれた。中では重労働させられたが、わだしのような者たちも何人かもぐりこんでいた。

それにしても、ツルオカの夏雲は見事であったなあ……

それは、つまり、哲斎殿は何をおっしゃりたいのですか、タケキヨは言った。うん、そこなんじゃ、わだしが言いたいのは。いいかいね、西行殿はいったいどのような旅すじで帰京されるだろうかな。まっすぐにもと来た道筋を、みちのくの国境の白河の関まで行き、それから東海道を通って京までというのは、日数を勘定してみても、これはえらいことになる、行きはよいよい、帰りはこわいというもある。

それは陸の方が、船のように沈むこともなからんから心配はないがのう。ふむ、船で海から富士をながむるのも悪くはないでがんす。タケキヨは驚いた。西行殿は、それでは途中で海路で？　さあ、それはなんとも言われない。

タケキヨは哲斎と暗闇の中で向き合った。タケキヨにも考えがひらめいた。もしやということがある。そうだ、聞いたところでは、西行殿は伊勢の二見浦《ふたみのうら》から船で渥美半島にあがり、そこから東海道を下ったとのことだったではないか。歩くと船足とではまるっきり速さが違う。哲斎様、西行殿は海などに詳しいお方なのですか、とタケキヨが聞いた。それは分からんとて、存外詳しかろうぞ。というのも、いいかね、思い出すだにもなつかしきかな、北面の武士というは、大方は、まあ、西国勢であったかと存ずる。つまり瀬戸内海の海の地じゃ。それ、平氏とて、亡き清盛殿を思うても然りじゃが、瀬戸の海運によって財をなしたではないか。海の人脈はばかにならん。網のようにつながっている。西行殿のご実家の所領はたしかあの頃、紀ノ川だと聞いたおぼえがあるが、となれば、ここまた水運じゃ、海路じゃ、熊野もあればなにもある。海賊の悪党もまたレッキとした武人だもなあ。ここみちのくとて、あなたが旅をして戻られたヌカノブだ、外ヶ浜だとて、瀬戸の海の海賊豪族が居ついて勢力を張っているではないか。いいかい、こういった人脈の網は、これはなかなか油断できない。わだしとて落ち武者風情が、酒田の湊で大船にひろわれたのも、匿われたと言ったほうが正確だが、そういうことだ、言わないでも臭うのだよ。

タケキヨはせっかちになった。知りたかった。センダンが、西行殿の心になって、あとを追えと言ったではないか。そこで、いきなりタケキヨは問いかけた。西行殿は一昨日平泉を発たれましたが、その道筋やいかに？　おいおい、これは至難の問いじゃでがんす。タケキヨ殿、あなたは、西行殿がまっすぐに一ノ関まで、たしか馬でだったと聞いたような気がするが、まずは行き、そのあとみちのく道をひたすら白河の関へと進むとでも思っておったか？　むろん、それが正道だろう。しかし物事には裏ということもある。もしや、もしやだが、一ノ関から急に、栗駒の山越えでもなさったあと出羽に出て、いや秋田へ迂回して海に出るとかいうことだってあり得ようぞ。うむ最上川を下って出羽は酒田の湊などという手もあろうか。あとは海路で京までは、乗っておれば着くではないか。風次第だが、速い。のんびりしたもんだ。

この意見にタケキヨは慌てた。これは賭けのようなものだ。タケキヨの慌てぶりが哲斎にも伝わった。よろすい、よろすい。慌てふためくことはなかろう。タケキヨ殿、あなたの使命は、西行殿が無事に京に着かれることを、お見守りすることだ。どの道を通ろうが、それはあなたの判断でよろすい。一ノ関で、みちのく奥羽山脈の峠道をぬけて海に出るか。あるいはそのまま白河の関まで歩き続けるか。ここは、あなたの運命だからあなたが選ぶのじゃ。西行殿は西行殿であろう。運なくば道に死すことなど、とっくに覚悟なされておろう。ただ一つ、老婆心ながら言っておくでがんす。白河の関への、それ以後の路もまた、さほどの難題はなかろう。すでに鎌倉殿の支配が盤石になっておるわけだから。しかし、秋田、越後、出羽ともなれば、何が起こるかも分からない。特に、鎌倉殿は海路筋、あるいは深い山岳筋についてはは神経をとがらせていると聞く。おお、それに、判官殿の逃亡行がいまなお道筋もわからないというではないか。ともかく一ノ関のあと、どのような道を選ぶにしても油断はならない。しかし、あなたは正式の中尊寺の天台宗役僧の身分だから、どうころんでも大丈夫でがんす。このときタケキヨはふたたびセンダンの忠告を思い出していた。西行殿の心を映せ。これは西行殿ならどうするかということだろうか。自分ならこうするという選択が、そのまま西行殿の心であるならば、とタケキヨは思った。その瞬間、タケキヨの中に眠っていた武人の、危険をこそ選ぼうとする気質がかすめた。

タケキヨは二日分の距離を西行殿に遅れていた。いくら何でもこれでは役に立たない。夜明けに、哲斎が、毛越寺の馬どころに一緒に行ってくれることになった。みちのく道には駅逓がととのっていた。金や馬を都に貢ぐにも重要な馬継所だった。タケキヨは哲斎と一緒に、谷底から毛越寺に出られる山道を進んだ。

秋はもう寒かったが、夜明けが美しく、こういう山道こそがこの世の浄土だと思われた。曙光《あけぼの》を感知した草の花たちがまだ死なずに最期のいのちを保とうと必死のようだった。タケキヨはこの近道を下るとき、ここで西行殿らしき旅僧に出くわした、ことばを交わしたことを、哲斎に言ってみた。哲斎は、おお、おお、もっと早く言ってけでがんせ、それを。まちがいない、それは西行殿じゃ、と言った。お年を召されておったか？　いいえ、若々しくありました。おお、わだしとくらべてということか？　タケキヨは笑った。哲斎殿も若いではありませんか。そうか、そうか、そういうことでがんす。

二人はようやく露に濡れながら、毛越寺の馬どころに着き、当直の役人を起こした。哲斎の説明と、慈澄師の手になる書状のおかげで、馬は一ノ関の駅逓で返すということで借りることが出来た。小ぶりないい馬だった。騎乗するとき、哲斎がタケキヨの足を鐙に乗せてくれた。

命あればまた会おう！　と哲斎が、厩にのびてくる曙光をあびて、大きい声を出した。蛇篭を積むときに出すような大声だった。タケキヨも声をあげ、合掌した。哲斎が叫んだ。錫杖は背に掛けよ！

## 29　山伏との遭遇

馬が走り出したあとはもう感傷はうしろになく、先の恐れと同時に期待感だけがあった。哲斎が選んでくれた馬はもう若駒とはいえなかったが、駅逓馬だけあって、乗り手のことをしばらくして飲み込めたようだった。はじめはだく足で走ったがタケキヨが声をかけるとじきにゆっくり疲れが出ないように歩きだした。馬上からタケキヨは馬の首を軽くたたきつつ、しばしの旅の道連れよ、だく足で走られたなら、わたしは腰が立たなくなってしまう、と言い聞かせたのだ。

平泉を出るともう平坦な道のりだった。みちのくの大道に出ると、向こうから来る早馬のような騎乗者が真っ赤な顔で走りすぎ、湿った土のにおいが湧きあがった。近く遠くに見える集落の藁屋根からはうっすらと煙が動いていた。タケキヨは孤独な心をただ馬の歩みにゆだねて、あれもこれもと考えにふけった。おまえに聞いてもどうにもならないが、わたしは迷っている、とタケキヨははっきりと声に出して言った。これは普段でも、労務のさなかに一人で仕事をこなしているときに、自分で自分に問いかける癖といってもよかった。どうだろうか。西行殿はもうとっくに一ノ関は通過したはずだが、さて、どちらへ向かっただろうか。

晴れた朝だった。雲は一つ二つしか見えなかった。夜明けに密集していたかに思われた暗い雲はみな日輪の後光に溶かされて蒼穹のはじっこに消えてしまったのだ。いいかい、だから、わたしは判断に迷っている。つまり決断だ。左をとるか右をとるか。いや、いずれを選んでも、大差ないといえばそうだが、結論としてはそうだが、ものにはその過程というものがあるではないか。因縁と言ってもいいが、到着地点は同じでも、どうやってそこに至りついたか、それが問題なのだ。どちらかというと、わたしは現時点で、右に偏っている。心を寄せている。つまり、一ノ関でおまえを駅逓の厩《うまや》に返したなら、あのみちのく一の雄大な山すそに分け入って、越えて越えて、できれば秋田ではなく、出羽へと抜けて、海に出ようかとも思うのだが、しかし、わたしにはその道筋の知識がない。タケキヨは、海に、と声を出したとき、なぜか言い知れない喜ばしさを感じた。それは、ただたんに、うみ、という音の響きにすぎなかったのに、そのうねるような波までが突然目の前に浮かび、いまは騎乗なのに、舟にでも乗っているような錯覚に襲われたのだった。出羽の、どこかよい湊まで抜けられたら、おお、どんなに日数を稼ぐことが出来ようか！　と同時に、タケキヨはまったく相反する自問自答を、馬の耳に念仏のはずだとは思いながら、馬に語り掛けていた。

いいかい、しかしだ、そうなるとわたしは使命を逸脱することになるのだ。西行殿を後ろからお見守りするのが、わたしの第一義だ。いまは、その西行殿の道筋さえわからない。ただ、もと来た道を再び通って京に帰られるはずだ、その道、つまり安寧なみちのく街道を行くだろうという推量によって、わたしは考えている。しかし、これがまた当てにならないようにも思うのだ。西行殿は普通のお方ではない。わたしたちの常識的な考えで動くかどうか。いま、帰るに際して西行殿のいちばんの眼目は何か？それは一日でも早く京に戻られることだろう。滅金勧進は無事に成就された。その報告はもう重源殿になんらかの方法で届けられることだろう。というのも高野山の僧たちの多くも旅に出ていて、なお各地の寺々にもつながりがあるのだから、知らせはかなりの速さで高野山にも、南都にもとどくだろうから、西行殿自身は、それほど急がなくてもいいはずではなかろうか。であれば、ゆっくりと見納めのみちのくの旅を終えられよう。

……うむ、しかしだ、ひるがえって考えれば、こうも言える。急がないでいいとなれば、なにも最短の距離であろうはずの、みちのく、白河の関、そして東海道すじへとたどらなくてもよい。でも、あのお歳であるから、気がかりはある。いや、あのようなお方だもの、この度のみちのく入りは、万が一にも、死ぬることもあると覚悟の上であったはずだ。今や任務は終えたのだ。ただ同じ道を帰って行くというのはいかがなものだろうか。西行殿は歌人なのだ！　これを忘れるな。そうとも、歌に生き、歌に死ぬるお方なのだ！　となれば、この世の終わりに来たついでに、もう少し異なった道筋で京に帰るというのも一興ではあるまいか……。となれば、いや、大船渡あたりへと東に出て海に出るか。いや、あるいは、クルコマの裾を縦走しつつ出羽の海に出るかだろう。となれば、残りは海路でということになるか。哲斎殿の説はもっともなことだ。北上川流域で、大船渡あるいはその他の湊といっても、そこから海路は、京までとなるとかえってたいへんな大回りだ。

タケキヨはこまめに馬を休ませた。もう荷駄の列が脇を通り越して行き始めた。奥州の街道は大きな動脈だった。タケキヨはまた馬に乗ったが、哲斎が足を鐙にかけてくれたときとはちがうので、道端に垂木の柵があったので、そこに馬を寄せ、足をかけて騎乗した。これで何が武人の出なものかね、と馬の耳に言った。ふたたびタケキヨは、東か西か、というふうに、右顧《うこ》もし左眄《さべん》もし、馬をすすめた。

そのとき、ふたたび、センダンのことばがよみがえった。いいかい、西行殿の心を映せ！　おお、センダン、これはどういう意味だったのだ？　西行殿自身ならどう考えられるのかという意味か。そのようなことは分かるわけがない。それは、ひょっとして、わたしが西行殿をどう考えるかという積極的な意味でいいのか？　しかし、それではあまりにも自分勝手で恣意的ではないのか？　他の心を映せと言われても……。すると、目の前にふっとセンダンが笑いながら立っているとでもいうように、なんだ、そんなこともわきまえないのか、タケキヨ殿、それは、相手の気持ちになるだけのことでがんす、とセンダンが耳元で言った。それが少なくともそのひと自身になることだよ。別のことばでいえば、寄り添うということだ。寄り添うということは、他と自分とがことごとくぴったりと一体だということではあるまい。西行殿が何を急がれているかを見通すことだよ。

わたしが、とセンダンが言った。もしわたしが西行殿なら、急ぐ。なぜなら、歌が待っているからだ。なによりも歌が待っているからだ。人はこの世に残らない。歌によってだ。後世がどのように言うにしても、人は残らない。いいかい、西行殿は一生を棒に振ったんだよ、歌にによってだ。最期までその歌の棒を振り回すのが運命というものだ。だから急ぐのだ。その心を映せ。となれば、答えは明瞭じゃないか。ほれ、そろそろ、見えてきた。一ノ関だ。あのずっと奥のほうにぼんやりとだが雄大な山体がゆるやかに、紅葉黄葉の盛りとでもいうように眠っているね。タケキヨ、あれだよ、あの山を越えよ。馬のほうが歩みを止めた。タケキヨはほんの一瞬だが馬上でこっくりと居眠りをしたのだった。ああ、とタケキヨは馬上で伸びをした。背にかけた錫杖の鐶《わ》が鳴った。そうだ、哲斎殿が夜明けに語ってくれたが、雪山では越えられない。いまなら、脚さえあれば越えられる。急速に、タケキヨの心は傾いた。西行殿もまた、一足先に、あの山越えをなさっておられるのだ、それは、歌のためだ。歌が京で待っているのだ。

一ノ関はもう人々が集まっていて地物の物産市を開いていた。タケキヨは馬からおり、市のひとごみをかき分けるようにして馬を曳いた。とくにタケキヨが思わずごくりとのどをならしたのは熟柿だった。大ぶりでつややかにてらてらと何ともいわれない橙色を並べ重ねてそのうえに農婦らの声がとんでいた。うめでがんす、甘くてがんす、などなど色のある声が好ましかった。タケキヨの衣嚢には宋銭が入っていた。タケキヨたちはまず暮らしの中で銭を使うことが絶えてなかった。馬を曳き、西行殿の歌のことを考えながら、熟柿に欲を覚えるとはなさけないとタケキヨは思った。市を通り抜けて、ようやく豪壮な駅逓に着いたので、案内を乞い、中の休憩所に入った。馬係の官人に書状を見せ、無事に馬を返すことができた。

お疲れでありましたなと柿の葉のお茶をたっぷりいれた茶碗をいただき、のどを潤した。柿の葉の茶はこころもち渋いが、柿の実の甘さが残っているようだった。そうしてゆっくりと飲むうちに、あ、とタケキヨは思い当たり、慌てたように、駅逓の記録係に声をかけて訊ねた。記録係は筆で、タケキヨの馬の受け取りを記載しているところだった。……、ところで、もしや、一昨日のことですが、平泉から参られたお方が、官馬をお返しにならなかったでしょうか？　おお、一昨日とな、わだしはゆえあって欠勤であったればばし、はて、記載を見ますでがんすな、ふむ、おお、ありますな、たしかに返されております。あれあれ、これはこれは高館様のお馬でがんしょ、これは驚いた。

タケキヨは胸が躍った。となれば、とさらに聞いた。お名は何と？　はて、お名とな……。あれあれ、高館様とだけあるぞ。やはり、とタケキヨは思った。名だたる旅の法師様が乗られたはずですが、その、記載の文書を見せていただけませんか。いや、それはいけない。記載はご本人がするのですか、いや、その時々でがんせば、まんず見てみますが、いやあ、これはとても法師のような立派な手ではありませんじゃな。馬係の手です。タケキヨはがっかりしたが、また訊いてみた。そのお方は、馬を戻されたあと、どちらへと向かったものでしょうか、なにかご存じあるまいですか?

このときの会話を聞いていた山伏身なりの男が、わははと大きな笑い声をあげた。いつの間にか、詰め所に入って来ていて、タケキヨの後ろの横椅子にどっかりと坐っていたのだ。眼光は妙に明るいが底光りがした。これは油断なるまいとタケキヨは思った。男は言った。お若い人、わたしは怪しいものにあらずじゃ、安心召されよ。最前の話だが、その法師様とやらは、はて、ここ一ノ関から、どちらへ向かわれたや否やという話柄だが、それはその方でないと分からないことじゃ。みちのく街道を恙無《つつがな》く進むもあり得ようし、まんずそれこそみちのくの旅の常道でありますな。しかし、法師とな、しかも、名だたるとは、これはえらく重要な情報だ。へそまがりとでもあらば、大道を選ばないこともままある。北上川沿いに行けば、やがて海にも出られよう。また、ほれ、あなたも途中すでに遠目にも拝んだであろうクルコマのお山へと分け入って、やがてのこと秋田でも出羽でも、いかようにも抜けられる。急ぐ旅路ならば、そうだのう、みちのくのどでかい山体をめぐって越えて抜けるのも一興というものだ。法師ともなれば、そのような旅には習熟しておられよう。で、ところで、お若い人よ、あなたは一見して総髪だが、まんだ修行組みの僧だね。そう、中尊寺でがんすな。馬が、どうのと言っておられたから分かる。毛越寺《もうつじ》管轄の馬か。

タケキヨはこの馴れ馴れしさに困惑した。しかし、悪人ではない。悪人はこのようにはやらない。しかもほんとうかどうか身なりはたしかに山伏だ。それもかなり着込んでいる。草鞋《わらじ》も数足ぶらさげた身なりだ。タケキヨは言った。お分かりでしたか、おっしゃる通りです。さて、実はわたしはここからどの方角へかと、迷っていたのです。まんず、お若い人、都の、陰陽道の方違《かたたが》えじゃあるまいに、みちのくではそんなもの通用せんでがんす。あちらに熊がおるから、こちらに迂回してというならまっとうだがねえ。すでに迷うておるというのは、迷っておらぬことと同義ですぞ。わたしはこのとおりの山伏ですから、すぐに看破《かんぱ》します。あなたはここからまっすぐの平坦安全なるみちのくの大道は好むまい。

タケキヨはこの山伏と並んで懐疑ということもなく、柿の葉の茶をもう一杯いただいて共に啜った。なあに、ここで打ち明けましょうぞ、わたしがここに立ち寄ったのは、ここはよく馴染みなもので、さて、今日びは、いいカモがおらんかなとて、道案内をせんとて寄らさったのです。いや、道案内料とて、それはそちらの裁量次第です。わたしはあれを越えて、出羽は月山まで戻るところなんじゃ。ささやかながら商談が成立したなら、どこへなりと道案内できますな。わたしもさすがにこの年では一人の山越えは寂しく思われる。話し相手の道連れが、じつによろすい。いかがじゃ？　そうだ、あなたの顔には、海に出たいと書いてある。図星かな。いかにも、わたし自身も海に出てのち、在所に戻るのじゃ。もちろん、近道、間道、まずは武者なども知らない道を行く。タケキヨは思った。この道なら、西行殿には無理だったろう。やはり、常道を行ったに違いない。しかしまたタケキヨはセンダンのことばを反芻した。西行殿の心を映すとなれば、西行殿が越えようと心に思ったその思いを、四十歳も若いわたしが果たすというのも、同じことではなかろうか。

合意しました、とタケキヨは言った。心が晴れた。山伏の男は大いに喜んで、あれもこれもと自己開陳した。タケキヨはその山伏の名が、月輪堂だと分かった。

## 30　れんげ

タケキヨは道案内人の月輪堂についてクルコマの裾野からいくつかの前山や谷間を越え、長い山越えの間道に紛れて行った。紅葉《もみじ》黄葉《もみじ》で山はことのほか明るかったし、山の幸が驚くほど豊富だった。山毛《ブ》欅《ナ》林は目が覚めるほど美しかったが、月輪堂は何の感傷も示さず、先を急いだ。タケキヨの歩みは哲斎が持たせてくれた錫杖がひどく役立ったものの、突くごとに鉄鐶が鳴った。その音は山にひびいた。山の神に聞こえるひびきだと月輪堂が言った。間道と言っても、ほとんど人ひとり通れるか通れないくらいの、けもの道と言ってよかった。

　事実そうだったのだ。月輪堂は、ときおり、足元を示して、ほおれ、猪だ、と言った。間道は尾根ばかりではなく幾度となく深い谷にも下りて、この道を記憶しようとしても覚えられるものではなかった。山人だとて、この間道はほとんど知りはしないと月輪堂は言った。まして、平地で血みどろの合戦をする武者だちは、こんな道があることも知らない。鎧なんぞ着て通れる道ではない。しかし、おどろくほど速く着くぞ。あなたもきっと驚くだろう。みちのく街道から東海道へなどと進んでいたら、どうにもならない。山から山へ、そしていきなり平地へ下りる。タケキヨがこの人物になれてくるうちに、これはただの山伏ではないように思われた。互いにくわしく聞きあったところで何になろうか、とも言った。しかし、これだけは言っておこう。今時の情勢ということでは、われわれの情報より迅速なのはまずあるまい。つまり、わたしは平泉の情報を集めていま在所へと戻るところだったのだ。冬はあっという間に山に来る。その前にやっておくべきことがあった。各地から仲間の情報が集まる。それによってふたたびわれわれは動く。いいかい、あなたのこともうよく知っているのだ。そう驚くことはなかろう。山伏というのは、もちろん、信仰者ではあるが、同時に武人でもあり、またある時は悪党でもある。

その日の夕暮れには、もうぴたりと足を止めた。足元がすでに暗くなっていた。普通ならば、下山するが、われわれは下山しない。その場で夜を過ごす。恐ろしくないかね。タケキヨは否と答えた。ここらはツキノワグマが多い。山毛欅《ブナ》林だからだ。もうたらふく食らってもまだ足りない。一冬の冬眠中に母熊は子熊を二匹は産み、穴の中で夢うつつに育てる。したがっていくらでも食べ貯めてないではおかないのだ。今夕のうちに、われわれだけが知っている杣《そま》小屋に着くのは無理だ。ではどうするか。ここで火を焚いて、夜明けを待つ。寒くなるぞ。いいか。はい、とタケキヨは答えた。鹿皮を背負い袋から取り出した。よろすい、よろすい、と山伏は笑った。火打石はあるのか？　はい、とタケキヨは言った。お、よろすい。さあ、火をおこすぞ。山伏はただちにとても簡単に、自分の火打石で火をおこし、剥いだ樺皮に火を寄せた。炎に枯れ枝がくべられた。次に水だ。そう、タケキヨ殿と言うたな、水はどうするか？　わたしには竹筒にいささか残りがあります。それではいけない。湯を沸かしたい。鉄瓶がありませんよ。いや、わたしがまげわっぱをもっておる。石を焼いて、その石ころを、まげわっぱの水にいれる。湯が沸く。茶葉は、ほれそこに、キハダの木がある。マキリで皮を剥げ。ああ、キハダの黒い実が熟しているな、それをぶち込めば、よい香りがする。西国の柑橘《カラタチ》のごとき香りの茶が飲める。さて、水だ。耳を澄ませてみよ。

たしかに水音がひっそり聞こえるようだった。ここの沢に水がある。湧き水じゃ。山毛欅が吸い上げている水だ。おこぼれがすぐ近くにある。汲んでくるかね。タケキヨは、またハイと答えた。山伏が背負い袋から取り出したまげわっぱを受け取って、タケキヨは水音をたよりにほんの少しだが低地に下りた。水が湧いてあたりをうるませていた。まげわっぱに汲んであがってくると、月輪堂は焚火の前で祈禱をあげていたのだった。それはセンダンの護摩焚きの口調とそっくりだったので、護摩焚きでしょうかとタケキヨが言うと、然り、まんずそのようなことだ。まずは山の神に、そしてわれわれは大日如来様にだ。タケキヨは分かったような分からないようなことだったが、厳かな気持ちは分かるように思った。それから、焼け石をまげわっぱに枝でつかんで入れた。泡を吹く音がした。湯ができあがった。タケキヨは言われたとおりに、そばのキハダのかさぶたのような皮をマキリで削りとった。根方に黒い実がころがっていたので、それを拾って噛んでみた。これですね、とタケキヨは落ちた小枝から実をもいで、湯に入れた。二人はキハダ茶を飲んだ。夜は長いようでいて短かい。

さて、ひもじさは朝まで我慢することだ。それでは居眠りしないように、それぞれ善き話を語ることにしよう。まず、わたしからだ。眠くなったら、話は交代する。それがどんな長さになるか、月輪堂がゆっくりと語りだした。山狼がいるぞ、火があれば襲って来ないが、遠吠えが聞こえたら、もう一つ火床をこさえる。あなたはあまり政事むきの方は知らんじゃろうし、関心がいかないらしい。しかし、平泉藤原一族のことは知っておくべきだ。

まずはこの一族は、もとより一族の長子継承問題で、初代から内紛がつきない。いま二代目秀衡様だが、さて、ここにもまた厄介な問題がある。秀衡様の正室のご子息が、泰衡様じゃが、これはもちろん、母が京の公家の藤原の姫であるから、母譲りで、京好みということになろうか。ところで、もうひと方、側室のご子息がおる。これが国衡様じゃ。そうだのう、タケキヨ殿、あなたはおいくつになるかな。ほう、二十七とな。さすれば、国衡様の方が五歳ばかりは年下だろうか。このお方はなかなかの武人にして能力のある方であるが、何分にも、側室のお子ということで、しかもみちのくのおなごであるからとて、当然ながら、秀衡様の跡取りからは外されているのだ。兄弟が、腹違いどうしだからとて、もめているようでは、どうにもならない。血族からほころびるようなものだ。いいかね、得てして、こういう隙間をついて、魔手が伸びて来る。あの手この手じゃ。鎌倉の頼朝殿は、術策家で、そこは恐ろしい人じゃ。兄弟の仲たがいを利用せぬではおかない。もちろん、これは不謹慎ながら言うが、秀衡様亡き後となれば、三代目を襲《おそ》うのは当然、泰衡様じゃ。おお、そこでじゃ、これはいかにあなたが政事に疎《うと》かろうとも、これくらいは知っておるだろう。ほおれ、義経殿のことだ。

いいか、これは、あなただから言うが、いいかね、義経殿が頼れるところと言えば、秀衡殿しかおらないのだ。かならず来る。いままさにこの夜にも、義経殿は、山越えをしながら、これと同じような間道を通って、みちのく入りを果たそうとしておるだろう。われわれ山伏は、あちこちの連携網がある。かなり広範なものだ。外ヶ浜とて届いておるぞ。西国も然りだ。わたしは熊野から高野山と渡ってきたところだ。ハハハ、山伏とは僧にも武人にもなれなかったはぐれものと思うかな。どうして、どうして、まあ中にはそういうのも多くいるが、それは当たり前のことだ。いいかね、この山伏には皇族出もおれば、かつて名のある武者も、あるいは篤信の浄土教僧だっておる。こういった人々が山をわたって、国々を走っている。なぜだ？　わたしなどは決して名門の出の武人ではないが、故あって、このように生きる道を選んだ。もちろん妻子はおる。妻は妻で、おなごだてらに、女山伏をやって山も里もめぐり歩いている。救いの説教と商いだ。これはひとえに、人々の救いのためだ。武門やら貴族やら、豪族のためではない。ただふつうの人々を救いたいのだ。むろん、悪事もそれなりに行う。で、先ほどの義経殿のことだ。わたしはこれを大いに恐れている。山伏の中にはおおいに加勢するむきもあるが、わたしは立場を異にしているのだ。万が一にも義経殿がこの時期に、平泉入りでもしたなら、いったい、このみちのくはどうなるか、火を見るより明らかだ。先ず、秀衡殿は、受け入れざるを得まい。なぜなら、鎌倉の頼朝殿への強い牽制となりうるからだ。しかし、真にそのように事が進むだろうか。いいかい、われわれの情報では、持病のある秀衡殿はそう長くはあるまい。

このときタケキヨは自分が秀衡殿にお会いして、外ヶ浜調査の報告を行ったことを、ここで言うべきか一瞬迷ったが、だまった。たしかに太りすぎだった。瞼がかぶさるようにぼってりしていた。いや、もともとが大柄なお方なので、当然のことだったろう。月輪堂は、火に枝をくべ足した。月がもう満月にさしかかっていた。炎が燃えていても、月は山毛欅林の一隅を皓々と照らし出していた。二人は岩の裂けた洞窟の穴を背にして火を焚いていた。さて、義経殿が平泉入りしたら、みちのくは終わりだ。つまり、かならず頼朝が動く。となれば、こちらも動かざるを得ない。合戦の経験もないような若い泰衡、国衡兄弟では、これを乗り切れようか。防衛戦となるだろう。もちろん、みちのくの豪族たちは実力から言って、北は八戸から南は福島あたりまで、二万はくだらない兵を用意出来ようし、騎馬ではみちのくの武者にかなうものはいまいな。これまでにみたことのない合戦が始まるというものだ。義経殿を大将に仰ぐならば、勝機もあろうが、戦とは兵力だけではない。義経殿とて、壇ノ浦のようにいくものかどうか。そこまで言って、月輪堂はため息をついた。

あなたを信じよう。あなただから言っておこう。こうしてわたしが難儀な間道を越えて急ぐのは、義経殿がみちのく入り出来る間道、けもの道はここしかまずはあるまいとて、調べに来て往復しておるのだ。いや、山伏しか知らない、秋田からの間道もあるにはあるが、小坂回りだから、遠回りになる。平泉の北に回り込むということだ。これは確かに一理ある。しかし、その頃はもう雪に閉ざされよう。タケキヨは炎を見つめた。で、月輪堂さん、あなたはそれでどうなさるのですか。月輪堂は答えた。明日分かるだろう。われわれの仲間が、もうひと山越えたアイノ谷の杣小屋に集結する。それは、どういうことですか？

タケキヨは聞いてはならないことを聞いてしまったと思った。さあ、言ってくれ。タケキヨ殿、これについてあなたはどう思うかな？　タケキヨは答えが出なかった。ただ、ぽつりと言った。わたしは義経殿が好きではない。いいですか、源平の戦いで、どれほどの死者を作り出したことか。武将として当然でしょうが、わたしの考えでは、今は潔く出家でもして、供養の仕事をこそなさるべきでしょう。いまは鎌倉殿に追われる身であっても、みちのく入りして、またふたたび数千もの死者を出すことになるのは、悪霊の所業と同じではありませんか。いや、平泉入りすべきではないです。あそこにはわたしのもっとも信頼する友が僧としてがんばっています。いったん戦になったなら、彼は僧ではあるが、出自は由緒ある山伏の血筋です。彼は武人として戦いに出るでしょう。中尊寺も火をかけられ、三千房の僧たちが殺される。いや、わたし自身だって、いまの使命を果たし終えたなら、即刻平泉に戻るでしょう。タケキヨはそこまで言って押し黙った。山毛欅林の闇の奥のほうから明らかに笛のような鋭い音が聞こえたからだった。その音は見えない矢のように山毛欅の森をとおってきた。

　そしてほとんど音もなく息遣いだけで現れたのは、鹿皮衣の小柄な一人と、もう一人、熊皮衣をずっしりと重く長く着た男だった。おう、おう、と月輪堂は言った。二人もまた火のかたわらに坐った。タケキヨは二人を見た。熊皮の方は、顔面が豊かなひげでおおわれていた。もう一人の鹿皮の方が、その瞳に炎を映したように眼をあげ、鹿皮のかぶりものを脱いだ。かぶりもののなかは豊かな黒髪が束ねられていた。タケキヨが呆然としているのを見て、月輪堂が、おほほほと笑った。熊皮のひげもじゃが、もしやと思ってひと山を越えてきましたと言った。ありがたいご配慮だ、と月輪堂が合掌した。で、どうだったろうか、とも月輪堂はもどかしげに聞いた。おお、この者たちは山伏ではない。この山岳地でなりわいしているアイノだ。信用できる者たちだ。こちらはエカシだよ。エカシとは長《おさ》という意味じゃ。で、こちらは、エカシの孫娘で、特別に名は和語で名づけられてのう、れんげという。蓮の花の意味であるな、れんげ？　タケキヨはさらに驚いていた。れんげの鹿のなめし皮はゆったりとして、下袴は騎馬武者の穿《は》く衣に似ていた。額にはアイノの鉢巻きを巻いていた。藍色地に白い渦巻き模様がほどこされていた。タケキヨは衣川の仕事で奥地の村で、もちろんアイノの人々に会うこともしばしばだったが、フチといわれるおなごたちはみな唇のまわりに刺青をほどこしていた。ことばもほとんど片言でしか通じなかったものだ。月輪堂はれんげを見ながら言った。美しゅうなったのう、このれんげはみちのくのことばが全部わかる、話せる。通辞の役ができるのだ。彼女は人見知りもせず、火に両手をかざしながら、はい、んでがんす、と言った。笑うと、歯並みが貝のように白く光った。そして可笑しそうにタケキヨを見た。いきなり、そして、タケキヨ、と言ったのだった。

## 31　山毛欅《ブナ》の森で

山の神でもこの小さな焚火の宴を見たら、なんという風に思っただろうか。アイノのエカシとれんげの二人が出迎えに来てくれたので、二人だけの焚火があたたかい小宴会に一変した。というのも、エカシは山ぶどうの強い酒を鮭皮の袋にいれて持っていたし、れんげもまた干し鮭のトバと燻製の鹿肉を火のまわりにひろげた。鹿肉の燻製は柔らかかった。れんげはマキリで肉を切り、タケキヨに差し出した。月輪堂はエカシと山ぶどう酒を酌み交わした。もちろんタケキヨも勧められて、断る理由はなかった。するとれんげもエカシに所望した。あの甘いコクワの実もまぜてあるので酔いが気持ちよいというのだった。余裕たっぷりの宴だった。声は山毛欅《ブナ》の森によくひびいた。熊だって出て来ないとエカシたちが笑った。タケキヨは鹿皮衣のれんげの隣だったので、最初は左肩が妙に凝るように感じたが、飲むうちに身体が自由になるのを感じた。

れんげのことばはどちらかというと里人の抑揚に似ていた。アイノのことばは混ざらずに、滑らかだった。エカシは薪でも割るようなことばつきだった。月輪堂とエカシの話は、タケキヨにはよくわからないような話に移っていた。ほろ酔いになったタケキヨはれんげの眼を見ながら話せるようになった。れんげはまるではにかむでもなし同じようにもっと心の奥の思いを知るとでもいうように、タケキヨの眼を見て言うのだった。れんげは話すときの手ぶりが華やかだった。焚火の炎のせいもあって、手甲《てっこう》をはいた手指が、ほっそりとしているのに、その指には力があるように思われたし、鹿皮の袖口からのぞいた腕の骨ぶしは稠密《ちゅうみつ》で、とてもかたくて発達しているのが、すぐに分かった。タケキヨはその腕の肉にではなく、その骨にさわって、つかんでみたい誘惑をおぼえた。れんげはそれを感じたにちがいなく、あなたより骨は太いかもわからないよと言って、唇のはじをちょっとめくるようにして笑うのだった。さあ、ここでこの、みるみるうちに美しく悩ましく大きな幻になるようなアイノの娘に、何をどんなふうに言うべきだろうか、タケキヨは見当がつかなかった。れんげは小声で何か歌を口ずさんでいた。タケキヨも遠い子供時代にどこかで何度も聞いたことのある節回しだった。飲みなれていない強い酒にタケキヨは酔った。そして眠くて耐えられない。

月輪堂が大きな声で、おお、酔ったか、酔わずにはおられまい、歩いた歩いた、登った登った、立派な脚じゃった、立派なものだ、とエカシに言っていた。次第に二人の声が遠くになった。火がぱちぱちはぜた。れんげが枝をくべ足した。くべ足すときにタケキヨの手をつかんだ。タケキヨはもう瞼が閉じている。そして、ひそひそとでもいう声で、月輪堂とエカシの話し声が、それでも夢の中のように聞こえるのだった。……みちのくに入らせては、なるまい……、冬を、どうするかだ、……、しかし……というふうに鹿の足音のように用心深くゆっくりと聞こえていた。どこかで、これは、ほんものだ、寝かせてやれ、岩の洞には干し草が埋まっている、寒いからな、寝かせてやれい、……そして、れんげの声もまじった。ア、エ、エ、という声だった。わしの熊皮をかぶせてやれし、とこれは明らかにエカシだった。すると月輪堂の声が、はっきりと、れんげちゃ、あんだの鹿皮でぬくくしてやればええし、一緒ずに抱かさ寝っこばしてよいんじゃ。恥ずることないでがんす。切れ切れに声がまざって聞こえた。タケキヨはその一瞬、やわらかい、これまで味わったことのないぬくもりのしとねに浮かぶように思いながら、眠りに落ちた。眠りに落ちた後、エカシと月輪堂が、若えもんだら、このようで、なんぼいいことだすな。涅槃《ねはん》もよかろうが、浄土もよろすいが、しかし若えもんどうしの助けあいくれえ、よきもんはないでがんす、というようなことばが、物も言わない山毛欅林に聞こえていたのだ。

寒さを越ゆるには、抱かさ寝にかぎるのう、けものだちの知恵じゃ。炎は燃えあがり、夜は秋を痩せさせ、歳のいったエカシと月輪堂は残りの酒を惜しみつつ舐めていた。エカシが言いたかったのは、自然につくということが人の場合はどういうことであるかについてだったらしい。月輪堂が答えていた。エエエ、んでがんす、一人で生きるわけにはいくまい、寒さをしのぐに抱き合えっこして寝てこそじゃ、みな、われわれはそうやってしか生き延びられなかった。そうじゃな？　んでがんすとも、とエカシの声だった。生首幾つとったとか腰にぶらさげて悪鬼以上の地獄の裸の鬼よりも、武将だ、武者だ、豪族だと言うのは、それが分からない。死んでも分からんじゃろう。おのれの情欲しか見えんようになるもんじゃ。われわれの灯す火はそりゃあ小さえもんじゃが、重ねれば消えにくい。つないでいくんじゃ。生首のない世がほしいものでがんす。二人の影は年をへた猿のように毛むくじゃらの手を火にあぶっていた。タケキヨはそれを夢の中でおなじように見ていたにちがいなかった。

夜明けに起こされたとき、すでにれんげは起きていて、鹿皮から干し草のくずを払い落としながら言ったのだった。かわいいよタケキヨ、と彼女が言ったので、彼はびっくりした。自分が育った世界では、おなごから、かわいいです、などと言われよう事態は、子供時代にしかありえまい。もう三十に手が届く年齢で、このような秋の深い山毛欅林の岩の狭い洞で、互いの息遣いがあたたかく匂う間近で、タケキヨは耳をうたがった。れんげがことばをまちがって覚えているのではないかと思ったのだ。ああ、かわいいよ、とさらにれんげは言い、声をあげて笑った。タケキヨも笑う羽目になった。乳ひとつさわれもせないで、ぐっすり眠って、うわごとを言って、生首が、生首が……と。かわいいよ。間近で目の前のれんげの胸ははちきれるようにふくらみ、二の腕もみっちりと肉付きがよかった。タケキヨも、かわいい、かわいい、と答えて、笑いをこらえた。美しいということだよ、それは、と答えたかったが、やめたのだ。

一睡もしなかったわけでない月輪堂とエカシはもう出発の支度を終えた。朝餉は、焼石で湯を沸かして茶を飲んだ。残り火に楢《ナラ》の実を埋め、焼いてたべた。香ばしく、甘苦さが口にひろがった。タケキヨは背負い袋に錫杖を突き、鹿皮衣のれんげと曙光を浴びた。その赤い、黄金色の光の手が山毛欅林をこしわけてきてれんげの腰帯までやって来た。光は鹿皮を滑り落ちたようにタケキヨは見た。越えて行く山々がくっきりと見え出した。あそこだ、とれんげが指さした。

# 刊行案内

No. 58

（本案内の価格表示は全て本体価格です。
ご検討の際には税を加えてお考え下さい）

ご注文はなるべくお近くの書店にお願い致します
小社への直接ご注文の場合は、著者名・書名・冊
数および住所・氏名・電話番号をご明記の上、本
体価格に税を加えてお送りください。
郵便振替　00130-4-653627 です。
（電話での宅配も承ります）
（年齢枠を超えて柔軟な感受性に訴える
「８歳から８０歳までの子どものための」
読み物にはタイトルに＊を添えました。ご検討の
際に、お役立てください）
ISBN コードは 13 桁に対応しております。
総合図書目録呈

未知谷
Publisher Michitani

〒 101-0064　東京都千代田区神田猿楽町 2-5-9
Tel. 03-5281-3751　Fax. 03-5281-3752
http://www.michitani.com

# リルケの往復書簡集二種完結

＊「詩人」「女性」からリルケ宛の手紙は本邦初訳

## 若き詩人への手紙

若き詩人F・X・カプスからの手紙11通を含む

ライナー・マリア・リルケ、フランツ・クサーファー・カプス著／エーリッヒ・ウングラウプ編／安家達也訳

208頁 2000円
978-4-89642-664-9

## 若き女性への手紙

若き女性リザ・ハイゼからの手紙16通を含む

ライナー・マリア・リルケ、リザ・ハイゼ 著 ／ 安家達也 訳

176頁 2000円
978-4-89642-722-6

8歳から80歳までの

# 岩田道夫の世界

子どものためのメルヘン

## 岩田道夫作品集　ミクロコスモス ＊

フルカラー A4判並製 256頁 7273円
978-4-89642-685-4

「彼は天才だよ、作品が残る。生きた証も人柄も全てそこにある。作家はそれでいいんだ。」（佐藤さとる氏による追悼の言葉）

## 波のない海＊

192頁 1900円
978-4-89642-651-9

## 長靴を穿いたテーブル ＊

──走れテーブル！　全37篇＋ぷねうま画廊ペン画8頁添

200頁 2000円
978-4-89642-641-0

## 音楽の町のレとミとラ＊

ブーレの町でレとミとラが活躍するシュールな20篇。挿絵36点。

144頁 1500円
978-4-89642-632-8

## ファおじさん物語　春と夏 ＊

978-4-89642-603-8　192頁 1800円

## ファおじさん物語　秋と冬＊

978-4-89642-604-5　224頁 2000円

## らあらあらあ　雲の教室 ＊

シュールなエスプリが冴える！　連作掌篇集　全45篇

廊下に出ている椅子は校長先生なの？　苦手なはずの英語しか喋れない？　空から成績の悪い答案で出来た紙飛行機が攻めてくる！　給食のおばさんの鼻歌がいろんな音に繋がって、教室では皆が「らあらあらあ」と笑い出し……

192頁 2000円
978-4-89642-611-3

ふくふくふくシリーズ　フルカラー64頁　各1000円

ふくふくふく **水たまり＊**　978-4-89642-595-6

ふくふくふく **影の散歩＊**　978-4-89642-596-3

ふくふくふく **不思議の犬＊**　978-4-89642-597-0

ふくふく　犬くん　きみは一体何なんだい？　ボクは　ほんとはきっと　風かなにかだと思うよ

## イーム・ノームと森の仲間たち ＊

128頁 1500円　978-4-89642-584-0

イーム・ノームはすぐれた友だちのザザ・ラパンと恥ずかしがり屋のミーメ嬢、そして森の仲間たちと毎日楽しく暮らしています。イームはなにしろ忘れっぽいので　お話しできるのはここに書き記した9つの物語だけです。「友を愛し、善良であれ」という言葉を作者は大切にしていました。読者のみなさんもこの物語をきっと楽しんでくださることと思います。

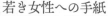

## 32　彼らは若かった

彼らは若かった。タケキヨは若かった。外ヶ浜の長途の旅から帰って来て、ほとんど休みもなく、たちまちにしてこの旅に投げ出されたが、若かった。本能のように力が漲った。彼よりもれんげはもっと若かったし、なにもかもが開花し匂いたつような年頃だった。しかし、自分たちが若いことなど、傍らにはエカシや月輪堂がいるにもかかわらず意識する余裕はなかった。ふたりは先を飛ぶように歩いた、というのは大げさだが、秀麗な山の秋に魅入られたけもののように大股で歩いた。だから二人だけが一つになった。

遅れ気味にエカシと月輪堂が、エッフ、エッフと掛け声をかけて自分をはげましていた。武人にも負けないと思うておったれども、歳には勝てない、と言う声が聞こえた。彼らは尾根伝いに進むかと思うと、急に谷に下り、またけもの道と同じ間道にぬけ、一つずつ同じような山を越えた。ここからは熊に用心せよと、大きな声が後ろから届いた。タケキヨの錫杖の鉄鐶が一歩ごとによく響いた。熊は草の背丈だけあれば、そこに隠れる。クヌギの木にはそこここに熊の爪痕があった。れんげがこともなげに言った。さすがに、小さな下りの途中で、熊の糞に出くわしたときは、エカシに大きな声で叫んだのだった。エカシと月輪堂がやって来て、糞を調べた。水たまりくらいの大きさだった。ほとんどが消化されていない山ブドウだった。今朝のものだ、油断するな。襲っては来ないが、あとひと山は油断するな。エカシが先頭に立ち、れんげ、タケキヨ、そして月輪堂がしんがりになった。突然現れたなら、この鉄の錫杖などひとたまりもなくひん曲げられよう、とタケキヨは思った。れんげが腰にさげていたのは山刀だったが、役には立つまい。緊張の連続のあと、汗びっしょりになって、やっと目当ての尾根筋にでた。日は明るく、秋はいたるところ目にもまぶしいくらいの紅葉と黄葉の織物だった。

いったん休むと疲れが却って出るので、さらに歩き続ける。こうして半日近くと思われたほど歩きとおした。夕方にひと雨来そうな雲がのびてきている。遠くの尾根のくぼみに杣《そま》小屋らしい影が見えた。月輪堂がふっとつぶやいた。ふむ、あの道から鳥海へ抜けるという手もあったか……。やがて雪が来るとなると、鳥海に抜けて北から平泉に出るには、ふむ、三つきは冬ごもりだ。そうだのう、二月になれば、雪は締まって堅雪になる。堅雪になれば、山を渡れる。ふむ。となれば、道筋は、この奥羽の山脈のどこらあたりかということになる……。里人も決して来ないような湯のある谷間か。冬にけものたちしか湯あみしないような谷間だ……。月輪堂のつぶやきが前を行くタケキヨに聞こえた。何のことだとタケキヨは思ったが、直ぐに気がついた。

タケキヨはタケキヨで、前を行くれんげの後ろ姿を見ながらだが、西行殿のたどった道を考えていた。いやいや、とてもこのような間道を越えるわけがない。もっとまともな道だ。しかし方向は同じで？　別の経路だとすれば、こちらのほうが先回りできるのではないのか？　タケキヨは後ろを振り向いて、月輪堂に訊いた。おお、あるとも。この山を迂回しながらの峠を越えることはできる。それなりに旅人の道がある。一日何里くらい歩けるのですか？　人によるが、普通なら、六里。健脚なら八里だろう。タケキヨは二日先に行った西行の距離数を考えた。この二日間で、もし、出羽に出るのであれば、自分の方が先で、どこかで出会うのではないだろうか。ひょっとして、酒田か鶴岡の湊か……。すると月輪堂が言った。おう、おう、われわれのほうがずっと早い。その分だけ、われわれにはひと仕事があるのだ。タケキヨは何のことか分からなかった。

それからまた歩き続けて、ついに分厚い山体の山越えをして、そのチセに着いた。つながれて犬が四匹もいて、吠えた。エカシとれんげだと分かって喜んでいたのだった。真っ白な一匹が近づいたれんげをぺろぺろと舐めた。れんげはしゃがんで抱きしめていた。タケキヨを見て、わたしのかわいいセタだ、と言った。タケキヨは、アイノのことばで、犬をセタというのをとっくに知っていた。

## 33　夜の議論

れんげの顔をぺろぺろなめて迎えたセタの名は、神を意味するカムイというので、タケキヨがこれはすごいと言うと、れんげは梟《フクロウ》のカムイよりもかわいいセタ・カムイだ、と誇らしげに言ってタケキヨの腕を打つしぐさをした。セタ・カムイはタケキヨの前で、挨拶でもするように礼儀正しく坐って、じっと見上げた。おや、片目がつぶれている。白い尻尾がみごとな渦巻きになっていた。家は、ただの夏と冬場の杣小屋だと遠目には見えたが、こうして前に立つと、どうしてただの炭焼き小屋ではない。背には、雪の吹き溜まりを防ぐに違いない防柵が板塀になっている。風の来る方角だった。前庭には畑の畝が幾筋もあって、作物をこしらえているのだ。紫蘇《シソ》の枝状になったのが風になびき、紫蘇の実がからからと鳴るように思われた。蕪のしなびた葉が土を覆っていた。油菜からできた菜ッ葉が白い腰を出していた。畝の周りには育ちすぎたヨモギが密生して毛むくじゃらだった。先にエカシと月輪堂が中に入った。そのあとかられんげに手を引かれるようにしてタケキヨが中に入った。

なかはひどく広く、土間があり、そこから先は広間状の一室だった。葦で編んだ広い茣蓙《ござ》が敷物だった。真ん中に大きな炉が切ってあって、たっぷりした灰の中で火が熾《おこ》っている。煙は東の煙出しから抜けていくらしかったので、少しも燻《いぶ》くなかった。すでに炉のまわりにここで初対面の四人の男たちがにぎやかに話し合っていた。そしてタケキヨをじろりと見まわした。月輪堂がタケキヨを紹介したので、彼らは安心したようだった。さあ、あなたもここに坐《ね》まれよ、と四人のうち棟梁《かしら》らしい人物がタケキヨに言った。れんげを見ると、わわわ、ひと夏ひと冬で、なんぼうのピリカメノコに早変わりじゃい、と手を打って喜んだ。そうだべ？　とでもいうように、れんげがタケキヨに眼を送った。あらためて見ると、山を歩いているときのれんげとはまるで違った印象に一変していたのだ。鹿皮衣はもう着替えて、アツシの上着になっていた。長い黒髪は束ねて、胸もとにもってきていた。炉につるした鉄瓶から湯気があがり、その鉄瓶から汲んだ湯で、ヨモギ茶がふるまわれた。おお、みな、みちのくの鉄じゃでな。うむ、銅だっていくらでも掘っておるのだがし、と茶を淹れてくれた頑丈な体格の男が、太い腕を出したままで、タケキヨに木のお碗を延べてよこした。

飲みませいよ、精がつくじゃね、山歩きにはヨモギが欠かせない、と言った。なぜこの四人がここに集まったのかタケキヨは知る由とてなかった。ただ、ここまでの行程中、折々に月輪堂の片言隻句《へんげんせきく》からもおよそは想像できた。この若いあんこがおるところで、話しても害はなかろうか、ともう一人の山伏姿の男が言って、射すようにタケキヨを見据えた。ほほう、中尊寺僧でありしたってか。ふん。棟梁らしい男が、何《なん》も、よろすい、よろすい、とこともなげに言った。残ったもう一人は、タケキヨと同年配くらいだろうか、あきらかにアイノであろうが、混血した顔立ちで、鼻筋が通って、髭もさほど濃くなく、タケキヨを見て、かすかに笑みを見せた。平泉の奥地にもよくある端正なアイノの顔立ちで、移民してきた農民とか武人とかの混血にちがいなかった。

別に紹介もなしで、そのまま話し合いがつづけられた。

そして議論は次第に熱を帯びてきた。エカシと月輪堂はどちらかというと聞き役に回っていた。れんげは炉の車座から離れていたので、タケキヨがふりかえるようにして見やると、西窓の下に離れて坐り、手編み棒を動かしていた。その手つきが、何か歌を口ずさんでいるようだった。まだ日が暮れていなかったので、家の中はうっすらと西日の明るさに浸されていた。日輪の沈むような音が、タケキヨには時刻になると、いつも聞こえ出すのだ。おお、今日もまた日輪が沈む。タケキヨはそれとなく若い男をちらと見やった。鼻筋の通った美青年の眼は綺麗で、心の中には何の悪意も恨みも残っていないように見えたが、その分だけ、話すことばは、タケキヨにはひどく過激に感じられた。そこそこにみちのく訛りがあるが、それが強く響いた。その名はすぐに分かった。そうだなあ、弓のサブロウ、話してみしがな、と棟梁が促したからだった。

ならば話すべし、と彼は言い出した。ここは四の五の言わずに、弓で射ちとるべし。みちのくに禍根を残すぞ。それも百年二百年どころの話ではない。するとすぐに口がはさまれた。弓でというが、そう簡単ではない。相手は、歴戦の武者どもじゃ。そんな弱ッこいアイノ弓で射ることはかなわない。一、二度太刀で払われたら終わりぞ。一度に十人でかかってもしとめられるかどうか。いや、こっちには毒矢があるぞ。熊射ちに使う毒矢だ。矢尻にトリカブトの毒を塗っただけでよい。当たれば、たちまち泡を吹いて死ぬぞ。あはは、トリカブトとはよく言ったもんじゃ。あの紫の花は、まことに兜かぶった武者に似ておるけが。するとエカシが口を挟んだ。おう、おう、ここのトリカブトは特別に強い毒を根っこにたくわえている。理由は分からないが、土が悪いのか。谷間に下りて行けば、道なりにトリカブトの花でいっぱいじゃ。

するとと、最初にタケキヨを怪しんだ小柄な山伏姿が言った。熊をやるのとはわけが違う。熊ならば、殺しても、熊はカムイであるから、丁重に供養して、あの世に戻っていただくが、武者ではそうもいくまい。しかも落ち武者狩りはいかがなものか。誅殺《ちゅうさつ》といったところだ。われわれにそのような誅殺が許されるのか。正義はあるか？　弓のサブロウは笑った。おいおい、誅殺というは、罪ある故をもって殺すことだ。罪は数えきれないほどだ。正義はある。彼を一人平泉に入れることで、みちのくは必ず破滅するのだ。わたしはこれでも半分は、あなたたちと同じ血だ。あなたたちは隣人《シサム》だ、シサムだ。そのシサムが、なにゆえ災厄をもちこむ男をはばかるのか。もっと言おうか。平泉はこの期に及んで、あの男をこの先の大将にいただいて、鎌倉と戦うつもりだ。そういう形勢になっていることは、われわれだってみな知っているではないか。いいか、この期に及んで、秀衡殿は、そうだとも彼とてみちのくの人ではあるが、藤原貴族の流れではないか。そこに源氏の血脈を頭にいただいて、同じ源氏貴族の鎌倉と戦うなどというは、ただただおのれの権力欲しさにすぎない。壇ノ浦が片付いたとなったならば、たちまちこの調子だ。どこまで殺戮を繰り返すのか。武者どもだけが互いに生首の取り合いをするのなら、どうぞ勝手にと言ってもいいが、そうはいかない。そのとばっちりをうけるのはわれわれ自身じゃあないか。食うに食えずに生き延びているただ普通の民が巻き込まれるのだ。雑兵にもとられて、真っ先に矢面に立たされて死ぬるぞ。騎馬の戦だけだと思ったらとんでもないぞ。わたしを過激だと非難するのは勝手だが、われわれのなすべきことは、わずかに二十数名の党派であろうとも、ここで食い止めなければあとはないのだ。武家同士がつぎつぎに起こす誅殺とはわけがちがう。その生首でもって鎮魂させよだ。

いいかい、みなさん、中尊寺だって、あそこに浄土の寺を華麗にぶっ立てたというのも、それだけ無数の生首がいまだ往生せずに、よなよな荒《すさ》ぶるからだ。もちろん、夜も昼もだ、武家たちの心の中で。死者たちをまことに弔《とむら》うというよりは、自分の心の中の恐ろしい光景を鎮《しず》めたいためでがんす。さあ、中尊寺僧であるとならタケキヨ殿、あなたはこれをどのように考えますか。さきほど月輪堂さんから小耳にはさんだのですが、あなたは西行法師を追いかけてこの山越えになったのだとか。もちろん、われわれは、西行法師が平泉の秀衡殿に大仏の砂金勧進に来られたのだとすでに知っている。しかしどうにもわたしには不可解です。よりによって、そのご高齢で、このみちのくまでなぜ来られる決心をしたのか。都への貢金《こうきん》、貢馬《こうば》のことは、鎌倉の頼朝殿を経由するという約定はすでに去年のうちに成り立っている筈です。となれば、東大寺大仏の砂金の勧進だって、わざわざそんな苦労をしてみちのくまで、秀衡殿との対面に及ぶことはないでがんす。丁重な書状で十分でしょう。ここが分からないのです。で、あなたはどう思っているのですか。おお、さきほどの誅殺の問題は脇に置いてからです。

タケキヨは一拍間をおいてから、どのように答えたものか分かったように思ったが、ふっとれんげの視線が自分に向けられているように感じて、迷った。はい、その武者とはだれであるか分かりますが、さて、誅殺できたところでどうなるでしょうか。生首を鎌倉が実検せないと信用できないでしょう。平泉が匿《かくま》っているとみなすでしょう。あなたが生首を桶にでも入れて鎌倉に運びますか。これも不可能です。あなたは頼朝のご舎弟殺害のかどでただちに首をはねられて辻にさらされ鴉どもに眼を食べられます。おお、だれだって、それがどれほどの武将であろうが、いまは誅殺されるべきお人だと分かっているでしょうね。しかし今度は誅殺されたという理由で、頼朝殿は平泉に軍を送ることができる。もし平泉が誅殺したのでなければ、下手人探しがなされ、これが武家ではなくみな残らず農民たちにも及び、あなたたちの村落もみな焼き討ちのみせしめに供されるでしょうね。山伏も里の民も、また多くのアイノの人々も根こそぎ殺されることになる。

そうですよ、支配する側に立ってみれば、わたしだってそのようにするかも分からない。これは恐ろしい事態です。わたしだってあなたのように強い弓の使い手であれば、トリカブトの毒矢で、一息に誅殺するかも分からないのです。しかし、まがりなりにもわたしは僧の身分に半身は入った者として、できることなら、毒も矢じりもない花矢《チロシ》を射ることを選びたいです。イオマンテという熊送りの儀式では、最初にアイノの子らが、小さな花矢という矢を犠牲神になるべき子熊に射るという話を聞いています。まさか義経殿に花矢ではお話にならないですが、何千人を殺《あや》めた人間であれ、それを殺すとはどういうことでしょうか。もうすでに、彼は終わった人間なのです。彼の旅路がどうなるにしろ、割り込むべきではないのではあるまいかと思います。そこまで一気に言って、タケキヨは汗をかいた。ヨモギ茶を飲み干した。

ところで、次の質問ですが、とタケキヨは弓のサブロウの澄んだ深い眼をまっすぐに見つめてから言った。隣ではエカシがふんふん歌いながら、炉の灰の上に、迷路のような文様を火箸で描いてはまたかき消していた。矩形の格子縞には出口がなかった。れんげのまなざしが悲し気に見えた。ところで、西行法師のことですが、いや、これは今もって分かりません。いいですとも、ぶちあけて言うほうが正しいと思います。

わたしは、西行殿がにわかに出立された二日後に、急遽、大僧正の慈澄様から、後追いで無事に西行殿が都に着くまで見守りするようにと申しつけられたのです。実はわたしはその日ごろに、役僧として正式に得度式をあげることに決まっていたのですが、これは帰国するまでお預けとなった次第です。したがって、わたしはこのように総髪のままで、漂泊の半僧といったところですね。この旅にいきなり出ることになったので、わたしがもっとも頼りにする心の支えでもある祈禱僧身分のセンダンが忠告してくれたのです。西行殿の心になって追いかけよと。つまり、このわたしが西行殿の心を想像して行くならば、間違うことはないと言ったのです。このことばに依拠して言うならば、さあ、西行殿はどうしてまたこのたびの勧進の長途《ちょうと》に出られたのか。一つは、こんなことばでよろしいかどうか、みちのくへの郷愁です。出家してまだまだ心がふらついていた二十代の末に、歌枕を訪ねるという名目で、平泉入りをした。これをこのたびは四十年の歳月を閲《けみ》して、もう一度敢行なされたということでしょう。

今回は、歌枕などといった甘いことではなく、現実的な財政の勧進ですね。あなたをおいて余人はなしと説得されるにしても、説得に応じるには、それなりの深い理由があるでしょう。弓のサブロウさんは、それは何であるかとの質問でしたね。それが実はわたしにもさっぱり分からないのです。はい、みちのくへの最後の思い出、いや最後の惜別の思いでしょうか。いや、もしかしたら、平泉に象徴される浄土の光景を、儚い夢であろうかと、ご自分の眼で確かめたかったからでしょうか。もちろんのこと、平泉藤原は、西行殿とは同族にあたるわけですから、その遠い縁者が支配を確立している浄土国土を知りたかったのでしょうか。あるいは悪意をもってみれば、西行殿は滅金勧進の名目で、みちのく平泉の命運を見定めておきたかったのでしょうか。探訪ということもあります。しかし、どうでしょうか。わたしには、もっと子供らしいことであったようにも思われるのです。そしてまた、この旅は、いつ途中で斃《たお》れるかも分からないようなことですから、言うならば、心では死出の旅というような心象を抱いてはいなかったでしょうか。大仏開眼の滅金勧進という現実的な事業よりも、それはあくまでも外に対する名目であって、本心は、一人の老いたる歌人として死に場所を求めてここまで来た、再訪ですね、心中にはそういうことのほうが大きかったのではありますまいか。

そう、わたしに言わせれば、あのお方の、みちのくの恋、とでも言ったらいいでしょうか。おお、恋です。もはや、実利の現実などうんざりしておられたのではないでしょうか。そのしたわしさにみちびかれて三千里を来られたのではないでしょうか。わたしは歌のことなど詳しくないまでも、歌詠みとはそういう魂の人のことではなかろうかと思うのです。鎌倉の頼朝殿がどうだろうが、どうでもいいことなのです。やがてすべては滅するのですからね……。このようにタケキヨが思いの丈、口走っていると、月輪堂が、うむ、そうであろう、若い若い、と合いの手を入れてくれた。弓のサブロウは、タケキヨをなつかしそうな眼で見た。眉を寄せ気味にしていたサブロウの眼はこころなし可笑しそうに笑いを浮かべていた。可笑しかったのか、とタケキヨは思った。気持ちがつながった感じがした。サブロウが言った。やれやれじゃ、こんなシサムにこの山で会えるとは。れんげがほっと安堵したような感じだった。

エカシが、立ち上がったれんげに、まだ早いども、コクワ酒をもってきてがんせ、と言った。

## 34　毒矢か花矢《チロシ》か

コクワ酒がふるまわれてしばし議論が休みになった。コクワ酒のおかげで、弓のサブウロたちそれぞれの素性がのみこめてきた。ひげ面の体躯もなみなみならずさらにでっぷりと肥満型の棟梁は、山伏の出ではなく、鳥海山の麓からやって来たもともと武家筋の人物だと分かった。タマミツと名のった。小柄で明朗な山人は遠く白神山地の出で、米代川流域の奥地に詳しかった。トウマと名のった。始終寡黙にしていて考え深そうな男は、小坂の銅山の鉱山がしらだった。銅も掘るが、平泉のために金もやると言った。銅物師をも束ねているとのことで、テツジと名のった。そして弓のサブロウは、クルコマ山脈の北端にあるアイノコタンの出だった。混血の運命については口を噤《つぐ》んでいたが、おそらくはシサムの、あるいは武士の血が入ったのにちがいないとタケキヨは思った。衣川の奥地でよくあることだったから、そう思ったのだ。ふたたび話が蒸しかえされた。

　今度ははっきりと義経という名が出た。サブロウが言った。義経はかならず、この山を越えるか、あるいはさらに北上し、小坂、もしくは米代川をさかのぼる。ここを越えるとなれば、秋をおいてほかはないから、もうその時期に近い。十月ともなれば山岳は雪が来る。いかに剛の者であれ、糧食も不十分で、雪の山越えは無理だ。越えるとなれば別系統の山伏集団の援助が不可欠だ。それは北陸の連中だろう。あれらは都にも人脈がある。何をねらっているか分からない。とにかく山人たちを脅して山越えなど冬場は無理だ。凍死する。凍死しないまでも、手足が凍《し》みてしまう。歩けなくなる。さて、となると、この秋のうちに山に入ってどこかに隠れるとしても、まさか熊の穴というわけにもいくまい。一つは、今のうちに、数名に分かれて、いち早く冬籠りに入ることだろう。そして、平泉入りに一番近い、有利な場所で冬をしのぎ、堅雪になる二月に平泉に入ることだ。しかし、そのような隠れ家がどこにあろうか。奥地の山寺ということも十分にある。義経の名がものを言う。なにしろ大きな名だ。それなら丁重に扱われ、秘密裏に一冬をしのげるし、食べることもできる。だが、彼ご本尊ではいかに奥地の寺社とは言っても危ない。そこの寺僧が漏らさぬという保証はない。鎌倉の探索は、もうすでに新たな地頭職をここまで送りこんでいるのだから、油断はならない。そういった寺社に、名を偽って隠れるのは、彼の本心ではなかろう。彼はおそらくは秋冬には打ち捨てられている山地のどこかの杣小屋に入って冬をしのぐ。したがって、ここだって、可能性はおおありだ。山アイノのチセに押し入って隠れることも可能だろう。アイノは武器で抵抗はしない。客人として扱う。アイノの神カムイの考えに従うとそうなる。サブロウは最初に披露した誅殺の過激な主張の調子を弱めた。

タケキヨもこの話に意見を付け加えた。義経の運命は、その運命に任せるのが自然だという意見だった。タケキヨは半分僧侶ということも意識して、大日如来の慈悲に任せるのが本当だろうとも言った。弓のサブロウは、あなたの言う花矢《チロシ》には参った。まだこンまい童子の頃、わたしも加わって、小さな花矢を子熊に射ったが、子熊は当たっても痛いわけでないので、童子たちが遊んでくれているものと思ったらしい。ところが、次に大人のアイノたちが、よってたかって本物の毒矢で、苦しまないように殺した。木の檻でここまで子熊を育ててきた家のフチは涙を流して泣いていた。そうだとも、子熊一頭殺しただけでも心に傷が残る。まして人間なら……。殺すべきではないな。タケキヨ殿が言ったように、義経が平泉入りして、やがてみちのくと鎌倉との合戦があろうがなかろうが、われわれは生き延びよう。武人らは武人らで共食いして、いずれかが生き延びる。それでいいと思われて来た。

タケキヨはこれを聞いて言い足したくなった。同感です。しかし、わたしは中尊寺僧として、無事に京から戻りさえして、もし、みちのく攻防戦に間に合うなら、かならずみちのくの一人として戦うでしょう。友の祈禱僧センダンとともにです。中尊寺僧がみな殺しにされるかも分からない。寺院伽藍が焼き打ちされるでしょう。そう言うと、月輪堂が、おお、そう来ると思ったんじゃ。タケキヨ殿の出自は、たしか久慈だったか宮古だったとか、聞き知っているが、ほれ、そうとなれば、ひょっこり武人が顔を出すではないか。まだまだ未熟というものでがんす。そうなりゃ、いいかね、あなただって人を殺すことになるぞ。が、まあ、よろすい、よろすい。今日の話は、ともあれ、われわれとしては各自の在所で、油断せずに、判官残党の動き、冬ごもりその他についてはたえず知らせを交換するという単純な結論に至った、よろすいか、と月輪堂は締めくくった。

これでわたしは憂いなく在所に帰れる。冬は瞬く間に来る。みなでまた顔を見あうのは春三月、雪解けの時ということだ。エカシは寂しかろう。ま、れんげがいるから、そうでもないか。エカシは答えた。それより、よき婿殿がいれば、それに越したことはないでがんす。わたしはひ孫の顔もみたいもんじゃ。熊だって冬眠のあいだに子を産む。れんげがそうなら、どれだけいいことか。まてよ、エカシ、熊じゃあるまいし、と棟梁がさえぎった。婿はここにはおるまいかの。皆が笑い声をあげた。

誅殺といった恐るべき話題があったのも忘れたとでもいうように面々が思いを切り替えたのは、思念の内部では激しい論理が迸《ほとばし》っていても、さてこの先の具体的な実行問題となると、冬山を跋渉するよりも困難なことが分かっていたからだった。時を待て、待つうちに、運命の因果が動く、というように後退したかに見えた。後退したその先が、ぽっと赤らむ頬のように、れんげの婚姻の行方だとでもいうように皆が笑い声をあげたのだ。ほうほ、ほうお、声が出た。もはやわれわれには肉の欲くらいはあるべども、うぶな想い心のふるえのあるものか。若いということがいかにいいことか！　恋心《こいごころ》じゃ。慕う心じゃ。

タケキヨも笑ったし、弓のサブロウも笑った。サブロウよ、あんたは弓がどれほど名人であろうと、シサムの武者の弓にはかなうまいぞ。土台、弓の出来がちがうのだ。熊を射るように至近距離で射ってなんぼのものぞ。武者の強弓は、矢の飛びようがアイノの弓などおもちゃみたいなものぞ。ここは弓のことは忘れて、れんげの心でも射るのがよい。花矢で射るもよし。どうだかね、などと棟梁がれんげに眼をやり、タケキヨとサブロウを見た。それから若いころの話に花が咲いたが、寂しい、悲しい話もまじった。

やがて質素な夕餉をれんげが用意してくれたので、囲炉裏を囲んで早めの食事になった。明日は夜明けに出発というので、夕餉がおわると、囲炉裏の火を囲むようにして、彼ら四人、そしてタケキヨの五人が敷茣蓙《ござ》に直に寝、上掛けには熊皮や厚手のアツシの長衣をかぶせた。明日は各人が在所へと帰るのだ。タケキヨは、わざわざこの奥山のチセになぜ集まったのかまだ分かりにくかった。義経の平泉入りを阻止するとか誅殺するとかいう尋常でない計画を実行するには、どうものんびりしているし、気迫が足りないように思ったのだった。思えば、源平合戦の勝利を勝ち取った総大将の義経を狙うにしては、いかがなものだろうか。そうタケキヨは思いながら、囲炉裏の燠火とチセの匂いにあやされるようにふっと眼を閉じた。隣は弓のサブロウだった。れんげはどこに寝るのだろうとタケキヨは思った。エカシと奥の室か、離れの小さい納屋チセだったのだろうか。

山は木々が鳴った。葉が落ちる音とでもいうように星たちがまたたいているはずだった。まるでここは谷間のようだとタケキヨは思いながら眠りに落ちていった。黄葉紅葉の大きな山は死者たちを眠らせ、自分もまた静かに寝返り打ちながら眠っていたのだった。その死者たちの間道の藪をかき分けながら白装束の者たちが歩いていた。夢は内部から満ちて来ると同様に外から、山霊の現身《うつしみ》のように、鉦《かね》をたたきながら入って来た。

## 35　誅殺と生首

人はみな夢の中で、すでにあったこと、すでに起こったことに出会い、あるいは夢の中で在ったこと、起こったこと、出会った人々にこの先々で本当に出会い、その本当にということの意味も分からないままに、夢の中でのように別れて過ぎて行き、そして歳月の果てに来て、振り返るだろう。夢が本当だったのか、実在は夢そのものだったのか、現身《うつしみ》とはただ夢の中での思い出だったのかと、そうやって黄金色にさんざめく山体の腰部を、間道を、秋草の蕭条《しょうじょう》たる虚無の中を目的に向かって上って行ったのだろうか。タケキヨは混乱した夢ともうつつとも識別がつかない境界を下って行くところだった。ここが最後の分岐点の道だと分かったとき、タケキヨは声を押し殺しながら上って来て、空虚な殺気の風を切るように、かたわらをすれ違った人影に気がついた。とっさにそれがひとりの武者であることが分かったが太刀を佩《は》いてはいなかった。生首を十も二十も腰にぶら下げ這うように重さにたえかねていた。

とうとう来ましたよ。わがみちのくだ。ここまでして逃げるのか。いや、これは逃げるのではない。もうはや疲れてしまったのだ。強弓を肩にしたもう一人がまた後ろから手をつきながら上って来た。それも沈黙してすれ違った。人影なのにただ風のようだった。ただ風が立ったあとのようにすすきも山毛欅林もゆれていた。サブロウが太い槲《カシワ》の根方から身を起こし、弓に矢をつがえた。その矢じりにはトリカブトの毒が矢じりにべっとりと塗られていたが、どう見ても子供のときの花矢にしか見えない。あれで武者を射殺すことはできないだろう。武者は山伏の白装束だが、まるで身のこなしが普通とは違うのだ。いくら生首の髪を腰帯に結んでいても、武者はずっしりとして動き、上り、這いあがり、悲しい殺気がふるえているだけだったのに、サブロウの矢のほうが震えているのだった。タケキヨは彼のかたわらで、錫杖を構えていて、一気に突くという身構えであるが、蛇篭と土嚢のように体が重くて動きがとれない。慈悲だ、慈悲だ、殺すなかれ、また殺されるなかれだ、とタケキヨが言った。それが自分の叫びであることもはっきりと分かっていた。また人影がさっと過ぎた。殺気はもうさび付いた鉄のようにぼろぼろだった。

サブロウの矢が鳴ったがむなしかった。虚無の羽音が鳴って、山毛欅の木に当たった。武者たちはめがけて走り寄せる。タケキヨもサブロウもたちまち逃げ出した。夢はあきらかに義経の誅殺のことだった。しばらくして、タケキヨは谷間に下りて行った。右が千尋《せんじん》の崖になっていて蛇のように青い谷川がうねっていた。谷底に見えるお堂で、谷底に至ったタケキヨがお堂の戸をあけ放つと大日如来が闇に輝いた。タケキヨはそこで坐っていた。センダンがそこで歌を詠んでいた。経文のような歌が詠まれた。センダンがいなくなると、タケキヨひとりだけになり、お堂の中の狭い翼室に入って一冬を過ごしていた。昨日は夏だったのに、今は丈余の雪に埋もれ、吹雪が戸をたたいていた。武者が戸を叩いていた。タケキヨの助けになる経文のあろうはずがなかった。しかし唱えるべきだった。降りしきる谷底の湯小屋には雲間から月が動いていた。流れが速かった。

緑色の湯のなかでれんげが湯あみしている。れんげの胸元のまわりを、冬の子蛇が一匹、水樋から入り込んだのか、湯あみして、くるくるまわっていた。れんげは小蛇にみとれていた。タケキヨもみとれていた。湯小屋の引き戸が打ち叩かれ、生首が湯船の端に据えられた。れんげは泣いていた。タケキヨはうなされた。夢だと分かっているので必死に湯船から浮かび上がろうとした。小蛇はすでに一匹ではなかった。群がるように湧き出て湯におよぎ、マムシの子になって、れんげにむかって押し寄せた。

のどがかわいて眼がさめると、となりではサブロウが健やかに寝息をたてていた。やはり夢だったかとタケキヨは鹿皮を引き寄せた。もう寒い夜明けだった。

いつのまに起き出したのか、れんげがサブロウの脇で膝を立て、囲炉裏に火をくべ足していた。煙があがった。タケキヨは広いチセの東の小窓から光がうっすらと伸びてくるのを認め、れんげのすがたが淡い光の影になったのを見分けた。

## 36　夢の残り

　夢は悪夢だったが、何を意味しているかなどタケキヨはほとんどこだわらなかった。夢に引きずられて生きてしまう現実があるだろうともうすうす感じていたからだった。夢の途中で、サブロウがその吹雪が戸を開けようとする湯小屋の中で、逃亡中の暖をとりながら話したことが、いま、夢のなかでよりも明瞭に聞こえだしたのだった。夜明けの曙光がチセをしだいに満たしていて、れんげが鶴の舞い《ハラキ》でも舞うように、はたら、はたらと翼をひらき、閉じ、軽く足を打つようなとんとんという音が、タケキヨに聞こえもし、またうっすらと眼に見え、そのれんげの足のくるぶしが胡桃のように強く思われた。その情景の中でも、サブロウの言葉がはっきりと聞こえるのだった。

　サブロウは強くしなる槐《エンジュ》の木の弓をもう引き絞る態勢になって構えていた。……、だから、いいか、偶像ということだよ、その、遠い、名づけがたい偶像を殺さなければならない。人々は、わたしもふくめてだが、いや、わたしはさらさらそんな気はないが、偶像が必要な暮らしを余儀なくされているではないか。それは、あなたら隣人《シサム》の国では、神であったり、あるいは大日如来であったり、観音であったりと混乱しているが、しかしいずれも頼りになる偶像にはちがいなかろう。いや、それは人々の思いが深いのだから、わたしがかれこれ非難することではあるまい。ただ、だれもかれもが知らないうちに、生き難いこの世であればこそ、偶像が欲しくなるのだ。極端に言えば、それは誰だっていいのだ。縁があれば、偶像に祭り上げられるし、よってたかって、人々はその自分らが勝手にでっちあげた偶像に跪《き》拝《はい》することで、安心を得るのだ。この世でかなわぬ思いの救いをみたがるのだ。まして、ほら、そこの生首一つはまだまだ何度でも生き返るというような形相をしているではないか。殺しても殺しても、このような偶像跪拝の思いは、人間からは払拭できないのだ。いくら血を洗っても取れないようなものだ。わたしの大地で言うところの神、カムイはずいぶんちがうぞ。偶像《でく》ではないのだ。あなたらはとっくの大昔にことばを書くことをおぼえ、文字をおぼえ、そして偶像をつくりあげてきたが、われわれは違う。カムイとは自然そのもののことなのだ。その自然霊がすべてに宿っているだけのことだ。偶像はいらない。だって、話すことばは、おそらくあなたらシサムのことば以上に歌であるのだが、それを文字にすることだけは、どういうわけか祖先たちはかたく禁じたのだよ。文字にした途端に、その文字がいわばおそるべき偶像を生み出すことを知っていたからだ。

　おお、それでは記憶はどうなるのかと、あなたは反論するが、それこそは声のことばとして、歌い継ぐのみだった。歌によってだったのだ。ことばに、文字による歴史ではなく、歌の歴史のなかに生きることを、死ぬことを、苦しみの一切を、悲惨の一切を、喜びとしておいたのだ。そこのなかで、そうですよ、あなたの言う通り、われわれにも、そりゃあ、見事な英雄譚《ユカラ》もあり、英雄もいるけれども、それは偶像ではないのだ。我々の父祖たちが、あなたたちがいま行っているような修羅の血まみれの行いを、すでに久しきこの大地から海を越えて、いくらでもやってきた結果なのだ。もちろん、それぞれの地域ごとに、われわれは相対し、戦うことも辞さないが、しかし、それは歌のことばにおいて和解するのだ。

いま、この生首の義経は、おお、かわいそうだからと言ってはおられまいよ。これはいくらでも復活する。おお、いくらでも偶像は捏造されるのだよ。ああ、大仏だとて、それに砂金が不足だからとて、話は飛躍するが、西行法師ほどの歌詠みが、なにゆえにみちのくまで来なければならないのだろう。およそばかげているではないか。老いの妄執とでもいうべきにあらずや。いったい彼はみちのくにて何を見たというのだ？　タケキヨは夢の中でほとんど反論ができなかった。湯小屋に吹雪が音立ててぶつかり、湯のなかではれんげが一人湯のなかで無心に冬の子蛇たちにかこまれて浮かんでいる。サブロウは弓を引き絞っている……、義経はどこだ、西行法師はいずこじゃ、その低い声がタケキヨの夢の引き際に響き渡った。

## 37　チセを発つ

チセのまわりは昨夜の風が吹き溜まりにした黄葉紅葉、それに濡れそぼった山毛欅《ブナ》の大きな葉が吹き敷かれ、槲《カシワ》の葉がからからと鳴って光っている。それぞれがそれぞれの身なりでチセの前にそろった。笈を背負っている山伏姿は、ここからさらに北へ帰るし、銅山の人夫たちを仕切っている男は、明らかに山師のいでたちで、脚には脛巾《はばき》をしっかりと巻いていた。棟梁の大男はタケキヨの肩に手をかけて言った。縁があればまたじゃ。無事にその西行殿とやらを拝んで、任を果たしたなら、かならずみちのくがあなたを必要とする。そのときこそ声をかけよ。

エカシは寂しそうにしてチセの藁づみに背をあずけ、腕組みして立っている。れんげが最後に出てきて、みなに、笹の葉で巻いた粟飯にぎりを手渡した。弓のサブロウだけは自分のコタンまでは二日もあれば足りるので、身軽な身なりだった。しかし驚いたことに、どこに置いてあったのか、大きな弓を手にしているのだった。弓幹《ゆがら》も太かった。タケキヨの関心に気が付いたサブロウが笑いながら言った。なあに、ユガラは、梓《アズサ》の木。ほおれ、そこにも立っているじゃないか、キササゲの木でがんす。タケキヨがチセの脇に立っている巨木に気が付いた。それがキササゲだったのだ。真っ白いキササゲの花は美しいものでがんせ、とサブロウが大きな声で言った。しかし蓮の花にはかなうべくもなかろう。矢は束ねて背にかけていた。太い弦は黒馬の尻尾をより合わせた強い弦だというのだった。おいおい、花矢なんかでないでがんす、とサブロウは言い、一本をつがえるしぐさをして強く弦を引く。で、毒のトリカブトだが、これも、ほれほれ、そこの草藪に、いかにもしおったれた葉をたらしたのがいくらでも伸びているだろう。花の形は武者の兜みたいで、いやいや、紫ではなく白い袋のあたりは、都の公卿《くげ》烏帽子《えぼし》みたいなもんだ。これが、根っこには猛毒をたくわえている。熊でもこれにはさすがにだめだ。われわれには救いの猛毒だ。自分自身にも使えるんでがんす。サブロウの目尻にさも愉快だというような笑みがうかび、タケキヨを見た。見送りに並んだれんげをも見やってから、さりげなく言い添えた。

花は春には咲く。心配はいらない、タケキヨ、必ずここに帰って来てくれ。れんげはわたしが兄ともなって守る。そしたらこと言わねでけんせ、とれんげが笑った。いいか、おなごは、一年はいいが、二年、三年はいけない。三年はもうだめだ。分かるかな？　しかし、僧の身分となると、ことは面倒だがな。いや、待つ者が一人でもいるということだけが肝心で、そのほかはどうでもいい。タケキヨはとまどってことばがなかった。いつの間にか自分の心が盗み読みされた気持ちだった。れんげはれんげで何も言わずに、じっと見つめただけだった。その黒い眼は、黒いだけではなく、空色にも変わったように見えた。

そして、みなそれぞれにそれぞれのことばで別れを言い合い、表情を少しだけ変え、またこれが一生の別れになるだろうことも、それを一生の常だと思いつつも、その思いは横にそっとおいてというように、手をあげて、さらばじゃ、と言って歩き出した。チセからは少し上りだった。タケキヨは足が重いのに気付いた。この足の重さは、やはり昨日月輪堂について行くので精一杯で、夜のうちに出たものらしかった。この足の重さで、タケキヨは一昨夜の岩間での泊りが思い出された。まるでぬくもりの空気がかぶさってくるようだったと。しかしまたしばらくすると歩きに張りが出てきた。筋肉が目覚めたのだ。一列になって間道に入るところで、タケキヨは、あっと声を出した。どうしたでがんす、というような声が先頭で振り向いた。月輪堂だったが、タケキヨのあわてぶりを誤解してか、おいおいお、若いことだもんせ、やはりのう、よろすい、よろすい、迷うような道ではない、すぐにまた後を追うべしじゃ、と言う返事だった。タケキヨは弓を担いで悠然と歩くサブロウの耳もとで言った。うむ、そうか、そうだな、それはありがたいことだ、願ってもない幸運じゃ、頼みますじゃ、と言ったので、タケキヨは早足になってチセへとって返したのだった。

息急き切っていたが、まだ呆然とチセの前に立ったままでいたエカシを見つけたので、あわただしく背負い袋から巾着型の小袋を取り出し、中から、砂金粒と銀粒を手のくぼがいっぱいになるくらい入れて差し出した。お礼を申し上げるのを忘れていました、どうぞ、ご無事で、あなたらにカムイのご守護がありますように、と言った。エカシは砂金粒を見てとまどったものの、タケキヨの真意を悟ったのだ。丁重にお礼のしぐさをして受け取った。おいおいお、れんげにはどれほどの助けになるでしょうぞ。ありがたいことです。熊の胆も熊皮とても、もうわたしの弓ではどうにもとれなくなりました。サブロウの弓ならばまだしも。れんげにはセタ・カムイがついていてくれているども、もう冬の猟に連れて行くわけにはいかない年ごろですじゃ。何があるか分からんでがんす。遠慮なくいただきます。タケキヨ殿、とにかく、一年でも二年でも、任を追えたなら、かならず再会したいものでがんす。万一、わたしが運悪く大地に還されておったならば、サブロウをば探して、れんげに会ってくだされじゃな。

その一言でタケキヨはれんげの姿をもう一度見たく思ったが、すぐにまた背負い袋を背負い、錫杖をつかみ、走り出した。

縁があればとだれもが言うが、すでに因果のなかにあるのだ。走りながらも、どこかでれんげが見ているように思いながらだった。みなに追いつくまでにかなりかかったが、ようやくサブロウの後ろにつけたので、サブロウに言った。サブロウはうなずいて、ありがとう《ヤイヤイケレ》と言った。それは、アイノのことばだった。エカシもそう言って謝意を表わしたが、サブロウのことばは低くて、悲しみに打ちひしがれているように聞こえた。あはは、サブロウ殿、砂金も銀粒もわたしのものではなく中尊寺からのいただきものです。あたりまえの巡りものです、と言った。サブロウは歩きを緩めずに言った。汝、あなたはかならず帰って来てくれ。待っている。れんげが待っていられるかどうかは分からないことだとしても、それはそれでまた新たな縁というものだ。気にするな。れんげをこの世の花だと思っておれば、かならず会えるだろう。また重ねてサブロウはアイノのことばで謝辞を歌うように言った。タケキヨは同じようにれんげもいま言ったような気がした。空は晴れ、小舟のように浮かんだ雲たちは動いていなかった。最後の秋の輝きのようだった。

半日はひたすら歩き続けた。稜線に出ると自分たちの姿がどこからでも見られているように感じられ、また道がクヌギの森の中に潜っていくと山の秋は途方もない最後の美しさをすべてあらわにして見せ、この世の浄土かとも見紛うばかりだった。ようやく休憩したすがすがしい林間は木通《アケビ》の宝庫だった。鳩色をもっと紫色にした木通《アケビ》の実がやわらく裂けてたわわにみのり、いくらでもぶらさがっていた。高い梢にからみついている蔓よりも手の届くところに、叢まで木通《アケビ》が白い口をあけて待っていた。タケキヨもサブロウも夢中になって木通をもいで、すぐに舌をいれて、甘いとろりとした煮凝りに似た漿液を舐め、真っ黒く小さな粒粒の種を吐き捨てた。月輪堂たちは、苦いぞ苦いぞ、といって笑っていた。

木通《アケビ》というのはその形からいって、女ごづもんだねと彼らは笑うのだったが、そんなことよりこの世のものとも思われない、痺れるような清純な甘露だった。熟柿もいいにはいいが、あれはいかにもくどい味が残る。木通《アケビ》のこの透明な甘さにはかなわない。サブロウはありあまるほどの木通をタケキヨの背負い袋にも入れてくれた。火登とか、ちぷいとか、いろいろに名を言うが、下卑たことだ。これほど清純な甘さが他にあるものか、とサブロウは言った。いいか、果皮はややも苦いが、薬にもなるから、とにかく所持しておくことだ。万一の場合は火にあぶってから食えばいいとも教えてくれた。六人はれんげが持たせてくれた粟飯にぎりの笹包みをほどいて食べた。竹筒の茶は熊笹茶だった。時間が静かに脇を流れているはずなのに、その流れがとまってしまったようなひと時だった。各人各様に思いが巡っていたはずだが、ことばにはならなかった。のう、雪は早いか。うむ。今年は早かろうか。みちのくの豊作の年は、まんず次の冬が早かろうじゃね。

タケキヨとサブロウだけはまだ話し足りない気持ちをもっていた。サブロウが言った。話の続きだが、西行法師をなぜそんなに追うのかと問うのだった。それは任務だと言えばそれまでだが、わたしならここで引き返すだろう。タケキヨは答えに窮した。ひょっとしたら、あなたの言う偶像かも分からない。いや、わたしは歌のことなど全く門外漢できたからですが、それは都で随一の歌人だという話がいつのまにか刷り込まれ、憧れの気持ちがあるからでしょうか。サブロウが言った。では、あなたは歌に憧れてでもいるのか？　さあ、さっぱりわからないのですが、不思議なことだとは思います。その不思議さに惹かれているのでしょうか。するとサブロウが言った。実を言うと、わたしはこれでもなぜかあのお方については多くの情報をもっている。わたしは幾分判断を保留するのだ。本性がさっぱり分からない。

とにかくここまでの乱世をうまく、いや、これは非難のことばではないよ、ほめことばだが、見るべきものはすべて見たとでもいうように生き延びて、それも多くは知られていない事実があるにしてもだよ、しかし、せんじ詰めれば、貴族文化の証である歌へと寄せていく、その所作が、いやその寄せ方が、所詮は武家出自の未練とでも言うべきじゃないのか。それに、いいかい、あの人は、そもそもが藤原北家の氏素性ではないか、そしてだ、何代も経て、そこそこの武家荘園領地を得て、その果てに嫡男の彼が出家と来たわけだね、そりゃあ、貴族だって、先がないと分かれば、歌のみやびにおいて一流になろうと思うだろう。土台、貴族衆にとっては、歌はみやびの遊びだ。しかし彼は出家と言っても、正式に高野山の僧侶ではないと聞いているぞ。じゃあ何だ？　僧職で高位に上がり詰めることもできない。貴族でならそうでもないが、武人上がりではそれはとても無理というものだな。で、武人上がりがどんなにもがいたところで、貴族たちが詠むような歌が詠めるわけがない。無理だよ。だからこそ、わたしは彼が謎だというのだ。このたびの西行殿のみちのくの旅でにも、どこか分かりにくいところがある。腹に、いや、心の奥に、何かがあるのではないのか？

タケキヨは木通《アケビ》の唇に舌をいれて、甘いとろみを吸い上げ、種を吐きながら聞いていた。まるで挑発しているような言い方だ、とタケキヨは思った。反論とまではいかないけれど、それはあんまりというものでしょう。わたしはほんとうに西行殿の歌については、わが友センダンのことばによってしか知らないのですが、お説とは真逆ではないかとも思います。貴族の歌人たちが、政事から外されて、生き延びて歌に生きるのとはまったく違うと思うのです。ひょっとしたら、西行法師とは仮の僧衣であって、本心は、貴族文化の華である歌の世界を、歌の道を、おのれの歌で打ち壊すというたくらみを抱いているのではないでしょうか。

するとサブロウが眼を輝かせつつ、おいおいお、打ち壊すだって？　それはどういうことだと聞き返した。いいえ、そう直感しただけですよ。たとえて言えば、これは荒っぽい言い方ですが、ほら、いまの鎌倉殿が平家にとってかわって武家政治を中心にしようと最後の賭けに出てきています。あれと同じです。貴族の歌の花を、もっとちがう花に変えようと思ってきたのではないでしょうか。センダンが言っていましたが、西行殿の歌は、決して貴族の歌うような歌ではないと説明してくれました。かつて武人であった者が、歌に生涯を棒に振るということはどういうことでしょうか。言いかえれば、人を殺す弓を、太刀を、歌のことばにもちかえて、戦うということではないでしょうか。何と戦うですって、それは自明です。貴族の歌ができなかったことを戦いとるということでしょう。花鳥風月を、さらに深く人間化するというたくらみというのなら、わたしは西行殿を支持します。ふむ、西行殿は狷介《けんかい》なるご仁ではないのか、とサブロウが言い足した。

実際に会ってみないと分かりませんが、いやいや、そうです、毛越寺の鹿踊りの日に、いまにして思えば、わたしは西行法師に、そのひとご本人だとは知らずに、谷間の道ですれ違い、ことばを交わしたことがあるのです。あれは、どうみたって、狷介なお方ではないでしょう。タケキヨはサブロウにその話を話した。風狂か、うむ、数奇《すき》ということばを聞くが、そのようなことか？　さあ、そうでもありませんでした。境目というか、そのような一線がないような感じでしたよ。どんな風にだ？　そうですね、風が花に吹くとき、その風と花との触れるときのような、とタケキヨが思い出しながら説明すると、サブロウが大弓にもたれるような姿勢で笑った。やれやれ、タケキヨも歌詠みもどきでがんすな。怪しいご仁であるなあ。

## 38　それぞれの別れ

とうとう一行が道を分かれ行くことになった頃は、日輪が秋の蒼穹《おおぞら》をあかあかと染め始めた時刻だった。風も出始めた。日輪の輝きが逆に雲を呼び寄せたのだ。タケキヨは月輪堂に導かれて東南へ、サブロウは西へ、他の三人はそれぞれ北へ、鳥海山麓へ、あるいはもっと北の小坂へ、あるいは秋田のカヅノという郡、あるいはピナイという平野部であったりと、別れて行くのだった。その岐路は、三叉路になっていた。今まで越えて来た間道が、その岐路に出たのだ。さて、とみんなは別れのことばを交わした。これから冬が来る。冬支度もあるが、また仕事もそれなりに待っている。サブロウはこの山域のアイノコタンに帰るのだから、二日もかからないが、他は途中のこともあるので、数日はゆうにかかるだろう。タケキヨには、しかし、もっと、はるかに多くの日数が待っている。

日をかけて、とサブロウがタケキヨを強く抱きしめた。並べて、だな、タケキヨ殿、また語り合える日がくるように祈る、と言った。タケキヨは、わたしは海へ出ることになるでしょうと言った。棟梁が、海やま、とわれわれは言いなれておるけれども、海ははるかな向こうじゃ、まるで浄土のようにな、しかし、こちらは、山だ、なんでまた山がこちらなのか、ここが問題だ。海はいのちの海とも言うが、それならば対抗して、山は、霊魂だと言いたいでがんす。そう言って、別れのことばにした。月輪堂もおおいに賛同して言い加えた。そんだねしのう。山は霊魂の産土《うぶすな》でがんす。海はどうでもいい、海の彼方の浄土だなんて、面白くもなかんべし。

合言葉は、雪解けが始まったら、ふたたび互いの無事を確認しあうという誓いだった。タケキヨはみなから、蓮の花を忘れるでないぞと冷やかされたが、ひげもじゃからもれる笑いは温かかった。サブロウは、みちのくの命運について、このようにどこの馬の骨とも分からぬ少数者がこのように考えていることを忘れるな、とタケキヨに言った。そして道を分かれるとき、サブロウは大きな声で、西行殿によろしく、と叫んで、ふたたび山道へと見えなくなった。

タケキヨは月輪堂の後ろから、寂しさを大切な思い出のように温めながら、遅れずについて歩き出した。海がみえるまでにはどれほどかかるのですかとタケキヨは聞いた。まだまだじゃ。今夜は見知った山寺まで行き、そこで泊りじゃ。まさかの野宿とはいくまい。糧食のこともあるが、寒さだ。たしかに次第に雲行きが怪しくなり出していた。風は山を何枚か越えるようにして海から寄せて来るようだった。山にぶつかって雨を降らせて、また晴れて、また降らして渡って来るんじゃ。油断ならない海風じゃ。われわれは最上川から酒田か鶴岡の湊にでる。歩きに合わせてタケキヨの錫杖の鉄輪が鳴った。風がまともに吹き寄せ、木々も低い灌木も、草の群れもそよぎだした。見る間に日輪は、海に落ちるのか、山影がこちらの谷に落ち、赤黒い空模様に変わっていた。ああ、見えない海に日輪が沈むときは、とタケキヨは思った。外ヶ浜の旅路で幾夕べも見た光景だった。どろどろと灼熱のまま日輪は溶けた鉄の塊のように一瞬膨張してのち、音立てて海原に身を没する。平地では、山越しの阿弥陀如来像などと美しく言うが、そんなものじゃなかった。壮大な没落の一瞬だ。阿弥陀如来など温和にすぎる。そんなものじゃないぞ。海が煮えたぎるのだ。見るものも焼かれるのだ。日輪の高熱に。

もくもくと歩くが、月輪堂は、ある場所に来てからは、どういう呪文なのかタケキヨには分かりかねたが、両手を組み合わせて、その手を一本にして、アウンダーカ、ダーカ、コオ、コオ、コオ……と唱え続けて、走るように速度を上げげた。なにかをぶち殺してのち、祈禱するというような声にも聞こえた。その、コオ、コオ、コオという声が暮れ切った闇に飲まれたときだった。同じ道をこちらに向かって来る人影が見えた。月輪堂はまだコオ、コオ、コオ……と唱えていた。人影はさらに近づいて来て、闇にとけて輪郭が見えないまでも、蓑をまとった人影が三つ、現れ、浮かび、タケキヨはそのうちに先頭者ではなく真中にいる人影の顔が見えるように思った。その顔は輪郭が崩れ落ちた面をかぶっているのだとすぐに分かった。生首のようで、その本体は小柄だった。生首が蓑をかぶって急いでいたのだ。さっとすれちがうときも、月輪堂は、ただ、コオ、コオ、コオ……と呪文を唱えるのをやめなかった。たちまち過ぎ去った。振り向くな、と月輪堂の押し殺した声が言った。そしてその瞬間、一陣の風のように背後から殺気が迫った。タケキヨは思わず、鉄の錫杖を構えて、その殺気を打ち払おうと思ったが、もう殺気は風に運ばれて消えてしまっていた。鳥肌が立ったタケキヨは声がかすれていた。

ようやく月輪堂が歩をゆるめて、タケキヨを振り向いた。ふたりは頭の欠けた小ぶりな供養塔のそばにやっと腰を下ろした。タケキヨは汗でびっしょりだった。はるか昔の旅人かだれかの供養塔なのかも知れなかった。いいかね、と月輪堂が言った。間一髪であったでがんす。あの手の殺気は一瞬にして引き返すことがあるんじゃ。わたしが、コオ、コオ、コオと唱え始めたときに、わたしには分かっていた。ここいらの山域で、山伏ならば、この、コオ、コオ、コオの声にただちに同じように唱和してすれ違うが、それもなかったであろう。あれは、そうじゃよ、ご本尊じゃ。しかし油断はならない。あの三人は囮《おとり》であることもある。だれが三人そこらで逃げ切れるものか。二手に分かれて、日が落ちたころ合いをみはからって山を越えるのだ。なあに、わたしだってそうじゃ。先ほどの真ん中に、面をつけたる者がおったじゃろうが、あれをのみご本尊と思ったら間違う。ご本尊の替え玉ということだってあるぞ。もしあれがご本尊だったなら、たちまちすれ違いざま後ろから襲い掛かっただろう。わたしらは運がよかった。タケキヨは言った。しかし、あれがご本尊だとも言えるでしょう。

タケキヨは闇の一瞬に見たくずれかけた顔面を思い出して言った。月輪堂は言った。まあ、過ぎたことだ、彼らの運にまかせればよろすい。そうじゃ、これはこの秋のうちに、雪が来る前に、みちのく入りを狙っている。雪が来れば、もうそうはたやすく移動はかなわない。奥羽山塊を越えるのは無理じゃ。ここいらはむろん、すでに鎌倉の新地頭が派遣されて、検断の全権を握っている。いかに、かつてご本尊と縁故あるものとて、そうはたやすく手をさしのべられない。平泉がどこらへんまで救いの手をのべているかだが、それも逐一鎌倉殿へ報告されるだろうから、そこが難儀じゃ。ま、雪解けの頃には、平泉入りして秘密が守られるだろう。しかし秘密はかならず漏れる。平泉とて強固な一枚岩ではない。政庁はよくても、中尊寺僧が問題だ。僧から洩れることもあろう。都から来た僧とてかなりの数じゃろうが、いいかい、もし鎌倉殿がみちのく攻めをした場合、中尊寺をどのようにあつかうかだ。僧侶だって三千房ともなれば、みな殺しにするとなればの話じゃが、それを恐れて僧の側から洩れることもあり得ようぞ。

耳を傾けながらタケキヨは、あれはまちがいなく義経であったろうと思い出すとぞっとしたのだった。これもまた運命ではあるが、よりによって、西行殿と入れちがいに、零落した英雄が落ち武者となり、崩れた面で顔を覆い、一瞬の殺気とともにすれ違った。この入れ違いにという符合がタケキヨには不思議でならなかった。月輪堂に訊ねると、いやいや、西行殿はこの道を通ってはいまい。われわれのように早くはなかろう。さきほどの道に出るには、別の道もあるが、もっと日にちが必要じゃ。西行殿はご本尊の来るみちすじを考えて、みちのく街道の大道をしばらくは進んだはずじゃ。そう言って、やれやれだったと腰を上げた。タケキヨも腰を上げた。山越えはもういい加減うんざりであったが、自分が何の縁か、武人の運命の一瞬に触れたのだという思いが心に残った。あの面の形相こそが武人の欲念妄執の本体だったというように思われたのだった。

暗い雲が晴れて来て、月が煌々と辺りを照らし出した。あかるくて道の草まではっきりと見えた。足を速めた月輪堂が、明日の夕べには海に出るでがんす、と言った。

## 39　奥山の寺にて

風のある月明かりの道を小半時ばかり歩きとおして二人は目当ての山寺に着いた。峠を一つ越えたところの、谷を前にした山寺だった。場所柄にしてはなかなか豪壮だった。天台宗の蓮華院だったので、タケキヨは安堵を覚えた。住職の老僧は、いやいやお待ちしていましたと言った。住職の庫裡《くり》の室は小さいが気持ちがよかった。話が弾んだ。タケキヨは中尊寺の僧として紹介された。老僧は月輪堂とは長い付き合いだったのだ。あれは何年だったたろうかと思い出そうとした。わたしは比叡山で、あなたは高野山でしたな。うむ、そんなこともありましたと月輪堂は、もう勧められるままに酒をいただいていた。わたしは何がどうということもないが、山伏の一生になったでがんすな……。蓮華院はもちろん中尊寺とは行き来があった。管区ではないまでも、山越えして折につけ情報がもたらされるのだ。

タケキヨは熱いヨモギ茶をふるまわれた。腹は空けておらないかと老僧は奥に声をかけてくれた。するとすぐにも、目つきの強い僧が、さっそくお膳を運んで来た。赤い漆塗りの椀に柔らかめに炊いた玄米が盛られていた。山女魚《やまめ》の焼いたのが一匹まるごと皿にのせられていた。それに塩漬けの菜が添えられていた。その僧もそのまま話に加わった。話に加わると目つきが和らいだ。月輪堂には笑いながら、あなたはこちらのほうが飯のかわりだから特段に用意しましたがですよ、と言った。寒くなりましたな。はあ、今年は初雪も存外早いでしょう。そこから話が始まった。

月輪堂は、チセでの一夜の寄り合いのことも、弓のサブロウの意見も、またこの途中で見たことをも老僧に話した。ほう、三人でのう。蓑を着ておったでがんす。明らかですな。湊すじでは、もうかなりの詮索が行われておるそうです。やはり、そうでしょう。だども、わずかに三人とは妙ですぞ。だから、わたしは囮《おとり》ではないかと思うたでがんすが。いや、そうでもありますまい。いや、二手に分かれてということもありますぞ。さあ、どうですか。老僧と月輪堂は、もちろん、タケキヨたちがすれ違った蓑姿の三人について話していたのだ。空腹のタケキヨは玄米も飲み込むようにもう食べ終わり、合掌して謝辞をのべた。そうでしょうとも、ここの川の岩魚《いわな》は塩焼きが美味うてな。話を聞きながらだが、タケキヨが話に口をはさむ機会があった。

は、それはぞっとするほどの殺気だったです。それに、真ん中の一人が、面をつけていました。おお、面ですか？　はい、あれは間違いなく面です。どんな面ですか。かたちが崩れたような面です。いや、もしや襤褸《ぼろ》切れを巻いていたのか。ふむ。で、着ていた蓑はここいらの形でしたか？　すると月輪堂が答えて、そう言えば、ここいらの蓑の形ではないようだったでがんす。袖が妙に膨らんでいて、裾が長い。では、太刀は？　いや、佩《は》いていなかったではないかな、タケキヨ殿、どうだったか？　さあ、はっきりとはわかりませんでしたが。殺気とは武器なしではあり得まいですな、と老僧はぼんのくぼを掻いて言った。そうでしょうな、やはり太刀は蓑の下に佩いていたのか。それゆえの殺気ですな。間一髪でしたな。おいおいお、わたしは数間先から真っ先に気が付いたので、いつもの山霊の呪文を唱えてすれ違った。

おお、で？　この山域の法師ならば、わたしの呪文にただちに反応するはずなのに、一言の返答《いらえ》もなかった。たちまちにして行き過ぎて闇の中に消えた。無かったことのように。やはり、ご本尊でしょうな。夢であったと思えばいいだけです。そうですかな。そう言えば、一瞬の夢に似ているか。この世の夢でしょう。ひとさまざまにこの世を行き過ぎ、あるいはすれ違う。現世とは、時として夢であるとみなすべきことがありましょう。いや、われわれの関与すべきことではありません。武門同士が共食いをして、また勝ち残った者が支配し、また共食いによって滅する。汝、月輪堂さん、わたしらはもうげっぷがでるほどこの数十年の変転を地獄絵みたいに見て来たよのう。何ゆえこのようになるかと言えば、生きることから生きることばかり見ているからだ。来世近きなり、とでもいうように、来世、すなわち死界から生の万象を見る心がすわっておれば、現世の栄華についても、はたと思いとどまるべきことだろうに。それがそうはいかない。おお、ずいぶん見ましたな、しかし、高野山に居た頃、いやあなたが延暦寺で学問なさった頃も、あれが境目でしたでがんすなあ。そこまで話しつつ、老僧は禿頭をひと撫でし、ああ、これで思い出しました。タケキヨ殿とやら、月輪堂の話だと、たいへんな任務ではありませんか、西行法師、あの方を追って行くというのは。いや、これまた奇しき縁というべきです。老僧は眼窩と額をこするように手で二度三度となでて、話し出した。

タケキヨは耳を傾けた。眼前のこの老僧円樹は元は花山院《かざんいん》の出だったが、若くして天台の僧籍に入る運命になった。彼は若かった。高野山に、北面の武士を辞して、出家し、都の近くに庵をむすんだり、また高野山に入り、庵にこもって歌の道を究めようとしている西行のことを聞き知った。歌も詠む僧や貴族たちのあいだでは、西行の名は知らない者はいないくらいだった。若い円樹は、一目でいいから、その歌人法師に会ってみたかった。あるとき、高野山にのぼって、西行の庵を訪ねた。幸い西行殿は庵に在宅だった。そのように老僧は思い出しながら、また額を撫でさすった。

いまでも覚えていますなあ。会ってみるとわたしとほとんど同じ年齢だったのは驚かされましたよ。おりしも高野山の奥は山桜が盛りで、まるで夢の浄土のような色彩でした。さらに驚いたことには、この若い西行殿を追いかける、何というのでしょうか、おっかけ女房たちとでもいうのですか、綺麗どころが衣装華やかに着こなして、庵に参っているのです。若い西行殿はまんざらでもない風情で、都のおなごたちをお相手にして、歌の話などをなさっていました。花と言えば桜ですが、高野山の桜の山は奥が深くてな、その花の色がいかにも宮中の華麗さにふさわしいのだろうかと、わたしなどは思いました。西行殿はとても出家遁世というようではなく一時の旅人のような印象でした。まことに明るくて、都の教養あるおなごたちとも和気あいあいと話していたので、がちがちのわたしなどは眼をみはったのです。ご婦人方に大変もてる方だとも、かるく嫉妬の思いまで湧きました。で、そのときですが、臈《ろう》たけたるおなごたちがじぶんたちでも歌を吟じながら帰ったあと、わたしは西行殿にどういうわけか誘われて、もう一つ奥山へと逍遥することになったのです。西行殿については、わたしの若かった日の、あの乱世の直前の、最良の思い出ですなあ……

そこで思わずタケキヨは口を挟んだのだった。いやいや、とりたてよきことばというのでもないが、というのも、われわれは一応僧ですからな、そんなことはとっくに百も承知でした。が、しかし、それがどういうわけか心に沁みて沁みて。若いくせに、美貌の西行殿が、いや、美貌というと語弊がありますかな、土台、北面の武士の若いのとくれば、それは縁あれば御所におとぎの役というのもありますからな、あんまりむさくるしゅうては、困りますぞ、それはさておいて、ほお、何と言うたかというと、奥山のその奥の木立にただ一本だけでしたが、他の桜などかなうまいほどの山桜が、手のとどかない宝樹のごとくに立っていたのです、もうここまでで道はないし、ただ二人で呆然と遠く高きに眺めているだけなのです。そのとき西行殿がぽつりと、一生幾ばくならず、来世は近きにあり……、と言うたのです。この若さで、これはもちろんわたしだって知っていることばですが、これにはさすがに参りました。で、わたしはそのあと、比叡山の修行も恙無《つつがな》く済ませてのち、この地に身を預けることを選んだのです。都の乱世から逃れるという意味合いもあったのですが、一生の短かさというものを、あの若い西行殿によって、ぽつりと、そっとささやかれたのですな。そうやってたえず来世を友にしつつ、ここまで来てしまったわけだですぞ。おお、そうだった、たしか、わたしたちが相い会うたのは、西行殿が歌枕をたずねてという思いで、このみちのくへと旅をなさってのち、帰られてからのことだったように覚えているから、ふむ、われわれはまだ三十の歳を聞いていなかったころだ。

もう一つタケキヨは質問をした。歌について何か西行殿からはおことばがなかっただろうかと。円樹老僧は、はたと膝をうたんばかりになって、よくぞ、よくぞ、タケキヨ殿、これは嬉しき問いでござったでがんす、そうです、よろすい、よろすい、ちょべっとお話ししておきますぞ。ああ、ここなる老友月輪堂は、歌はまるっきりだめだからねえ。月輪堂が酔いにあわせて、手をゆらゆら泳がせた。

西行殿は山桜の逍遥の帰り道、ふっと思いついたかのように、こう言われたんじゃ。花山院のお出であられれば、仏典ばかりでは寂しいことでしょう。歌こそが本領でありましょう。浄土に行くにも歌があれば心やすらかだし、この先、濁り世に入るにしても、歌のことばで生き延びられます。わずか、みそひともじとはいえ、これを千首でも重ねたなら、それこそ森羅万象の本質にふれられようかと思います。いや、救いになるなどと俗世的な意味ではありません。仏陀の教えはこの世の人々、あるいは自分自身をも救うのが本然ですが、そのような、これは語弊があるけれども、功利的な営みではありません。この世に、この現世に心を残すということです。ことばは心ですからね……、まあ一体にこのようなことばをわたしにぼそぼそと、山鳩が奥山で鳴くような言い方でおっしゃった。うむ。忘れ得ない思い出じゃ。で、わたしは今でも、若かった西行殿の謂わば最初の門弟の一人であろうくらいに思って、歌を詠みつづけていますぞ。これも縁あればこそじゃ。そうでありましたか、西行殿がお齢六十有余になられて、今般みちのくに下り、また取って返すがごとく京へと上られたというのも、奇しき縁でありましょうな。みちのくの見納めとの別離の旅でもあったのでしょうか。ふむ、ところでじゃ、若いタケキヨ殿、あなたも歌の一つくらい詠むというでなくば、一生が水の泡ともなりかねんでがんせ。どこに自分の心を残すのだ？　心がことばとなり、そのことばがまた人々の心になる。となれば、歌も仏心も同じこととなるのではないかな。詠みなさい、いくら下手でも詠みなさい……、そう言って、円樹住職はまたしきりに額をこすった。

夜も更けて、タケキヨは心満たされる思いで床につくことができた。旅に出て、はじめてゆっくりと上掛けのある床に横になれた。枕もあった。寒くはなかった。鹿皮のれんげの胸元で眠った夜が夢だったように思い出された。実際の夢には恐ろしい生首の面が出てこなかった。タケキヨは熟睡した。目覚めるとすでに夜が明けていたが、秋雨が音を立てて降っていた。ふたたびタケキヨは寝入った。夢の中で、海の波が音立てて崩れていた。遠く近くで海鳴りがして、幾重にも白い波が寄せて来た。れんげのチセが小舟になって流されていた。センダンが西行殿に歌をおとどけして判をいただくのを忘れるなという声が聞こえていた。タケキヨはこの夢の中で、生首のかわりに、幾首でも幾首でも、歌の調べが、白い波のように寄せて逃げていくのを見ていた。

## 40　湊をめざせ

庫裡の外は雨脚が強くなって、月輪堂も脚絆をつけ、タケキヨも脛巾を巻いたものの、蓑を借りてまでこの先十里の道を海まで行くにはさすがにはばかられた。いつあがるとも知れないこの秋雨に半日は様子をみることになった。タケキヨの任務を知った老僧円樹が言った。まんず、あの方が、海の道へと抜けられたとは思われない。おそらくは奥州街道をまっすぐに行かれたのではあるまいかな。みちのく、東海道というふうに、さほどの面倒も起こるまい。したがって、あなたが月輪堂との縁が起こって、ここへと回って来たのも、間違いであるとは言われまい。あなたの任務は、西行殿が無事に都に、その庵に帰りつかれたことを見届ければよろすいのじゃ。逐一追うたところで詮無いことだ。むしろ、あなたの方が先に京に着くやも知れない。なんなら、海路も使うのがよろすい。月輪堂は船頭たちにも顔が利く。秋のことだから日和もあるが、浦伝いの沿岸舟だから早い。

月輪堂は手持ちぶたさであったが、ゆっくりと時間を過ごした。タケキヨはただ雨を眺めているのは退屈だった。このような退屈な時間を過ごしたことがなかったのを思い出した。やがて何人かの檀家が訪ねて来た。住職は相談にのった。物騒な話だった。昨夜の事だが、いきなり家の戸が叩かれて出てみると、武者と法衣姿の身なりの数人が、糧食を乞うたというのだった。もちろんのこと恐ろしいので、すぐさまあるだけの糧食を袋に入れて差し出し、ひきとってもらった。彼らはほとんど無言だったが、ことばがかなり違っていた。すぐにも新たな地頭職に知らせようかと思ったが、恐ろしくなった。それで、ここに相談に来たというのだった。老僧は、よろすい、それでよかったのじゃ。もう何の心配もいらない。あなたたちはよいことをなすったんじゃ。人助けじゃ、と言って彼らを帰した。誰にも言わぬがよろすいぞ。タケキヨも月輪堂にもこの話が聞こえていた。月輪堂は、やはりそうだな、とつぶやいた。ご本尊は二手に分かれて動いていたのじゃ。

それで急に、明け方の夢がふっとよみがえった。よみがえり、その夢の中で自分が何首も何首もさらさらと歌を詠んでいたことが思い出された。もちろん、老僧の思い出話によってそのような幻想が夢で実現したにちがいないのだが、同時に夢で見た生首のこともさっと頭をよぎり、同時に、歌を数えるのに、どうして一首、二首とかいうように、よりによって首というのかいぶかしく思ったのだった。歌が、首であろうわけがないではないか。その疑問を残したまま、タケキヨは庫裡の離れの小室の経机を使わせてもらい、夢でみたことなど含めて、自分なりの歌を詠んで、それを料紙にただ書き残した。

生首などどうでもいい、知ったことか、心だ、心だ、とタケキヨは思った。センダンのことも思った。背負い袋には、センダンの歌稿が大切にしまわれている。自分もこの先、西行殿に会うとなれば、歌の一つも詠む心がなければ、門前払いだろう。中庭の石庭に降り続ける雨脚を見ながら、三十一文字のことばのしらべを整えたのだ。そうだとも、歌を数えるに、首というのはあんまりじゃないか、これは、花とでもいうべきだろう、などとタケキヨは独り言を言い、小筆でさらさらと書いた。そうとも、恋というのがいい。恋の歌がいい！　タケキヨはふっとれんげの足のくるぶし、それからあの手、あのまなざしを思い重ねていた。

書き終わる頃に、雨脚がゆっくりになり、晴れ間が出た。雨雲が迅速に流れて行ったのだ。小さな硯には、その雨のしずくの残りのように、もう墨はなくなっていた。タケキヨはこの歌をしるした料紙を折りたたみ、円樹老僧に置き土産にしたいものだと思った。心が急に晴れ上がった。

タケキヨの詠んだ歌稿

黄金のむつのくと云ふあやまたず海《うみ》やま満ちてひとの心は
別れ来て山越ゆるさにみちのくはチセの寂しき夢《ゆめ》残るらん
三郎の弓は梓《あづさ》の弓なれどつがへしときは花矢《チロシ》にてあれ
一生の早きことをぞ思ほゆる山桜散《ち》る奥山に来て
ともに火を焚きて語れば秋の夜は酔《ゑ》ひに眠《ねむ》るも鹿皮つつむ
会ひにしもことば誦してぞ下りくるその僧の名を知らずやわれは
いのち着て鹿《し》の踊りの狂へるは野に咲く萩《はぎ》のいのちに見せん

れんげてふその名えらびし定めには蓮《はちす》の花の声《こゑ》聞こゆれば
衣川うしろに残し夢に来て滅びの秋の風の兆しを
うら、かに寂しかりけりむつのくは子らのあそべる稲架《はさ》の影見ゆ
その夜とてあの夜とてみな越え来ればまた日をかけていつ帰りなん
旅の果てわが旅の果て尽きざるを心澄ませと山時雨《しぐれ》哉

# 四章

## 41　再会

タケキヨが京に入ったのは、すでに十月の半ばになっていた。心は一日でも早くみちのくに戻るべきだという思いで占められていた。初めて見る京のたたずまいも、にぎわいも、タケキヨの眼には夢の中の出来事のようだった。平泉のささやかな浄土光景と比べると、あまりの違いに心がなじまなかったのだ。彼は見知った人もなく、ただまっすぐに西行殿の庵を探し、ついに庵が嵯峨野だということを知り、京に着いて二日目に、見たこともない竹林に迷いながらも、嵯峨野まで足をひきずった。

嵯峨野に来てみると、みちのくのどこにでもあるような鄙《ひな》びた里山の景色がひろがった。それでも決定的な違いがあった。里山の風景は和やかで、一木一草にまで、都のことばのような風情がしみ込んでいるようだった。みちのくならそんなわけにはいかない。野の畑地などもまだ緑が残っていて、春のようにさえ思われた。庵はいくつか点在していた。ひどく奥ゆかしい閑雅な庵もあったが、さてどこの庵がそうなのだろうか。タケキヨは野道に戸惑いながらも偶然、とりわけてみすぼらしいかやぶきの庵のそばを通りかかった。夕暮れで、人影はどこにもなかった。そのつつましい庵がそれとなく気にかかったものの、訊く人とていなかった。まさか柴垣の木戸を押し開けて、ここはどなたのとか、西行法師殿の庵でしょうかと訊くのもためらわれたのだった。そのときだった、庵の柴垣の戸があいて、この寂寥の、あの夕暮れの秋の光の中に、見ると子供の竹馬の竹を杖にした一人の老僧がゆっくりと出てきた。タケキヨは平泉の谷間の道で西行殿を見知っていたので、見間違いではない、おお、このお方が西行殿だ、とその瞬間、心に叫ぶ思いで、緊張のあまり心がこわばるのをおぼえたのだった。

西行殿は、おやおやというふうに腫れぼったい眼をあげて、柴垣に身を寄せて棒のように立ったままのタケキヨを見た。怪訝そうなまなざしだったが、笑みをうかべているというように見えた。その視線を夕暮れの空にあげた。タケキヨの胸は苦しくなり、動悸がし、ここでどうふるまったらいいのか分別がつかなかった。当代随一の不世出なる特別の歌人なのだ、ここは京なのだ、錚々たる貴顕もが庵を構えているにちがいなかった。突然のようにタケキヨは故のないおそれと劣等感に打ち震える思いだった。一瞬、挨拶さえ出来ない状態だった。タケキヨは長旅でよれよれの身なりであったし、おまけに総髪で、物騒な鉄の錫杖を握っているのだった。するとその錫杖をふっと見つめ、西行殿がタケキヨに声をかけた。その声は、タケキヨはまざまざと思い出したが、中尊寺の大講堂で耳にした声と同じだったのだ。強い張りがあるが、その声のひびきは風のようだったのだ。はて、お若い人よ、ずいぶんと長旅をなさってこられたようじゃの。おお、わたしも若い頃はそうじゃった。ご苦労さまですわ。さあ、どこのどなたかは聞かぬことにして、ほおれ、このような夕焼け空はめずらしゅうことでな、どうかな、あなたもともに味わっていきなされ。いやいや、何も西の空だからというて浄土の眺めなどとは言いませんよ。日輪が没するときの眺めほど心をひとしお荘厳にしてくれるときはあるまいことです。

西行殿は竹馬の杖を突いていて、それが急にタケキヨには可笑しく思われた。竹馬の片方だから、足をかける横桁がとびだしていたのだ。この庵に遊びにきた里の子供が忘れていったものなのかもわからない。タケキヨは気持ちが楽になった。と同時に、このように親しみ深く声をいただいてみると、安堵のあまり、また甘えも手伝って、これならば自分のこの度の理由も明かし、なお、ずうずうしくもセンダンから預かってきた歌稿の判定をもお願いしてもいいのではあるまいかと、一瞬、喉まで出かかったものの、すぐにまた、このような出会いの一瞬をそのことが台無しにしてしまうのだと思い返した。

タケキヨは西行殿に誘われるままに、並んでというか、ほんの半歩ばかりうしろについて、竹馬の片方のうしろから歩き、野道の広がりに出、そこで立ち止まり、低い西の山並みの切れ間に夕日が透明な輝きで燃え上がる、その空の夕焼けを眺めた。金色に雲がたなびき、山桜色もうすく刷《は》かれ、野畠の黒い畝にまで夕日の矢がたばのようにのびてきていた。

タケキヨはすぐかたわらに静かな呼吸を感じた。生身の歌人の命を聞く思いだった。タケキヨは何も言えずに、木偶《でく》のように呆然と立っていた。そして、ああ、西行殿はとても疲れておられるのだ、憔悴しているといってもいいのではあるまいか。われわれのみちのくへの旅路こそがそうさせたのではなかっただろうか。わたしはそのことをお詫びすべきではないのか、などとタケキヨは思っていた。そこへ、西行殿がふっと言われたのだった。いま、思いがけない気持ちになった。そうだ、お若い人よ、これはまだだれにも言っていないのだが、わたしはいま、最後の歌をまとめておるところじゃ。この歳ともなると、すごくしんどいことではある。手狭な庵の中も、そのような歌稿の書き写しやなにや料紙の書付で散乱してのう、まるで桜の花に埋もれているようなありさまじゃ。お若い旅のひとよ、あなたがどなたかと名を聞かぬが、あなたの若さを感じると、ついつい言いたくなってしもうたものよのう。さて、このように老いぼれてはいるが、このように最後の最後まで奮戦するのが人の運命の矜持というものじゃ。わたしは、いいかい、歌において死ぬる定めじゃ。おお、ところで、こんどはあなたの番じゃ、若いあなたは何において死ぬる覚悟かな。いやいや、それをいまあなたのような若さに問うてみても意味がないが、しかし、そのことを生涯忘れてはなるまい。

夕焼けが引いていくにつれて、少し風が立った。西行殿は肩をすぼめた。おやおや、あなたはなんという寡黙な人であろうか、よいよい、それでよい。わたしは失礼して庵に戻って、仕事の続きじゃ。これも、二度とはない縁だと思うて、忘れないでおきましょうぞ。そうそう、わたしは、花のもとにて春死なんと、いうふうにじゃ、いずれ死ぬるのではあるが、わたしはこの世では死なないのじゃ。まだまだ、あなたの若い旅は続くでしょうが。心はますます若くなるでしょうぞ。わたしと会ったことを生涯忘れないでおきなされ。わたしは西行じゃ、とそう言って、土埃《つちぼこり》にまみれた僧衣姿のタケキヨの両肩をがっしりとした両腕で抱擁した。それは明らかに武人の手であるとタケキヨは感じた。タケキヨはそのとき、初めて、ひとこと、西行法師様、と泣くようにその名を小さい声に出して言い、一礼し、眼がしらに涙があふれるのをこらえかね、しかし悲しみと同時に喜びをおぼえながら、お別れを言い、うしろを振り向かずに足早に歩きだした。秋の夕べの寂しさは華麗だった。そしてそのことが、まるで、夢で幾たび西行殿に会うというような、忘れるに忘れられない記憶となって、のちになって、どれほどその細部を思い出すことになるだろうかと思ったのだ。

こうして、タケキヨは西行殿が無事に嵯峨野の庵で仕事にうちこんでいることを確認して、その足で、すぐそのまま、みちのくに向かって帰途についた。何一つ悔いはなかった。わたしは生身の歌人に会ったのだ。そして奮い立たせる遺訓をいただいたのだ。大きな手がわたしの両肩を抱いてくださったのだ。タケキヨの復路は往路と同じだった。西近江路を越えてのち、羽咋までは陸路を何日も何日も歩き続け、羽咋からは海路で能登を過ぎ、強大な佐渡の島影を見、ふたたび鶴岡の湊にあがったのだった。そのあと月輪堂にぜひ会って行く気持ちを抑えがたくなり、羽黒山神社へと歩き詰めにして、ふもとに並んでいた小さな参詣者宿房に宿をとった。

十一月の初めに、宿坊にわらじを脱いだ日は、雪が降っていた。何という長旅であったことか、とタケキヨはうら寂しいが懐かしいたたずまいの宿坊の部屋で思った。雪はやむ気配がなかった。一夜のうちに全山が雪に包まれるであろう、とタケキヨは暖をとるために炭火の素焼き壺に手をあぶり、こすった。このような武骨な指でわたしは歌のことを思っている、とタケキヨは思った。西行殿の指を思い出したのだとは自分では気が付かなかった。それはそうだろう、弓のサブロウのような手と指だったではないか。もっと華奢な指で美しい手蹟の文字を書いているのだろうと想像していたのだ。

宿坊には三人の山伏風情と、この季節にお山参詣にでも来たのか里人が一人宿をとっていた。タケキヨは山伏風情の一人に、どこで会えるだろうかと月輪堂のことを訊ねた。タケキヨと入れ違いに山を下りたという。で、あのお方はいまどこでしょうか。山伏は荷造りをしながらタケキヨを観察していた。怪しいものではないと分かったらしく、月輪さんは月山から引きあげて来て、昨日のうちに秋田の山に向かったという答えだった。

今年は雪が早い。山にいるわけにはいきませんよ。仕事もない。里に家があるにはあるが、わたしだって帰らない。タケキヨは手をあぶりながら訊いた。どうしてですか？　一冬、縄でも蓆《むしろ》でも編めと言うのかい、それは無理だわいな。この身には半分山霊が入ってしまっている。下界人であるのはどうにも息苦しい。女房だって、魔除けの札だのなんだの埒もないものばこさえて、あちこち里をめぐりあるいて稼いでおる。かかあとは言っても独立して、気に入った里でもあれば、そこで見様見真似の占いをやって、一冬帰って来ないこともある。子供は婆にあずけてだ。山伏も火鉢に寄って、手をかざしている。

あんたはどこからだね、と訊かれてタケキヨは京ですよと答えた。ふん、京からか、どうだね、あちらの景気は。朝廷とか生首の武家様だちは？　いや、ほんの二日三日です。おや、もったいないや。たしか月輪さんは秋田の山を冬の間回るとか言っておりましたよ。そうでしたか。それはあんた、急いだほうがいいな。今年は根雪が早いね。経験で分かる。出羽も北となると、もうすっかり山は雪だ。山伏の話を聞いて決心がついた。晩になって、わびしいが懐かしい夕餉をとった。塩漬けの山菜の煮つけに川魚だった。驚いたことにご飯は貴重なもち米で、餅を食べている感じがし、美味だった。汁もついていて、フキの輪切りが浮かんでいた。山伏が賄《まかない》の女に大きな声をかけた。おおい、京帰りじゃど、干し柿の甘いのを御馳走してやるがよいぞ。

雪は音立てて降り積もった。タケキヨは宿坊の片隅で眠った。山伏風情三人も灯のない闇の中で雪の音のようにぼそぼそと話し続けていた。出羽三山は一夜で雪に埋もれてしまうだろうと彼らは話していた。湿った雪がかえって宿坊の闇をぬくく保ち、植物が腐ったような臭いを這わせてタケキヨの鼻腔までただよってきた。植物は次第に繁茂し、ざわつき、雪がやんで、晴れ渡った。空は満月だった。

すると草の生い茂った中を、月山、月山、月山、月山、……という声が人を呼ぶように闇から現れ、その白装束の男たちは、宿坊でともにいた山伏風情で、一人が先頭で草を山刀でバッサバッサと払って進み、残りの二人は白木の寝棺を運んでいる。棺には縄がかけられ、その縄に太い棒が通され、その棒を二人が肩にかけて、峰の道を月に照らされながら、月山、月山、月山、……という掛け声で息を荒くはき、えんえんと登って行くところだった。それが、月山という山の称名の唱えなのか、ただのガサついた声なのかは分からなかった。タケキヨは加わらずに、遠い場所から見送っているだけだったが、ガッサン、ガッサン、ガッサン、〴〵という声が途絶えることがなかった。次の瞬間には棺が峰のいちばん高い岩の上に置かれた。それから聞いたこともないことばが唱えられた。寝棺は草の花で覆われていた。棺は岩から音もなく宙に浮かんだ。満月にむかって、満月は大岩の割れ目にちょうど差し掛かっていて、月光が裂け目からその光をもらしていた。そして月はさらに上って来て、その満月のわきへ、まるで入江の桟橋に接岸するように、白く輝く草の棺が触れた。タケキヨはその接岸の小さな叫びのような声を聞いた。生きるとは何か、生きたとは何か、最後の微笑とは何か、降りしきる雪が強い黄金色の鈴の音をたて、立て続けに叫びが聞こえ棺は満月の雲間に、とうとう湊に着いたというように見えなくなった。

満月に雪が降りしきった。急がなくてはならないとタケキヨは横で眠っている道祖神の小さな石に話した。あれはどなたの棺であったか、とも訊ねていた。異なった時間が行き過ぎるときは、微笑《ほほえ》むしか作法はない、と道祖神は言った。

それでもなお、月山、月山、月の山、ガッサン、ガッサン、月の山、というふうに耳鳴りが遠く奥底で、それは海鳴りだったか、まるで西行殿が月の山を越え行くとでもいうように現れては消え、荒海の波頭が眼前に現れたのだった。タケキヨはこの瞬間に羽咋に至りついて、ようやく、一夜の宿りを求めようという夕暮れだったが、海に日輪はまだ沈まず、雲間から光の扇を海面にひろげていた。おまえはひさしく海辺の砂上に足跡を残しながら、ようやく風を避ける松の木々が植わったこんもりした丘にまぎれこんだのだ。海からそのまま上げたとでもいうような自然石が並んでいた。あちらもこちらも名も知られないような墓石だったが、五輪塔でもないし、ただのずんぐりしたまるい石ばかりだったので、死者をしのばせる面影はなかった。しかし松の根方に腰を下ろして海を眺めていると、大きな安らぎがうまれるのだった。たしかに供養塔にはちがいない。もうどこにもその名は摩耗して読み取れぬまでも、とタケキヨは言った、その声はすぐに風に盗まれていった。大きな不揃いなごろた石のあいだに、小ぶりな五輪塔が、崩れかけたままでいくつか見出された。まちがいなくここいらの武人たちのものであろう。あるいはこの地へと流されて死んだ貴人の末路であったのかもわからない。あるいは大いなる幻想と幻影に狂うた人たちのこの世での痕跡であったのかもしれない。タケキヨはここで疲れをとろうとしてすこしうとうとした。眼前に青い帯のように海がひろがっている。この海原のはるかかなたの国がどこであるのか、タケキヨは思っていた。まあ、おそらくは、渤海《ぼっかい》だろうとタケキヨは思った。すると白装束の三角波が推し重なるようにして、この汀へとはせ参じて来るようだった。そして波は砕け、その波のしぶきの中から女や男たちの姿が立ち上がった。

　タケキヨはこれが夢だとも現実だとも、もうどうでもよかったのだ。その海の波から現れたとおぼしいのだが、すこしも水にぬれてはいない女が一人、タケキヨのいる松の根方まで近づいて来た。見たことのあるようななつかしい顔だったが誰とも分からなかった。さあ、一緒にまいりましょう。あなたは、今夜は羽咋どまりとなっているのですよ。さあ、神域のタブの森の奥に、わたしどもの宿があるので、そこでゆっくり長旅の疲れをとってください。タケキヨはいわれるがままに立ち上がり、わたしどもはみな、海やまのあいだをこのように流離っているのでしたね、と言った。はい。もちろんですよ。わたしたちは海からやってきたものたちです。あなたは山から。はい。わたしはみちのくから、とタケキヨは言った。寒くはないのですか、ともタケキヨは聞いた。前をあるくその女の薄衣からしずくが滴っていたからだった。おお、海の匂いだ、とタケキヨは言いながら、その女のあとから、黄昏時の森閑としたとある社のほとりを過ぎた。ほら、ここは羽咋の能登の国一宮、氣多、ケタ大社。それでタケキヨは、おお、知っていますよ。大伴家持《やかもち》でしたね、越中の国司になられて、ケタの巡業をなされたとか……。そうですよ。それでいいのです。あなたも歌人にあこがれているそうですね。タケキヨはびっくりした。

いや、わたしに未来は分かりません。そのあと二人はタブの森をひそかに通り、小さな寝殿造りのような宿に着いた。タケキヨはタブの森を歩む際に、その女に気づかれないようにと、タブの緑輝くつややかな葉を幾枚か摘んで僧衣のかくしにしまった。ああ、これでセンダンにも最良の旅の土産ができたのだ。その小さな寝殿造りのような家は、実はタブの森を過ぎたのち、急斜面をのぼり、その段々畠のような棚田の上の大地にあったのだ。そこからはさらに能登の海が一望のもとに見渡せたのだった。目がくらむ思いだった。ここに居ながらにして、見えざる強大な島影が迫ってくるのだった。明日あなたは浦の釣り船に乗って、渡るでしょう。あなたは海の悲しみを悟るでしょう。あなたは海を恐れるでしょう。小さな室に通されたタケキヨはそこで一夜を明かした。一晩中、窓のすぐしたで、叫びとも嗚咽ともつかないうめき声が、ガウン、ガウン、ガウン、というように泣き、漆黒の夜を泣き明かしていた。夜が明けて、朝餉がもたらされたのをしおに、タケキヨはたずねてみた。夕べにここへと導いてくれた女ではなく鼻のつぶれたような老爺が言った。そおれ、窓を開けてみなしゃれぞ。ほおれ、池がありましょうな。あれですよ。ここには千年も昔から代々の大蝦蟇が住んでおらっしゃって、夜じゅうそのように泣きなさるとです。何の謂いぞや。ノットの海を渡らっしゃってずいぶん遠くからやって来られた人らの裔《すえ》でありましょうぞ。男蝦蟇も、女蝦蟇も、子供の蝦蟇も。故国には帰りゃせんとて、夜じゅう泣いて恋しがっておるそうじゃの。タケキヨは、ふっと、故国とは？　と訊いた。おほほお、それやあ、この現世のことであらっしゃるぞ。タケキヨはこの夢の中で思っていた。われわれはみな海から来て、わたしのように山に生き、平地に土着し、耕し、支配し、平和な往生を願って祈っているが、広大なはるかな海からやって来て、この世に生きながらにして往生できないということは、なんという理不尽だろうか。老爺が朝餉の黒い膳を前にかしこまって言った。ほおれ、あなたをここまで案内されしゃった女ごは、あの豊かな海からあがった蝦蟇のおひとりじゃ。タケキヨの目の前に、その大蝦蟇から皮膚がはがされてうるわしい目鼻立ちの顔が大写しになった。どろりと緑色に濁った池は蓮の池だった。

翌朝、目覚めるや直ちにタケキヨは宿坊をあとにした。宿坊で藁の雪ぐつをわけてもらった。雪はすっかりやんでいたが、山も、この里の平地もみな雪に覆われていた。景色は一変していた。タケキヨはふたたびもと来た道を藁ぐつで踏みしめながら歩いた。湊に出て海路というわけにはいくまい。帰りは心だけが急ぐが、まだはるかな道のりが待っているのだ。月輪堂と一緒のときは、最上川に出会い、酒田に出、船便がなかったので、また陸路で鶴岡に出た。鶴岡から自分は海路で、佐渡の巨大な島影をよぎり、能登沖をまわりこみ、舞鶴で、ようやく着いたのだ。わたしは同じ道筋をすこしずつ変えながら、またおなじようにして帰るのだ。道は少しも変わらないが、自分はすでに変わっている。

そうだ、西行殿に一目会ったというだけのことで、わたしはそれ以前のわたしではあるまい。タケキヨのうしろには藁ぐつの足跡がどこまでも続いた。歩くことは考えることだ。やがて足跡は消えてしまうだろう。すべてが過ぎ、すべては掻き消え、すべては忘れられ、また春のように、すべてが現れるだろう。一切が空無ならば、この循環の巡りとはいったい何か。雪景色の山並みも村も町も、ただ過ぎ去られるものにすぎなかった。しかし、過ぎ去られることなくそこかしこにあり続ける。わたしが過ぎることによって確認されるが、いや、わたしが臨在しようとしまいと、そこかしこにあるのだ。わたしは本質的に空無なのだ。その空無の中で、何が頼りになるのか。疲れが出てくると、タケキヨは思った。

おお、れんげやエカシたちはこの冬をどうしているのだろう。根雪にならない十一月のうちにとにかくも、あなたたちのもとへ寄らせてもらおう。

## 42　長い旅だった

円樹老僧の山寺に着いたときはもう十一月に入り、山は雪をかぶり、墨絵のような山稜も木々も老骨というか、たくましい筆あとの背骨を見せていた。タケキヨは重い蓑を着て鉄の錫杖をひきずっていた。晴れた日で、風もなかった。門前に立ち、やっとたどり着いたとタケキヨはここでもう倒れそうになった。ここ二日ばかり、熱を出し咳に悩まされながらも歩きとおした。円樹老僧の山寺だけが頼りだったのだ。

庫裡の戸を叩くと、眼つきの鋭い寺男が出て来て、タケキヨだと分かるとすぐに住職の円樹を呼びに戻り、あたふたと出て来た。どうぞ、どうぞ、円樹様はお待ちかねでしたよ、と言うのだった。温かい居室に招かれると、筒袖の上に胴着姿で円樹が待っていた。おお、おお、来る頃じゃろうと思っていたが、勘があたったではないか、のう、良慶、と眼つきの鋭い寺男に言いながら、タケキヨの来着を喜んだ。タケキヨは湿った咳をくりかえしながらも、ただいま帰りましたとお辞儀したが、そのまま倒れそうだった。そして、一瞬気が緩んでその場に倒れ込んだ。タケキヨは高熱を出していた。あわただしく別室にうつされ、寝かせられた。もうろうとしながらも、この部屋で自分が歌をはじめて詠んで書きとめたことを思い出した。二人の声が上から聞こえた。

ふむ、都のはやり風邪にでもやられたようじゃ。さっそく葛根《かっこん》のせんじ薬をわかし、飲ませなさい、あとは好きなだけ寝かせることだ。山越えの行倒れは、冬の初めがなんとしても多い。ここまで来られたとは、やはり運がついている。室は火鉢にいちばんいい炭を入れ、暖かくし、湿度も保つことだ。老僧の声がゆらめいて聞こえていた。

それにしても、思った以上に早かったではないか。同じ道をえらんだのがよかった。よかったでがんす。この男は本物だからな、だから無茶をする。一冬、都におればいいものを、律儀なもんじゃ。で、良慶、あんたもタケキヨが残していった歌稿を見たかな、どうだったかな、初めて歌を詠むというも無茶だが、すじはいい。あなたの友になるだろう。はい、円樹様、わたしは気に入りました。ともに切琢磨したいものでがんす。おお、そう思うかな、よろすい、よろすい。うれしいことじゃ。ともかく風邪が癒えたら、京の話、そうとも、西行殿との語らいこそ土産話として楽しみじゃな。わたしもたっぷり聞いてみたいです。それにしても、よくぞここまで無事で来られたものだ。若いということは、それだけで本物と言うべきじゃ。きれぎれにタケキヨの耳に二人のことばが入ったが、タケキヨ自身にはその意味が、水にゆれる水草のように音もなく揺れていた。

……、長い旅だった、長い旅だった、タケキヨはうなされるというより至福に満ちた体感で湯あみでもしているようだった、同時に、どこからだろう、不邪淫戒、という声が汗になって吹き出し、女犯、にょぼん、ニョボン、にょぼん、というように淫らな雨の音がぽたぽたと身を穿《うが》っているのだった。寺の本堂脇の、庫裡へ行く廊下の壁に二間もの長さのある地獄絵が色彩ぎんぎらに描かれていた。とくに燃える赤と古代朱の色が炎をあげて、いたるところで生首が焼かれていた。女を犯した僧が四肢を引きちぎられていたし、女は女で髪を振り乱し、逃げ出していた。地獄の鬼どもは滑稽なほど小さかった。タケキヨは鉄の錫杖をふりかざして小鬼どもを蹴散らしていた。タケキヨは供養にもと水場で花のために水をくみながら地獄図を眺めていた。住職がかたわらで、この地獄図はじゃ、ほれ、先の、と言っても七十年余も昔の合戦で生き残った武者殿がここに逃れて来て、一冬で描いたものじゃ。円樹がタケキヨに甘草《かんぞう》の薬湯を飲ませにかがみこんで説明していた。

おいお、おいお、タケキヨ殿、旅であなたは女犯の戒を破らなかったといえるか、おお、破ったのか、女犯の罪はいかなることか知っているのか、いいえ、とタケキヨは錫杖を手にし、すみれの花を手にしながら答えた。それどころじゃ、ありません、旅はただただ歩くことのみ、人も女も、馬も武者たちもただただ影絵のように後ろに流れていきました。幾たびも宿のない夜には、町の場末に並ぶ藁ぶき小屋から声をかけられ、手をつかまれ、それらの女衆とともに過ごしたものの、女犯どころの話ではありませんよ、もう悲しくてたまらない慈悲に涙して、襤褸布《ぼろぬの》のなかにまみれて語り明かしたものです、どうしても救ってさしあげたいと思いながら、わたしにできることは夜明けには、わずかな路銀の粒をそっと枕辺に置き残すくらいだったのです、とくに海の、湊の町では、わたしは女たちをみな浄土の観音様とでもいうように、海の彼方に送り出してあげたかったのです、もともと彼女たちはその深い海を渡って岸辺まで流れつき、打ち上げられたのですから、あはは、浄土だなんて、そんな土地がこの世のどこにあるでしょう、また、かつてもどこにあったでしょう、浄土といううるわしい思いをエサにして、彼女たちを、人々を、だまして、脅して、地獄に落ちないようにと説教し、心に叩きこむのは、おおきな罪でしょう。では、真の浄土とはどこにあるのでしょうか……

タケキヨは終わりのない夢にうなされ、七日あまりもかかって高熱の波を乗り切り、ようやく空気の清らかな甘さを吸った朝方には、もう、例年にくらべてはあまりにも早い真冬の降雪がすきまなく雪片を重ねて降りしきっていたのだった。タケキヨは起き上がった。良慶がそばにつきっきりで、タケキヨに濃いヨモギ茶を飲ませ、それから玄米粥のねっとりした上澄みをすすらせた。塩の味がとびあがるほど新鮮だった。梅干しの酸味は舌がしびれるくらい美味だった。

それからさらに三日たって、タケキヨは普通の体に戻った。中旬になってさらに雪が降った。これからさらに山越えを何日もかけてというのは、いくら頑健でも無理というものだった。山の炭焼きでさえ危ないことだ。数日続けて晴れたとしても、峠越えも、まして月輪堂の案内によった間道というのはもう歩かれまい。第一、どこがどうであったかもう記憶にないのだった。夢の中で越えたようなものだった。タケキヨは円樹にこの先どうすべきか助言を仰いだ。タケキヨは言った。たしかにわたしは京まで行き、嵯峨野に西行殿のお元気な姿に接して、無事を確認できた。任務は終えました。あとは平泉に報告するだけです。一日も早く、センダン殿に、慈澄老師様にお知らせするのみです。しかし、冬の山越えが無理となれば、ここはどうしたものでしょうか。

老僧は言った。いいかい、任務は果たした。しかしその朗報が中尊寺にただちに届かないということは、それでもって何か禍があるでもなし、急いではなるまい。書状を送るという方法もないでないが、近々の情勢では、賢明ではあるまい。タケキヨは聞き返した。老僧は言った。他でもない、山伏たちの情報だが、例のご仁が、すでに平泉入りを果たしたのではないかというのだよ。雪の前に無事にたどり着いたらしいとのことだ。それは十分にあり得よう。何人になろうか、その一行が、山で冬ごもりということは考えられまい。奥山の小寺であってもじゃ。まして杣夫《そまふ》の小屋でなど越冬はまず不可能じゃ。糧食一つとっても無理じゃ。鹿だの兎だの、肉を得られたところで、そうは簡単ではない。タケキヨは驚いた。しかし、そのお方は平泉で幾たびの冬を過ごされたのだから、冬ごもりなども平気でしょう。また昔の縁ある土地の豪族武将たちもおるでしょう。

それはその通りじゃが、むろん、秀衡公の命令が届く範囲ではもちろんのことだが、人の心はわからない。すでに、鎌倉殿派遣の新地頭が各領地に入って検断権をふるっている状況じゃ。うかつにあの方を助けるということもできまい。タケキヨは言った。それではやはり、この初冬のうちにですか。そうじゃ。あとは春まで平泉に匿われていようが、しかしかならずそれは漏れて、いずれ鎌倉殿が知ることになろう。そうそう、わたしのこの蓮台院だとて、つい最近じゃが、追捕使とか名のってじゃ、はるばる鶴岡の湊から若い武将がやって来た。あなたが京に入ったころだったろうか。わたしは親しく彼と語り合ったが、これには驚かされた。なかなかに歌に詳しい武人でがんす。それで話が弾んだのじゃ。タケキヨはこれにもびっくりした。お名はなんとおっしゃいましたか？

タケキヨはさらに驚いた。時村……、そうですか？　おお、その方です。わたしと月輪堂が鶴岡の湊に着き、関所通過のときに、わたしだけが尋問小屋に連れていかれました。そのとき、尋問に来たのがその人です。わたしが携行していた書状を見て彼は驚き、またわたしの任務のことも聞き出し、それにも喜びの声をあげました。西行殿の歌を慕っている武人だったのです。老僧がはたと膝を打った。その通りでがんす。実に歌に精通していてこちらもびっくりさせられた。タケキヨは、その尋問の際に見せることになったセンダンの歌稿については、老僧に言えなかったので、伏せた。そうですよ、尋問のはずなのに、それは形だけで、歌の話と西行殿のことに及んだのです。わたしは歌など何も分からずにきたのですが、とタケキヨが言うと、老僧がにんまり笑って言いさした。あなたはここを発つ日に、なんとまあ、わたしに歌を残していってくれたではないか。あのようなみやびの心には感心した。まんず、歌体そのものとしては多々難があろうけれども、心がこもっておった。

おお、それはそうと、その時村殿が言うには、いずれ、宣旨《せんじ》が下れば、みちのくには否応なく鎌倉殿が軍を進めて、平泉を滅ぼすことになりましょうとも言っていた。先を読んでおられた。彼が言うには、自分は都の検非違使庁から派遣の一人だが、もう時代は終わる、自分は武人を離脱し、歌の道に生きたいとも言っていた。西行殿を心の師と思ってのことらしい。それで話が合って、わたしは五十数年も昔ばなしで、若い西行殿に高野山の庵で一度だけ会うたことを話して聞かせたでがんす。ははん、タケキヨ殿も、奇しき縁があったということじゃ。歌の縁ということでがんす。これもまた仏縁じゃ。武は殺生、歌は慈悲。若い彼はもううんざりしているのじゃ。武門に生まれたなら武に生きるのが筋だろうが、それをはっきりと疑っている。かといって、ただちに武門を捨てるというわけにはいかないまでもじゃ。タケキヨは検問の際に、尋問されたあとのことを思い出した。あの武人はわざわざ関の矢来まで送ってくれたのだ。関の外では月輪堂がのんびりと待っていてくれた。また縁があれば、お会いしたいものだと言い、踵《きびす》を返した。その後ろ姿がじつによかった。

それはそうとして、さて、タケキヨ殿、さまざまな情報もある冬じゃが、ここは我慢して一冬この寺で過ごされるがよかろう。ここでなすべき仕事がある。ゆっくりその仕事をしながら、春の雪解けを待ちなされ。越すに越されぬ奥羽の冬山じゃ。無理をせずとも時は矢のように飛んで来よう。三つきそこそこ、雪に埋もれていたところで、あなたの若さでは、微々たる時間じゃ。時を待つのだ。この冬、実は、あなたと良慶にやってもらいたい仕事があるんじゃ。

## 43　冬の歌

タケキヨは一冬を蓮台院で暮らすことになった。山里の人々はこの山寺の名を、言いやすいように音の転換をしたのか、デンデラと呼んでいて、なにかになく老僧を頼って訪ねて来た。タケキヨはあきらめの良いほうだと言うべきか、一冬暮らすと決めるとなると、ここで自分にできることをすべて成就しようと思った。寺男の良慶は眼つきが鋭く少し藪にらみなのをのぞけば、実に聡明だった。円樹の実務的な右腕だった。雪の夜は酒を酌み交わしながら語らった。この世をどのようにすべきか夢のような絵を思い描いていたのにタケキヨは驚かされた。

浄土は、まずは人々個々の浄土からこしらえて行かないとならない。まずはこの山里の一軒一軒を救うていかねばならない。もちろん文字の読み書きも出来ない。これを二人で解決しよう。食うに困って冬の間に餓死する人々の救済も実行し、一人の餓死者凍死者も出してはならない。そうして何よりも生きるうえでの喜びが必要だが、それは、いいかい、歌だ。歌を詠むことだ。どんなにへたくそでもいいから彼らが歌を詠むようになることだ。自然に恵まれているのだから自然を自分の日々のことばで歌えばそれでいいのだ。訳の分からないお経を唱えることではない。それは僧がやるだけで事足りる。自身のことばで、歌によって慈悲を感じることが救いになる。いいかい、わたしも時村殿という若い武将がここを訪れた際に、ご一緒を許されたが、真の武人はこういう人だったかと思い知らされた。まさに、ここにおいて、時代が終わることを予知して、武門を捨てる覚悟を、希望を述べておられた。歌に生きるというような志であった。弱肉強食のこの世に愛想をつかしたとも言っていた。歌のことばで戦うことを選んだのだ。いや、ここで、戦うということばはふさわしくないが、弱肉強食の思念は歌の慈悲によって滅ぼされよう。しかし、いきなりこれを実行したところで、どうにもならないのは分かり切っている。したがって、生きる人々が生きようとして、生き地獄でもがいていながらでも、歌によって生きる杖をもつことなのだ。

歌はことばだ。ことばは心だ。人は心で生き死にする。むろん、そこそこ食うことが先決だが、その食うことの意味も、歌によって理解するのだ。人々には善きことばだけがいま一番必要なのだ。さあ、タケキヨ殿、この一冬は、わたしとともに、近隣の里村を回ろうではないか。もちろん不足な物資も届けるが、これはすでに豪農たちから寺への寄進の備蓄《たくわえ》があるから心配はいらない。円樹様の了解をえているのだ。でき得れば、集まれるお堂の一つもない集落には、新たに建ててやりたい。そこでみなはへたくそでも歌を詠みあうのだね。また、春になれば、水をひく用水路のないような村には、堰の一つでも通してやりたい。これらはみな本来なら所領地の武家こそがやるべきだろうが、連中にはいまなおそのような余裕はない。隙あらば隣地のすこしでもいい土地を奪おうとしている。ただただ絞りとるばかりだ。同族でもそうでなくても、いつでも誅殺という名目で殺める。いいかい、人々が動物以下の暮らしにうめいているのを、あなたは見るだろう。豪奢な中尊寺だけしか知らないでは話にならない。わたしは自分が生まれる前世からそれを見て来たように思う。わたしは武門の生まれでもなく、海から流浪してめぐってきた雑民の生まれだが、幸運にも、この寺に預けられてここまで生きて来られた。円樹様のお慈悲であったが、そろそろ恩返しをしてのち、わたしもまた旅立たなければならない身だ。

円樹様だとて、もう七十の声を聞くのだから、ここだけの話、あと数年先は分からない。わたしは恩人の円樹様のご最後を看取ったなら、もちろんこの由緒ある寺を出るつもりだ。わたしは救いたいのだ、人々を救い出すことが、わたしをも救うことになるのだ。自分一身だけの救いなら、高野聖と言われるような流れ僧もどきになればそれでいいが、それでは寂しすぎよう。そうとも、言い忘れたが、あの若い追捕使の武人が言っていたように、かならずやここ二、三年のうちに、途方もない合戦が起こりうる。となれば、その時わたしはどのように身を処するかだ。おお、わたしは武による殺生を否定するとはいえ、ここで手をこまねいているわけにはいかない。わたしは山の民を束ねて、あるいはみちのくの戦いに赴くべきだろうとも思っているのだ。良慶はいくらでも語り続けた。雪の夜はさらに深く静けさに満たされた。山霊までが、谷間からここまでやって来て、二人の居室の経机に向かい、二人の語らいを書き留めているように思われた。手桶には炭火の火が二人を照らし出していた。いまこのように生きているのは喜びだが、現世は苦しみの川だ。

寺の賄には朝餉夕餉というように、最寄りの農民小屋から、ふきという娘が働きに来て、夕方には帰って行った。老僧の面倒もこまごまと見てくれていた。美しい娘だが口が不自由だった。しかし非常に賢かった。さあ、この先がどのようになるものかと、タケキヨは心中心配だった。この寺に来ているあいだはいいが、一寸先は闇なのだ。タケキヨと良慶は、このふきがこわけした食糧を携え、山里の村、小さな集落を一軒一軒まわって、調査に出かけ始めた。書記係はタケキヨだった。料紙も不足がちだったので、雁皮も使った。とくに良慶は一軒ごとの子供たちの記録にこだわった。親たちは山に入り炭を焼き、母親は遠くに出稼ぎに行き、子供らは子供らで年かさの子が親代わりをしていた。春が巡ってきさえすれば、たちまち子供らは大きくなる。タケキヨは小橇に食糧の袋をのせて運び、親が不在の小屋小屋に玄米、粟稗、塩などを届けて歩いた。薪も炭も切らして、襤褸布と藁にくるまっている子供らの小屋もあった。

定期的に訪ねるようになると、子供らは眼を輝かせて待つようになった。ことばも笑い声も出るようになった。タケキヨは衣川流域のあの子供らを思い出した。一度に何もかにもというわけにはいかないので、訪ねるごとに、文字をいくつか教え、小枝で炉の灰の上に、土間の土の上で晴れた日は外の雪の上で練習させた。子供らは、自分の声が、文字という形に生まれ変わるのに歓声をあげた。声っこア、モンズになるんでハ、と言い、もっともっとたくさん知らへでけれとせがんだ。この一冬のあいだに彼らはかな文字をすべて会得するだろう。

良慶は子供らに話を聞いて克明に書き留めた。親がいる小屋では、さらに多くの話を聞き集めることができた。女親はまるで山姥《やまんば》のようななりで、藁や木通蔓《あけびつる》のかご編みをしながら、良慶に子供時代の話を聞かせた。小屋によっては供養のお経をあげてほしいと乞われた。良慶は追善供養のお経をいい声であげた。歩けずに膝をかかえたまま坐っているだけの老婆たちは涙を流し手を合わせていた。困窮の小屋だけではなく、二人は豪農の屋敷にもあがらせてもらい、話を聞いた。豪家には武具も蓄えられていた。離れには使用人たちが何人も住んでいた。積もった雪も片づけられ、厩では馬のいななきが聞こえていた。農家では入り口に入るとすぐに、馬が首を出してよこした。馬と一緒に暮らしていた。

冬は始まったばかりだった。その先がどれほど長いかだれもが知っていたが、心ではもう春の来るのを思っていた。しかし冬は様々な形で姿を何役も演じながら、山里も山も空をも渡って行っては、また戻って来るのだった。来る都度に演目が変わったのだ。豪農の座敷では、昨秋の終わりに、闇に紛れて食料をゆすりに来た武者たちの話題が蒸しかえされた。中の一人は面をかぶり、その口の中は血の色で真っ赤だったとか、蓑姿の大男は手に槍をもっていたとか、闇に紛れて見えないはずの姿が各人各様に描写されたのだった。タケキヨたちもその話の場にいて聞き、ゆくゆく合戦になれば、この里からも兵の徴集が割り当てられるだろうという話が出た。

みちのくの合戦なのに、ここまでは来るまい。しかし、みちのく攻めともなれば、鎌倉殿は二手にでも分かれて北進するだろう。そうなれば、われわれもそのなかの道すじにあたるだろう。山越えに軍を進めることもあろう。そうなれば、ここいら一帯は修羅場じゃ。女たちは山に隠すことじゃ。はやめに大事なものは山に隠しておくべきだろう。食料もまたねこそぎ奪われるだろう。蓮台院がここを通る軍の武者どころになるのではないのか。おお、そうだなし、天台宗の蓮台院が中尊寺様を攻め立てるということになるが、これもみな戦ならば致し方もないことだろう。豪家での冬夜の話はそのようにして繰り返し語られ、次第に現実味を帯びるのだった。それでも冬の晴れた麗しい日ともなれば、明るく輝く日輪の日差しを浴びて、農家小屋の子供らが蓮台院に集まりだした。

タケキヨの工夫で、かな文字覚えの競争が行われていたので、おぼえた者たちは、試験を受けにやってくるのだ。タケキヨは料紙に書いたことばを見せて、読ませるのだ。ぜんぶ読めた子供には小さな干し柿の甘味が与えられた。子供らは夢中になって読み書きを覚えた。

こうしてかな文字は一月もかからず子供らは覚えた。文字をみて声に出すだけでなく、次の段階は、文字を筆で書くことだった。子供らは木から剥いできた雁皮や、薪片に、炭のかけらで練習することをおぼえた。かな文字が終わると、漢字にうつったが、これは困難だった。身近な物で、字画の少ないものから少しずつ始めた。木、川、水、花、人、心……などいうように、漢字を増やしては、その試験を行った。空腹でたまらない彼らは、この時は、ことばの音と、文字の不思議な力で、空腹が忘れられたのだった。本堂の片隅で十数名の子供らが集まって、かな文字のことばを諳んじ、歌うように声に出していた。円樹老師もときどき見に来て、わたしとしたことが、もっともっと早くにこうするべきじゃったと言った。良慶も喜んだ。かな文字も覚えたことだから、どうでしょう、彼らに、歌の一つでも暗記させせたらどうでしょう。漢字がまざるところは、かなにしてもいいではありませんか。子供はすぐに暗記してしまいますよ。意味はあとからでいいでしょう。となると、いい歌の見本が必要です。さあ、困った。タケキヨ殿、あなたが見本の歌を詠むのもいいです。タケキヨは固辞した。そうですよ、ここは西行法師の歌というのはいかがでしょう。ふむ。しかし、おそれおおい朝廷の選集など見ることもできないですからね。そうです、それとなく口伝でみちのくまで漏れてくるような歌でよいならば、円樹老師に訊いてみましょう。

老師が選んでくれたのは冬の二首だった。記憶でおぼえているものの、正確かどうかは保証の限りではないが、心に残るひびきでもよかろう。二人はその歌を声で読んでいただき、それを書き留めた。

たゆみつつ　橇《そり》の早緒《はやを》も　つけなくに　積《つも》りにけりな　越《こし》の白雪《しらゆき》

タケキヨはさらさらと書きとめた。漢字はこのようでいいでしょうか。ふむ。いいようじゃ。はやを、というのは、橇の引き綱のことであろうの。歌の意味は分かるな？　ようするに、ちょっと油断して橇に引き綱をつけずにおいたところ、いつのまにか雪が積もってしまっておったんじゃ。で、ここだ、この越というのは、おお、タケキヨ殿、よくぞ書けたのう、腰ではなく、越、つまり越路《こしじ》のことゆえ、北陸道というわけだな。はい、とタケキヨは言ったが、ふと、もしこの歌が実際のことであるならば、西行殿はやはり、旅で北陸道を通ったということだろうかと不思議に思った。いや、実際でないわけがないとすれば、とタケキヨはまた考えた。まさか、そうだ、若かった日に、あのお方は歌枕を訪ねる漂泊の旅に出て、みちのくに下り、平泉で一冬過ごしたという話をセンダンから知識として聞いて知っていたが、その時の冬であり得るはずがない。帰路は出羽の山寺で桜を愛でているとも聞いたのだから、符合しない。となれば、この北陸道とは、いつのことだったのだろうか。心の中の情景の経験だったのだろうか。良慶は、これはいいです、と言った。子供らにもわかるでしょう。とくに、越の白雪がいい。ここで、難しい漢字も覚えさせましょうぞ。

老師は眼を閉じながら、もう一首をそらんじてくれた。すぐにタケキヨはまたさらさらと筆記した。

枯《か》れはつる　かやがうはばに　降《ふ》る雪《ゆき》は　さらに尾花《をばな》の　心地《ここち》こそすれ

どうかね、これはいいだろう、と老師は言って、復唱した。かやがうわば、とは？　とタケキヨの問いに、あの、萱、カヤじゃよ、その上の葉に、ということじゃ。それに雪が降って、枯れたのにまたすすきの花穂が出たような気がする、という意味じゃ。どうかね。西行殿の歌は、こむずかしい理屈ものもいいが、このような自然詠がたまらなくよい。尾花といい、いいのう。これは子供らだって、秋にはかざして走り回っているではないか。尾花という麗しいことばを、子供らにもおぼえさせたいものじゃ。すすきはすすきでも、それだけではつまらない。すすきだって花を咲かせるでがんす。

老師は気分がよかったらしい。ところで、あなたたちむけに、もう一首思い出して進ぜよう。こういう一首だ。これは子供ら向きにはならんがじゃ。そう言って、また瞑目し、声でことばをつかまえるとでもいうように、ゆゆゆ、と言ってから、

雪深《ゆきふか》く　埋《う》づめてけりな　君来《きみく》やと　もみじの錦《にしき》　しきし山路《やまぢ》を

良慶がさっと一筆書きにした。老師に、これで仮名づかいはよろしいでしょうかと言って見せた。ふむ、よろすい。にしきしきし、だが、ここは音の響きがまことに微妙でな、もみじの落ち葉がかさこそとなる音がするようじゃ。敷く、という漢字で、音を見えなくするのもよろすい。良慶は、この一首がとくに気に入ったようだった。タケキヨを向いて言った。山路もいい。さらにいいのは、きみくやと、ということばだ。くるや、ではないね。き・み・く・や、これがすごい。わたしはここに西行殿の悲しみ

とあたたかさを思う。われわれとしては、かかるみちのくの奥山の冬に居て、この、君来や、という気持ちではあるまいか。なろうことなら、わたしもまた、この、君、という友でありたいねえ……、と言って、鋭い藪にらみの眼が涙で潤んだのを見て、タケキヨは驚かされた。

本堂に集まってひと固まりになっている小汚い身なりのこどもらは、一斉に声をあげて、たゆみつつ・そりのはやおを・つけなくに……と繰り返し、またもう一首の、かれはつる・かやがうわばに・ふるゆきは……と、まるで冬枯れのすすきを自分たちが手にもって走り回ってでもいるように楽し気に復唱した。一人が、うだずうもんは、なんもむずがすぐねえもんだべし、とタケキヨに言った。良慶は声をあげて笑った。よろすい、よろすい、そでよろすいじゃ。おぼえろし、うんとおぼえろしな。冬の日は、吹雪の日も、大人の蓑を着て真っ白になった彼らが本堂に集まった。おらえには、うだがおきょうがわりだんだ、と彼らはにぎやかだった。これが杣の父親や、炭焼きの父親に伝わるのだ。いうまでもなく母親たちにもだ。それが円樹老師の心に残っている西行殿の歌なのだ。ひとすじの歌の流れなのだ。タケキヨは、小さくて煙い囲炉裏を囲んで雑穀の雑炊を啜りながら、ぼろ着の家族が、子供が習った歌を一緒に声をだしている光景が眼に浮かんだ。

## 44　吹雪

吹雪の夜にタケキヨは、初めて耳にし、文字にし、子供らにも唱えさせた西行の歌を思い出し、自分の初めての歌がどれほど稚拙なものかを思い知らされたように思い、なかなか寝付けなかった。恋の歌などと思ったことが間違いだった。もっと自然によりそい、いや自然の、そのなかに、自分の思いなど忘れてすうと消えて一体化しなければ、歌のことばはどこか弱って濁っているのだと思った。西行殿の歌では、尾花ひとつとってもまるで人のいのちのように詠われていたではないか。ことばの方が人を、こちらを見ているのだ。雪一つとっても、その雪ということばが、まるでただ雪という物ではなく、自然がこの世に遣わして来た贈り物のようではないか。引き綱をつけ忘れたという橇も、まして、越の白雪でも、まるでわたしもまたそうであったとでもいうような記憶をもたらしているのではないか。わたしは海路で帰って来たけれども、たしかに、わたしにも越路の雪の白さが思い出されるのだ。

わずか三十一文字で、どうしてこのようなことが起きるのだろうか。雪深く埋づめてけりな君来やと、……このような措辞《そじ》は何という力強さとたおやかさだろう。この、けりな、という言い方の、この、な、というのは、まちがいなく、汝のナにちがいなく、そうだ、その友への呼びかけではないか。そして、君来やと、と心につぶやくように言うあたりは、この、くや、というあたりの詰まったような一拍には、来る、ということばに、本来の意味が惜しみ深くさりげなくこめられていたではないか。子供らにはこの歌は分かるまいが、わたしのような身にあれば、切ないくらいだ。吹雪は蓮台院の屋根を吹きおろしてはまた舞い上がっていたのだ。

タケキヨは吹雪の声を聞きながら、いまごろ平泉も衣川もこのような吹雪だろうか、センダンはどうしているだろうか、あの萩も枯れて雪に覆われているだろう、慈澄老師はわたしの便りのないことをどう思われているだろうか、谷底の房では哲斎殿はどうしているだろうか。冬が来てもなすべき仕事はむしろ増えているだろう。春はたちまちやってきて水があふれだすからだ。今、自分のことばのつたなさに情けなさを覚えながら、タケキヨは吹雪の渦巻きがすぐ目の前にみえるように思いながら、一瞬眠りの境に、水の面すれすれにとでもいうように浮かんだときだった。

あの谷底の池の蓮の花が、夜明けの曙光、その一瞬間、その刹那の一瞬に、この世で見たこともないほど美しい蓮の花びらがゆっくりと花をひらくその速さと、その喜びの永遠さを、ここが浄土なのかというように、ことばもなく見つめ恍惚となったのだった。そして蓮の花は、花びらをひらいてしまうともうゆるぎない美しさで自分自身を信じて存在し、空無はいずこにもないのだ、そして瞑目し、いつのうちに居たのか小さな蛙が蓮の葉にのって曙光に浴しているのだった。わたしは渡って行った、いや、わたしではなく、だれかの似姿だった。この世の吹雪のむこうに、吹雪などかかわりなく蓮の花は一つまた一つと花を開いた。おお、あの池に棲みついている大蝦蟇はどうしているだろう……。タケキヨは、歌というのは夢の中からやって来るのだろうと思いつきながら、眠りに落ちて行った。その吹雪が三日三晩吹き荒れるとは少しも知らずに、彼は熟睡した。

## 45　冬の日に西行を

農家まわりで覚えたのでタケキヨは寺の離れの納屋小屋で藁ぐつや草鞋《わらじ》を編むようになった。土間に掘られた小さな炉に火をくべ、吹雪の日などは特に静かな気持ちで、藁仕事に夢中になった。雪解けが始まったら、山寺を発つときの準備だった。藁ぐつを編み、藁の巾布《はばき》をこしらえた。草鞋は何足も用意した。雪解け期の山越えを考えて、藁ぐつに水が沁みとおらないようにと、底には猟師からわけてもらったウサギの裏皮を敷いて縫い付けた。猟師たちのやり方を教えてもらったのだ。また、万一のためにと、背負い袋の代わりに藁編みの笈《おい》を自分で工夫してこしらえた。それは四隅の縄ひもをほどくと、一枚の寝床にもなり、雪の上の敷物にもなるのだった。笠の代わりにと、藁編みのとんがった帽子をこしらえた。ひさしが深いので、烈風にも雪にも強い日差しにも有益だった。丁寧に時間をかけて編んでいると、心にはさまざまの想念が次々に浮かんでは過ぎて行った。心が大空のようで、想念は雲の流れのようだった。しかし思いはみな切れ切れで、つながりがあるようでありながら、途切れていて、明瞭な像や考えにまとまることはなかった。藁を編む指先が何かを本能的に考えているような気がした。炉には鉄瓶がかけてあるので、雪の日には静かに沸く音がした。水が足りなくなると外に出て固めた雪玉をもってきて鉄瓶に入れた。白湯ではなく、刻んだ柿の葉の茶だった。寺の外庭の隅に、大きな柿の木があった。タケキヨがこの蓮台院にたどりついたときは、まだ渋柿の実が鈴なりに成っていたのを覚えているが、その色の鮮やかさはとてもことばにならなかった。

干し柿づくりは老僧自らが丁寧に皮を剥き、日に干してから、外の軒下に横長にして吊るすのだった。いまも、納屋の近くに柿の木が吹雪をかぶって立っているが、梢には、鳥たちのためにほろわずに残した朱色の実がまわりを明るませていた。一度里に熊が出たことがあって、猟師たちが毒矢を構えたことがあったが、何ということか、山全体で山毛欅、ミズナラの実が不作だったのだよ、それで里に出てきて柿の実まで食うようになったんじゃ。寺の木にも登って一晩は立ち去らなかった、と円樹老師の話だった。藁を編みながら、タケキヨは歌のことばを捕まえようとしたが、藁だ、柿だ、吹雪だ、熊だ、などということばでは到底歌の心に届かないように思った。西行殿はいいなあ、あのような小さな庵で、一日中、歌が詠めるのだ。そしてまた、ほんの短いことお会いして別れた西行殿の姿が思いだされた。

あのときなぜだろう、近くの子供らがあそびにつかう竹馬の一つを杖がわりにして、庵から出て来て、夕暮れの嵯峨野の里の景色をじっと眺めているところだった。老いていた。白いひげも伸び放題だった。あのときわたしは自分の任務のことをどうしても言えなかった。どうしてだかわからなかった。いったんことばにしたら、すべてが現実のつまらないものに一変してしまうのではないかと懼《おそ》れたのだ。竹馬の杖に倚《よ》りかかって夕雲を見上げていたのだ。

あの、毛越寺の鹿踊りの祭りのとき、近道をとおって谷底の房に帰る際に、わたしは明朗な声を聞いたのだった。そしてその僧から道を訊かれた。あのときの西行殿とはとても思われないくらい、老いて見えた。あのときは西行法師だなどとは知るべくもなかったからだろうが、嵯峨野の夕べの現実の西行殿はまるでどこかを病んでおられるような気配だった。みちのく平泉往復の旅がそうさせたに違いなかった。しかしわたしは確かに西行殿に会い、ことばを交わし、そしてすぐに別れた。西行殿の歌のことばを知る前に、わたしは生身のあのお方に会ったのだ。会えたのだ。現身《うつしみ》はどんなに長くても一瞬のように無くなる。その空無になる存在の現身に出会えたことだけでも、すごいことなのだ。ことばは運があれば残っていくらでも出会えるが、死すべきものに生きている間にこそ出会ったということは、ものすごいことなのだ。あのとき、西行殿はただどこにでも見かけるひとりの老人に見えたけれども、その寂寥は、まるであのお方が夕べの光に一つになったようだったではないか。

タケキヨは納屋にいて、藁を編み、柿の葉茶を啜《すす》り、炉に柴をくべ足しながら、自分の歌のことばを見出すことができなかった。妄念が浮かぶようでは、心にことばが映らないのだ。雪がとけたら、とタケキヨは口に出して言った。同じ道がとれるならば、れんげたちのいるチセに寄ることになるだろう。あのチセも同じように雪にうずもれているだろう。しかし蓮の花が咲くのを待っているだろう。タケキヨの足は大きかったので藁ぐつは、並んでおかれると、猟師の藁ぐつよりもがっしりとしていた。

この冬は、冬至もこえ、真冬日も一月の半ばになると山も里村もすべて雪だった。ある時は、もう春が来るのではないかと錯覚さえおぼえる暖気になったり、そしてまた雪になり、数日で空模様も、日輪の力も、山々の模様も姿を変えるのだった。それでも日は少しずつ長くなった。猟師も炭焼きも少しずつ動きを開始した。遠い海よりの町からも雪を渡って、海の産物が背負われて行商が来始めた。男も女衆もいたが、その彼らからは山寺では聞かれない最近の巷間の話がもたらされた。都の政事《まつりごと》向きの話さえあった。北陸道の警備が次第にきびしくなっているという話もあった。タケキヨは晴れた日は、いつものように本堂に集まって来る子供らに、読み書きの手ほどきをつづけ、効果が眼に見えてあがっていた。難しい漢字も読み書きできる数が増えていた。

日々はつつがなく過ぎて行った。寺の行事といっても大きなものはないが、冬の日に荼毘に付された死者の供養の勤行がいくつかあった。里村の墓地は寺とは方角違いの谷間の上にあった。老師はしだいに足が不自由になって来たので、葬いには数人たらずの人々の先頭に立ち、山道を登った。みな藁の雪ぐつで道を固めながら歩いた。そして雪を掘り起こし、柔らかい土を掘り起こして骨を埋め、手斧で削った山毛欅の木の墓標を打ち込んだ。春になれば、谷間から石を運んで墓石にするまでの墓標だった。

この冬の野辺送りの一つは、タケキヨの学童の一人の親だったので、白木の墓標にはその子供が文字を書いた。それをさせたのは良慶だった。寺で書かせた墓標の文字を見て、良慶は、よろすい、よろすい、と言って、子供をほめた。ただの仮名文字だったが、墨で黒々と書かれた。子供は初めて自分の父の名を知ったとでもいうように構え、涙を見せなかった。卒塔婆《そとば》の梵字などいらない、と良慶は言った。豪農ならそうするが、ここはこれがいちばん自然なことだ。タケキヨも良慶の後ろに立って、お経を唱えたが、その経文の難しい意味よりも、子供の仮名文字の方がはるかにふさわしいと思った。目に一丁《いってい》字《じ》もなかった死者の子供が、父親の名を墓標に墨書するなど、すごいことだと思いながらお経を唱えた。まだ若い母親のそばで、母親を支えるようにして十歳そこその子供が、白い上っぱりを着て立ち、泣かなかった。

埋葬が終わって踏み固められた雪道を下りるとき、タケキヨは子供に言った。いいかい、春になったら、谷川からよい石を見つけたらいい。それに父の名を彫るとよいぞ。どのような名でも、ただのしるしだけであるわけがない。名はたましいだ。文字はそれをあらわしているのだよ。はい、と子供は答えた。こんだはかんじでほるでがんす。母親はただ茫然として泣いていたが、冬場は山子の仕事だったので、覚悟はあったのだろうが、こうも早く雪崩に流されるとは予想もしていなかったのだ。家に遺体が運ばれて来たとき、凍った遺体をぬくめようと母親は狂ったように夫の体を撫でさすったということだった。良慶は言った。われらはいつもこうだ、いつまでもこうだとしたら、どこに仏の救いがあろうものか……。タケキヨは言った。しかし、そう思うことの中に救いがあるというべきなのかもわからない。

わたしにも分からないが、歌があるのではないか。すると良慶が言った。そう、たとえば西行法師の歌だが、この困窮の母子の心には響くまいよ。あえて言えば、都の貴族ぶりと同じではないのか？

　タケキヨは自分で編んだ藁ぐつが滑りにくいことを喜びながら、良慶殿、それはそうでもあるまいよ、それはそれだ、これはこれだ、恨むことではないし、ねたむことでもない、われわれはわれわれでいいと思うよ。西行様はそのように生まれて、歌詠みをつらぬかれただけだ、一人がすべてを知りすべてを詠えるわけがないじゃあないか、そうタケキヨは陽ざしがあふれてきた青空を見上げた。

　めずらしく木々の梢にひよどりの群れが集まり、また飛び立った。われわれに、そんなに多くはいらない。

## 46　幻覚

　一月の末方のその日、朝から暖気で、空は晴れ渡り、目の覚めるほど真っ青な空には雲ひとひらもなかった。本堂と廊下の拭き掃除を終え、朝の勤行を老師と良慶とともに行った。老師は坐るのがやっとのことだった。勤行が終わって朝餉だった。玄米がお椀に半分ほど、里芋の茎の煮つけと汁椀、そして朝にしてはぜいたくな魚が添えられていた。魚と言っても海のものではなくあぶった岩魚の干物が一尾だった。タケキヨはこの岩魚が歌のことばになるのではあるまいかと谷川の上流の川瀬を思い描いた。

　錆びた岩魚だったが、それを寂びた、というふうに言ったらどうだろうと思ったのだ。この日はほとんど大事な仕事がなかったので、タケキヨは一人、寺の裏山から杣《そま》の道を登ってみることにした。タケキヨはそれを良慶につたえ、暖気なのでさほどの身なりの用意もなく寺を出た。この冬、裏山に入ったことはなかった。良慶は杣や炭焼きたちの道だから、雪は踏み固められていようと言った。寺を出てからすこし登りになり、渓流の橋を渡り、そこから右に折れて、急に上り道が始まった。川沿いには、何を勘違いしたのか何本かの川柳の黒い木々が、細い枝の網を空に打ったとでもいうように広げ、その網には数えきれないほどの白い小粒のネコヤナギの花をつけてにぎわっていた。

今から咲いていたらどうなるんだい、とタケキヨは彼らに言い聞かせるように声を出した。その声は崖路を伝って、遠くまで聞こえるようだった。ネコヤナギの白くまんまるい、未熟な繭のような花はきらきらしていた。勾配がきつくなると、崖の雪の中に、鹿たちが群れをなして集まっているのが見えた。タケキヨの方をみんなで見つめていた。冬の食べ物が不足して、柔らかい樹皮を食い漁るつもりだろう。小鹿もまじっていて、ネコヤナギの白いふっくらとした花を下枝から食べていた。雪の山路はたしかに誰彼が歩いたあとがついていた、それはひとすじではなく、いくつもの藁ぐつあとがにじんでへこんでいた。

ウサギの足跡はあちこちに横切っていて、山側の雪の中に消えていた。道は大きくゆっくりと何度もまがりになっていた。木々はみな裸だったので、山自身が広くなり、その分だけ明るく、やせているようだった。道はまだまだ続いた。良慶は、この前山の頂上まで行くと、北にむかって奥羽の山脈が一望のもとに眺望できると言っていた。それを頼りに、まだかまだかと汗ばみながら登って行った。小半時もして、ようやく頂上に着いたのだった。汗をぬぐい、ふっと首をめぐらすと、広々とした平らな頂上に白く立っている姿があったので、タケキヨは不思議に思った。しかし人影はすぐに山伏姿だと分かったので、理由があって山に入ったのだろうと思った。あちらが気が付いたかどうかはよくわからなかったものの、タケキヨは妙に人なつかしさを覚えたので、もっと眺望がきくようにと、その人影に向かって歩いた。するとその山伏姿がさっと振り向いたので、タケキヨは思わず声をかけた。声をかけたと同時に、その山伏の横顔から、男ではなく女の顔を見出したのだ。たしかに山伏姿で、藁の雪ぐつをはき、脛には膝までくる皮の巾布《はばき》を巻き、背には布袋ではなく、これも革製らしい細長い笈を背負っていた。また顔をもとに戻すと、尻には熊皮らしい毛皮を見せていた。山伏でも女がいても不思議はないが、とタケキヨは思い、しかし、どうしてまたこのようなところに一人で来ているのだろうか……

タケキヨは少し上ずった声をかけた。そして返事がくる直前で、頂上の端に来ていたので、北の方角を見晴るかした。ここからうねうねと一連なりの山脈がどこまでものびていて、峰々は大も小も、雪の青さの稜線を上下させながら全身を見せていたのだった。が、足元からは急な斜面になって、そこにも雪の山路が広大な谷間にくだっていた。そしてまた向こうの山の峰にむかって這い上がっていた。そのとき、すぐかたわらで山伏が一間ばかり離れて立っていて、初めて声をだした。

タケキヨはまたびっくりした。鳥肌が立つ思いが一瞬したが、それはすぐに消えた。明るい声だった。少し低くしゃがれぎみだったが、笑いを含んでいるようで、タケキヨは顔を見ることも出来ずに、花の声のようだと思った。まちがいなく女声だった。タケキヨはなにか自分が可笑しいことを言ったので、それをさらに可笑しがって、声をあげて笑っている声に聞こえたのだ。タケキヨはその白い声の方に顔を向けずに、眼前にはるかに続く雪の峰々の連なりを眺めた。

それから思い切って、言った。あなたはもしやこの山を越えて行かれるのですか？　すると間があって、答えが来た。その声とことばは、タケキヨが初めて京に入ったときに耳にした不思議な抑揚と同じだった。一瞬タケキヨは都の情景をここで引き寄せていた。京の都は、まるで異国のようだった。みちのくとはなにもかにも異なっていた。空気も湿度も、風も木々も、そして人々も、声も。西行殿に会った里山に行っても、それはみちのくとはまるで異なった温和な自然だった。すぐ傍らから声は言った。その抑揚は名状しがたいが、ことばの意味はすぐに分かった。はい、わたしはあの峰々を回ってみちのくへ行く身です。お会いすべきお方が待っておられるのです。死ぬ前にお会いしておかなくてはなりません。わたしはそのお方のお子をみごもっているのですよ。この子のためにもわたしはここをまっすぐに渡って行くのです……、と、そのようなことばが光の降る中タケキヨの耳のなかで響いた。

その声はゆるやかで舞いながら歌っているようだった。タケキヨは心が締め付けられたまま、答えていた。姿が見えない人に言うような気持だった。雪の上に藁ぐつのままふっと浮かんだような眩暈《めまい》がした。はい、わたしもここを越えて行くのです、こんなに近いとは思いませんでした、まるでこうしてみると、わたしの平泉は指呼の間でした。わたしも急がなければ、間に合いません。そう言って、ぐっと山伏姿の女から手をつかまれた瞬間、タケキヨはその顔を見たと思ったが、目の前に、まして横にも、またここから先の谷間への雪道にも、どのような人の姿も見えなかった。あたりには立ち枯れた松の木が一本立っているだけで、その周りで雪の重さをはねかえした熊笹の葉が密集しているだけだった……。かたわら一間のうちには、杣か炭焼きの足跡はあったが、山伏のものと分かる鮮やかな藁ぐつ跡はなかった。タケキヨはぞっとした。

白昼の幻覚にちがいない。自分の心の蔵にしまわれている何かが、古い古い起源の何かの像が、なにかに乗り移って、眼前に見えてしまうか、聞こえてしまうのではないのか、と思いながら、雪ぐつを雪穴にぬからせ、転び、立ち上がりながら大急ぎで、逃げ帰るように寺まで下山した。

夕餉のときに、タケキヨはこのことを良慶に話してみた。すると良慶は少しも驚かずに言った。心配はいらない。同じようなことは幾らもある。炭焼きも杣も、今日のような晴れた日に、同じような山伏姿に会った話をしている。それが決まって女山伏なのだ。いいかい、タケキヨ殿、あなたの平泉地方ではどうか承知していないが、ここでは、少しも珍しくない。まして、ここの山地は、古い古い昔から、むつのく東征の道すじだ。山越えして二手に分岐する要所だ。この辺りでなされた非業の死が、山霊に匿われていまだに生きているのだ。山霊というのはこの山の自然の威力の主ということだ。成仏できない人の霊が、つまり魂が、こんな晴れた冬の日に光に浴するために出て来る。そうだね、あなたはそのような魂の声を聞いたのだ。で、わたしの考えでは、その声も、女山伏も、あなたの心の中にあるものだ。あなたの中からあくがれだしたのだ。タケキヨ殿、あなたの感じ方にはそのような性質があるのだよ。タケキヨはうなずく思いで、良慶さん、それはどういうことですか、と訊き返した。良慶は、タケキヨを見ているのかどうか藪にらみの眼で見て、まあ、まんず、歌向きであるということでがんすかな、ははははと笑った。

## 47　神々

その夜は酷寒に一変して粉のような微塵の雪が降り出していた。

良慶の理性的な意見を聞いてタケキヨは、自分が一瞬であれ、うっとりとした心神喪失の状態にあったのに違いないと思った。経机のそばに小さな火桶を寄せ、タケキヨはあれこれと思いをめぐらした。たしかにわたしはあの果てしなく続く峰々の終わりに金色に輝く平泉の平地を見た。川は青い火になって流れ蛇行し峰々の谷間を這っていた。山伏の横顔は、そうだ、女の顔に違いなかったではないか、眉は剃られていて、馥郁というべきか頬はふっくらとして下唇には紅が塗られていた。いや、しかしだからといって女だとは分からないではないか、というのも、あの女山伏は、尻に熊皮を下げていたし、あれはあきらかに雪上に坐っても濡れることがなく、また雪上を滑り降りることもできるからだ、それに、何といっても、山笠の代わりにであろうか、烏帽子《えぼし》とそっくりの形をした革製の頭巾をかぶっていたので、一瞬、その中に武人の髪が隠されているのだと思ったのだった。ふつうどんなに間違っても山伏がかぶるような帽子ではない。タケキヨは瞑目した。

しばらくすると眼前に、まるで水中で眼を開いて見えるように、女山伏の体つき、横顔、唇、眉があらためてくっきりと見えだした。いや、かの女はあるいは男だったのかもわからない。いや、真正面から顔を見せなかったというのも妙なことだし、わたしは痺れたようになって自分から女山伏のほうに首を巡らせられなかったのだ。女の姿をした男ならば、故あっての女装ということになろうが、しかしあながちあれが女装だという証拠はあるまい、しかし、あの声はまちがっても女声であったではないか。いや、タケキヨ、男であってもあれくらの声は出せるものだ、声変わりのときの自分を思い出してみよ。理屈をたどってみても、いったん眼から入って記憶に残された像は消せない。いつでもどこでも繰り返し現れるだろう。

タケキヨは経机に広げていた小さな二つ折りの料紙に、小筆で、峰々、とだけ書いた。墨をふくみすぎて、筆先から墨水がにじみ、続けて峰々と書くと、眼前に、あの青い峰々の続きが現れた。あれは女だったか男だったか、いや、両性具有の姿だったのか、いいかい、タケキヨ、真正面と、横二面と、そして後面とだ、あれは面をかぶっていたのか。いや、かの女山伏は、人ではあるまい。いや、わたしはその美しさに一瞬茫然としたものの、断じて心神喪失などしていなかった。わたしはかの女を見ずに、ただ、はるかな雪をいただいた峰々の先をたどっていただけだった。わたしの魂は、心とは別に、心を身から離しつつ、峰々を渡って行ったではないか。

そうつぶやき、タケキヨはさらに料紙に、神々、と書いた。墨痕がかすれるようだった。それから、匂い立つようなうねりで、太く、女、と書いた瞬間、やはり、峰々は神だったのだ、と閃いた。あのとき、わたしに神が現れてそばに立ったのだ。しかし、タケキヨ、それではあなたの仏教はどういうことになるのだ？　荘厳な神々と仏とは？　その違いはどうなるのだ？　仏は菩薩となって人を救う。その、救うという点については、わたしは同意するが、ほんとうに救うかどうかについては懐疑する。これは良慶と同じだ。では、神々はどうなのだ？　いや、神々は無関心で、救いはしない。ただそこに自然の森羅万象の集合としてあるだけだ。この峰々を見よ。これこそ女山伏の姿ではないか。かの女は人を救わない。ただ誘き出すだけだ。その豊かなふところに。人の死生など知ったことではないのだ……

静寂になって降る酷寒の雪も、神ということか、タケキヨの臭い獣脂の脂燭《しそく》の火がよじれだし、タケキヨの小さな両開き観音像のうえに影がかぶさった。タケキヨの背の影だったが、脚を痛めた鹿が雪に埋もれているようなかたまりだった。寒いのでタケキヨは鹿皮衣を肩にかぶせていた。つらなる峰々に日輪が落ちるとき、日輪はそのなかでもっとも鋭い槍のような峰に、古代朱の身を沈め、峰に食い込んでいきながら、その鉄のごとき峰を溶かしていくのだった。その光景をタケキヨは料紙の上にかがみこみ、うつつに見ていたのだった。

それから二月がやって来た。二月は神々だった。峰々の雪は凍って堅雪に変成し、山を渡っていく者たちが多くなった。

## 48 予知

二月になって雨が降り、雪はふたたび夜のうちに凍り、吹雪が吹き荒れた。この二月の雨の始まりが、春の始まりではまだまだないはずなのに、峰々の雪を凍らせ、山渡りの行者たちが恐ろしい形相をして山からやって来ては、みちのく平泉の情報をそれとなく置き土産にして立ち去った。彼らは仏門と言っても根本が山岳信仰者であったので、自分たちを神の眷属《けんぞく》とでもいうように思いこんでいたし、なによりも心身が頑健でほとんど山獣に近い印象だった。タケキヨたちの山寺に一時だけ草鞋《わらじ》をぬぎ、決して宿泊を乞うことはなく、経験した山の奇譚をぼそぼそと、老師に語るのだった。タケキヨも良慶もその場を共にした。タケキヨは月輪堂の行方について尋ねたが、行方は分からなかった。あの者は山伏ではあるが、われわれとは異なる。神は同じだが、理解が異なるのだという。われわれはこの世のことで悩んではおらない。ただこのように峰々を渡って心身を失うまでに至って見神するを目的とする。それを救いと言うのならそれでもかまわないが、要するにこの世をまことに捨てる者なのだ。この山渡りの行者たちは神の使いといったところだとタケキヨは思った。

自分の心身を痛めつけて強靭になり、森羅万象にあらわれる神を崇拝する。その点は、おおいに自然で好ましかったが、タケキヨにはやりすぎに思われた。へたをすると自分でもそうなることが可能なのだろうが、零落しきっていても眼光炯炯《けいけい》たるくぼんだ眼窩、太い鼻梁、裂けたような口、おおいかぶさるひげ、どれもこれも山獣に似つかわしかった。老師円樹は温和な顔で、ふむふむとうなずき、奇譚の数々を面白げに聞きながら、さもあろう、そうでがんすな、というふうに受け流していた。彼らがもともとどのような出自であったかなど訊くわけにはいかなかった。現世を捨てて、このように神に向かって生きることはどれほどのことなのか、タケキヨの想像を絶した。思い切ってタケキヨはこの屈強な行者に、最近ここの峰で女山伏に出会った話を出してみた。

よろし、よろし、ンンン、もっともなことだ、と聞いていた彼が、たしかにあんたが思うように、それは神のあらわれじゃ。神はそもそも男の姿では姿を見せない。男を神へと誘い出すために、まて、この誘い出すでは神に申し訳ないが、妖しく惹きつけるべく女の姿をとることがままある。若い者に現れるときは得てしてそのようだ。白い鹿の姿であらわれることもある。おお、で、その女山伏が獣皮の烏帽子をつけておったというのだな。もっともなことだ、あんたは白昼において、見たのじゃ。何と、あんたは歌を詠むというのか？　まったく何ということだ、老師様がお詠みになるのはいいことだが、あんたがだと？　わたしとて、このような身ではあるが、峰々、三千山河を渡って来ているのだから、歌にも出会うものだ、たとえば、いま都の貴族衆、もしくは高僧衆、あるいは尼衆などなどに知られている、ほれ、西行法師の歌など、わたしも口伝えでだが、聞き及ぶが、あれはいけない。神がいない。あの法師のくどくどしい浄土だの地獄だの絵を描く歌などはもってのほかじゃ、つまらんくりごとじゃ。とまれ、歌には神が宿らぬでは話にならない。どれほど良い歌でも、宙に浮いている花鳥みたいなものだ。滔々と話すこの山岳行者の一方的な意見に口を挟むわけにいかなかった。で、その女山伏だが、腹にお子をみごもっていると言ったというのか？　なるほど。それは男山伏じゃ。なるほど……

　ところで、これはここだけの話だが、いいかね、平泉の秀衡公のもとに判官殿が匿われていて、これはまことに確かな情報だが、これがなんと、もう鎌倉殿の知るところとなったということじゃ。あんたたちは知らなかったのかな？　これを聞いて良慶はまじまじとタケキヨの顔を見て、うなずいた。山の行者は笑みを太い眉毛に開くようにして、予知とはそれより早くあるものを言うが、あんたの女山伏の現れは、遅れた予知であったのだ。しかし、まあ、予知には違いない。虫の知らせ程度のものじゃが、まんず、修行が足りな過ぎよう。山岳行者三人は柿の葉茶をたっぷりと飲んでから、寺を辞した。

　彼らが辞したあと、二月の風にはまた雨がまじっていた。まるで春が迷い込んだようだった。タケキヨは良慶と居室に入って、先ほどの情報について話し合った。彼らの情報はたしかだ。となれば、タケキヨ殿、あなたはどうするつもりだ？　できるだけ早く帰るか、それとも……。というのも、そのご本尊が平泉に入ったとなれば、帰ったあなたはどのように処断されるものか、定かでない。西行殿を見届ける任務がこれほどの時間を食っているのだから、中尊寺としてもなんらかの処置を行うのではあるまいか。公金として支給された路銀のこともある。なんでも理由になろう。

タケキヨは山で見て話した女山伏の像が眼に浮かんだ。分かりました、急ぎ帰国します。あの峰々のごときは指呼《しこ》の間《かん》です。今日の山岳行者のように渡ります、とタケキヨは言った。わたしは得度前ではあるがともかく中尊寺役僧に選任された身です。いや、もう破門の譴責《けんせき》処分を受けているやも知れませんが、それはそれ、まずは中尊寺に帰り着いて、審問を受けます。

良慶は沈黙した。しかし、あなたは京で西行殿に会った。その西行殿がみちのく入りに際して、鎌倉殿と一夜語り合った。となれば、判官殿はそれをただ見逃すだろうか。もしわたしが判官殿ならば、あなたを処罰するだろう。腹違いの兄弟とはいえ、それほどの血のつながりであってさえ、武門の猜疑心のありようは地獄図同然だ。ささいなことで、いくらでも殺す。ましてあなたの首などは。春、夏までここにいて、里村にお堂を建て、川と用水の整備をして時を待つのもいいのではないか。あなたにはその技術がある。それはここには必要だ。老師とてあなたを大切に思われている。子供らもすっかりあなたを慕っているではないか。みちのくの都に生き、そしてひとたび京の都を見知ったあなたとしては、ここの奥山ではいかにも寂しかろうが、時を待つのも悪くはない。二、三年のことだ。かならずその時が来る。いまは大を捨てて、小に付くのだ。そうとも、あの山の行者がいいことを一つだけ言った。歌のことだ。歌には神が必要だということだ。ここでそれを学ぶことだって出来ようではないか。良慶はまるで自分のことを言っているように見えた。

## 49　帰国の決断

一人の人間の迷いがどうであれ、帰国するかしないかその去就がどうであれ、二月の雪は繰り返し降ってはまた優しくなり、昔日の面影はないというように、しかしそれは自然の巡りのごくあたりまえのことであり、雪ひらはゆるみ、手のひらのうえでたちまち消えるようになった。タケキヨにとっては、どのみち帰国せざるをえない身であるのだから、思いだけで理屈を繰り出して悩むのはどこかへんなことだと二月の早い春にみとれた。まだまだ早春とは言われないまでも、奥羽の峰々を跋渉して渡りゆくことが夢でなくなったことを体が本能的に覚えていて、それはまるで自分の遠祖たちの血潮のように感じられたのだった。大気に隠れている春の隠し味といったものを鋭敏に嗅覚が覚えていたのだ。自分の去就については、郷愁と言っていいかもわからないが、一筋の論理があったので、タケキヨは円樹老師にも気持ちを打ち明け、語り合うことができた。もちろん何よりも心の頼りになる藪にらみの良慶も加わってのことだった。

何と、タケキヨ殿、何事も心のままになされるべきじゃ。歌と同じだと思わされよ。山で鹿を射るに、むろんそれは殺生であるから迷うのが人というものだが、その肉を食べさせてもらうことで生き延びて、供養の心を終生忘れないことも人の心じゃ。歌とても畢竟《ひっきょう》、供養というべきでがんす。この世の生きとし生けるものの供養でがんす。この二月も末、雪の下のナズナであれ、歌においてこそ生き返るものじゃ。悩むことはない。行きなされ。心の赴くままに、ただ心を頼むことで行きなされ。なるほどのう、判官殿が平泉において大将などということになるに違いなかろうが、そのようなことはどうでもよいことだ。帰国した暁には、あなたが譴責処分されて、ただちに生首を差し出せとは言われまいが、しかし油断はならない。疑心暗鬼と怨念の妖怪でもある武家の心はどのようにも動くからだ。だからといって恐れていては、その恐れを利用されて生首を取られよう。ここであなたが悩んだ末に、仮にだ、あなたがすでに調査で知悉している外ヶ浜の国に逃れたとしても、それはただ心の敗北にすぎまいぞ。そうじゃ、タケキヨ殿、あなたは、いいかね、歌の心になって帰国しなされ。首など惜しくはないという覚悟と矜持があなたを救うのでがんす。良慶があなたのことを心配しているのは当然のことだ。良慶はあなたを、みちのくの歌の同行者と思い定めているふしがあるんじゃ。そうだな、良慶。ふむ。それはそれでじつによろすい。ただし、タケキヨ殿、帰国しても一瞬たりとも油断してはなるまい。歌の心のように自由でなくてはならない。危ういとの直感が毛の一筋でも走ったなら、ただちに撤退せよ。いいかな、冬山を越えるに際して、一瞬とて迷っている余裕はない。それと同じじゃ。平泉のごとき浄土はただちに捨て去れ。もっと大いなる浄土をこそ心に思い描くべきでがんす。わたしはあなたの直感を支持する。予感というものがあるのじゃ。

で、再三わたしは、歌が、歌が、と言うその意味は、こういうことじゃ。人の命は残らない。死ねば死にきりじゃ。それまでのことで、べつにいまさら驚くことではない。しかし、歌のことばは、死に切りではないでがんす。引き継ぐものらがあれば、千年でも残る。あるいは再生するのでがんす。そうそう、タケキヨ殿、あなたから打ち明けられた話では、京の西行殿と一日会うて、嵯峨野の庵の道端にて一緒に夕日の暮れるを見て、二言三言のことばのみで、あなたは逃げるように別れ、立ち去ったということじゃったが、そのときのあなたのまことの心がいかなものであったか、わたしなりに解釈するならば、それはこういうことでがんす。みちのくの旅でへとへとに疲れ切って老いさらばえたがごとき、一人の、ただの老人をこそ、あなたは見たのだが、そこに最後の賭けのごとき妄執さえも直感したのではなかったかな。ふむ、その通りじゃな。それでいいのじゃ。それでこそ西行殿はただに人間なのでがんす。自分の人間などは、現身の西行自身などは、まるで信じておらないというようなことでよろしい理解じゃ。しかし、その老いぼれた老人一人が、名前さえ知らないあなたと、縁があって、ともに嵯峨野の果てに沈む日輪を見たのだ。それだけが重要なのだ。だれにも起こったことではないぞ。タケキヨ殿、ただ一人、あなただけに起こったことなのだ。しかしこのときの西行殿は、老いぼれの竹杖にすがる老人ではあるが、まあ、わたしと同じ齢だから、いかにかつては鉄の脚と言われた人であれ、老いるのは自然の理であるからな、しかしこのときあの方は、歌そのものだったと理解すべきじゃ。あなたは、歌そのものを生み出すごくごく普通のお人にご一緒したわけでがんす。

いや、この間のあなたの述懐によれば、タケキヨ殿、あなたは京には入ったものの、あまりにも京のみやびな風情に違和感をおぼえて、そのさなかに西行殿との出会いだったものだから、とにかく一刻も早く京を逃げ出したいと思ったようだが、それはその通りだろうにしても、あなたのまことの心は、このように老いさらばえた一人の老人から、歌が生まれることが信じがたかったからではないのか。いや、あるいは西行殿の歌が、その違和感のある京のみやびと、貴族趣味のことばのなかで生まれることへの懐疑であったのではないか。しかし、察するに、タケキヨ殿、あなたは、同時に、このような老いのなかでまだまだ歌が生まれることに感銘して、みずからが恥ずかしく思われたにちがいなかろう。

ふむ、さらに言うが、タケキヨ殿、あなたは吹雪の夜にも繰り返し思い出して語ってくれた話は、もうなににも代えがたい光景でがんす。良慶も聞いていると思うが、ほれ、平泉入りした西行殿が、ある日、そうそう、毛越寺《もうつじ》門前での鹿踊りの祭りを見たいと大急ぎで、山道を近回りして下りて来る際に、タケキヨ殿に出会ったのだったな。あなたはそのお方が西行殿だとは露も思わなかった。ただみちのくの旅僧だとばかり思った。その旅僧は、ほがらかな声でわかわかしくも嬉々として、道々の萩の花を歌に詠まんとして、声を出しながら道を下って来たんだったたね。ふむ、そこじゃそこじゃ。山道を下りてこられたその西行殿こそ、本来の西行殿の姿でがんすな。この明朗闊達な旅僧にびっくりしたあなたтака だったが、そのあなたが、いざ数か月を経て、いよいよ京にたどり着いて、ゆくりなく西行殿の生身に出会って、いいかね、タケキヨ殿、あなたはその落差に驚かされたのだ。

おお、わたしが何を言いたいのかという眼つきじゃな。よろすい、よろすい。それはこういうことじゃ。一体、タケキヨ殿、あなたは考えたことがあるのかな。西行殿が、いうなれば三千里のみちのくの旅の往復まで、この老齢で果たすということはどういうことかと。そうじゃ、並みのことではないでがんす。いいかね、いかに勧進の経験豊かなご仁であれ、また重源殿から巧みに説き伏せられたにしても、なにも西行殿が決死行でみちのく入りをせないでもいいことでがんす。秀衡公には書状でも十分なことでがんす。

聞くところによると、西行殿がみちのく入りする前年にすでに鎌倉頼朝殿が千両、平泉秀衡公が五千両を大仏滅金のために出しているのでがんす。しからば、このたびの勧進とても、その同じ筋で行われてもなんら問題はなかったことだ。そこを、西行殿が旅に死ぬるかもわからぬと思いつつ、みちのく入りをはたすのじゃ。これには、もっと心の問題があろうではないか。わたしの推論では、こういうことじゃ。なにせ、わたしは若き日に高野山の庵に、あこがれの西行殿を訪ねて、善きことばに接したので忘れるものでないから、確信をもってこう言えるんでがんす。西行殿はみちのくにやって来た。いいかな、この短かいくらいの逗留において、西行殿はほんとうに若返ったんじゃよ。まあ、言ってみれば、それまであまたの歌を詠んできたが、そのおおいなる行き詰まりということじゃ。それは当たり前のことじゃ。歌もまたたえざる自己模倣をくりかえして、もうどこへも出られないところに立つ。いかに都で名の知られた歌人とは言うてもじゃ。分かるかな。西行殿は、ずばり言えば、この度のみちのく入りによって若返り、みちのく入りによってまことの自然に触れて生き返り、それらを歌に詠むかどうかは別問題だが、それを心に秘めて京に大慌てで帰って行ったというべきでがんす。平俗に言えばじゃ、こうしてはおられない、一生幾ばくならず、最後の歌の集を束《たば》ねずばおられないというはやる心でがんす。みちのくがそうさせたのだ。

もう一つ言おうかの。西行殿はこたびのみちのく入りで、真の確信を得たのじゃ。わたしの歌の数々は、貴族歌人たちのことばのなかではいかに勅撰《ちょくせん》の集にとられるにしても、自分本来の歌ではない。わたしの歌は、みちのくでこそ残るだろうと確信したんじゃよ。つまり、自分の歌の心を継ぐものたちがみちのくから出るのだと確信したのだ。まあ、それがいかにして実現されようかは未知ではあるが、タケキヨ殿、過激な良慶殿、その始まりは、ひょっとしたらあなたたちかもわからないでがんす。やれやれ、若かった西行殿を見知ったわたしとしては、老いたりとは言え、分かるんじゃ。老いたるあのお方がこのように再生するというのに、若いあなたたちはうじうじと情けないことではないか、やれやれすっかりのどが渇いた。この渋茶ではかなわない。良慶殿、納戸から、あれを一つ持ってきてけでがんせ。

二月の夜はまだまだ寒かった。タケキヨは思っていた。西行殿の歌の心を継ぐという夢のような未来だった。平泉に帰国を急ごう。

## 50 春の雪

若いということはこのようにひよっこの首をひねるに似るが、よろすいなあ、信じやすいということがどれほど大事なことか。信じて走るのだ。倒れるところまで走って走って、そうやって信の何たるかを学ぶんじゃ。タケキヨ殿、その判官とやらに生首のとられるところまで行きなされ、そんなふうに円樹老師はつぶやいているようだった。蓮台院の庭の椿の葉から雪がこぼれおちた。円樹老師はわざと眉をしかめたような別れの表情を見せていたが、老師にはそのようなにわか作りは似合わなかった。タケキヨはすべての準備を終えて、庫裡の玄関先に立った。

もう三月の春先になって、心配と言えば、思いがけない雪崩との遭遇とツキノワグマが冬眠から醒《さ》めて巣穴をでることだった。円樹老師と良慶は、タケキヨの山越えを案じて、若い山伏を一人見つけてきておいてくれた。

雪を落とした椿の大きな木のそばで男はのんびりと立ち、雲行きを見上げていた。良慶が、大声で、おうい、と呼んだが、振り向きもしないのだ。また呼んだが、聞こえないのだ。良慶がやってきて、その山伏の肩を叩いたので、やっと振り向いて、おうおう、と答えた。良慶が彼をタケキヨの前に連れて来て言った。いいかい、タケキヨ殿、この者は山伏だか修験者だか、まあどちらでもいいんだが、無事にあなたを平泉まで案内できる。ただし、これは耳が聞こえない。しかし、口は十分に聞けるから心配はない。受け答えも立派なものだ。

その若い山伏は、最初、老師に黙礼し、それからタケキヨを見つめ、すぐに良慶の話す唇の動きを見てから、鈴のようないい声で、少し甲高かったが、耳障りではない声で答え、自分を紹介した。はい、クウネンでがんす、と言ったのだ。タケキヨは可笑しくなった。タケキヨの笑いを見たクウネンはすぐさま、漢字で宙に書くと、空に然、空然です、と言い添えた。良慶も笑った。そうなんじゃ、クウネンは、耳が聞こえぬので、人の唇を読んで、その意味を解するんだよ。これは山の修行で会得したそうじゃ。ただし、唇が見えぬと、さっぱり何もわからない。夜はだめじゃ。まんず、月明かりでなければ、タケキヨ殿、あなたのことばは役に立たない。

わははと良慶が笑い、クウネンがまた、そうでがんす、と相槌まで打った。タケキヨはクウネンの身なりにも驚かされた。下袴が熊の黒い毛皮、上はタケキヨと同じ鞣しの鹿皮なのは、分かるとしても、腰には山刀かと思ったのだが、そうではなく武者の太刀を佩《は》いていたのだった。タケキヨの心を読んだクウネンが、そのことばのテニヲハが少したどたどしいところがあったが、すぐに言った。驚きましたか、これ、父親の、形見、がんす。そう言ってまたにっこりと笑みを見せた。良慶が口を添えた。タケキヨ殿、クウネンは落ち武者のせがれだったのだよ。父親は、この山の向いの谷でひっそりと暮らしていたが、亡くなった。母もまた苦労の挙句亡くなった。クウネンは山伏に育てられることとなって、このように成長した。生まれつき耳がこうであったから大変じゃが、このように立派になられた。のう、クウネン。するとクウネンがにんまり笑った。親がなくて、も、子、育つでがんす。タケキヨは嬉しかった。このような同行者とならば何の心配もいらない。

ふとクウネンの足を見ると、自分のような藁の雪ぐつではなく、革製ではないが、何か皮でできたような雪ぐつをはいていた。タケキヨはこれについてクウネンに訊ねた。おおお、これあ、鮭の皮を干して縫うたもんでがんす。アイノからおせえてもらって、縫いました。水は？　とすかさず訊くと、タケキヨの口元を見て、すぐに答えた。まことに濡れないです、ただ、雪には滑るので、このように、樏《かんじき》輪っかをかけて滑らないようにしています。こうして三人が、庫裡の玄関先で別れと出会いの語らいをしていると、春の雪とまではいかないまでも、春めいた空から、綿毛のような雪がどんどん降って来たのだった。

そこへにぎにぎしく、里村の貧窮童子たちが飛ぶように走って来て、門をくぐり、タケキヨ、タケキヨ、行がねでがんせ、とばかりやって来て取り囲んだ。すると円樹老師が、そうはいかないのが男児というもんじゃ、と言った。そこでじゃ、すでにおまえたちに教えておいたあの歌は覚えておるかな？　覚えておるならば、タケキヨ殿の旅立ちの餞別にもと、復唱できる者はおらんか？　すると一人が進み出て、おらができるでがんすと言った。そして、

雪分けて　外山《とやま》が谷のうぐひすは　ふもとの里に　春や告ぐらむ

そう大きな声で唱えたのだった。

そうでがんす、よろすい、じつに、よろすい。さあ、みなで一緒にやってみよ。すると、子供らは袖口で洟汁をこすりながら、唱えた子のあとについて、雪分けて……、外山が谷のうぐひすは、……、ふもとのさとに、……、ハルヤツグラーン、とばかりそらんじたのだった。良慶はみんなに言い聞かせた。いいか、この歌は、西行法師様の歌じゃ、忘るるなよ。もう鶯が鳴くぞ。最初に進み出てそらんじた子供は、タケキヨたちが雪の埋葬をしたときの子供だったのだ。

それから老師は言った。これまで忘れず来た西行殿の歌を、ここであなたの出立の餞別とするでがんす。わたしも若き日に厳しい修行を行ったが、その同じ心境を詠まれたものじゃ。そして、読経で鍛え抜かれた声で、そらんじた。

よしさらば　幾重ともなく　山越えて　やがても人に　隔てられなむ

子供たちが、その声のあとを追いかけて唱和した。クウネンさえも老師の唇を凝視しながら、同じように唱和した。タケキヨには、この裏山の頂から、指呼の間とでもいうように奥羽の山脈が青く連なる光景を眼前に見るような気がした。そのような寂しい感傷を覚えたところに、円樹老師はさらにもう一首でがんす、これぞ、タケキヨ殿への餞別であるぞと言って、今度は、まるで女声でもあるかのように歌をそらんじた。

あくがれし　心を道の　しるべにて　雲にともなふ　身とぞなりぬる

老師は元気溌剌たる声になって言い添えた。なんの、平泉までの山越しのごとき、若い西行殿がなした御嶽の千日精進にくらぶれば、ものの数ではないぞ、さあ、よろすい、よろすい、あなたとの一冬は実に楽しかった、命あればまた会おう。良慶も同様じゃ。

老師のまつげには春の雪がひっかかっていてすぐに溶けた。

## あとがき

前作『アリョーシャ年代記』三巻でわたしは中世ロシアを舞台にした長い物語を展開した。その同じ中世で、日本ではどのような物語が可能だろうかと思った。

「若年のある時、在俗の名門武士が不明の動機で出家遁世した。真言浄土の思想に動かされながら、同時代の捨て聖たちとは対照的な生きざまを辿り、詩歌を通じてしか、いっさいの思想を語らなかった——西行とは何者であったか。」吉本隆明の『西行論』（講談社文芸文庫・一九九〇）のうしろ表紙に記された宣伝文にこうある。

もう四〇数年になるだろうか、懐かしくもわたしは吉本隆明さんとの一期一会の出会いを思い出す。そう言えば、あの時の吉本さんの精神は、西行に似ていなくもなかったのではないか。西行が現代に生きていたら、あのようだったのではないか、などと今は思い出される。

大学闘争が終焉して数年、わたしは母校北大にロシア語教師として戻って来ていた。そこへ東京で知己を得た内村剛介さんが北大に赴任して来られた。そうして北大のクラーク会館において（吉本隆明・小川国夫・秋山駿、そして司会が内村剛介さん）文学講演会が開かれた。もちろんわたしはその主催に馳せ参じた。クラーク会館の大講堂は五百人余の聴衆がおしかけ、学生たちは壇上の講師演壇下まで座り込んで耳をかたむけた。文学と思想の力は熱かった。

その後、わたしは吉本隆明のよき読者ではなかったが、もちろん忘れたことはなかった。そして――今回わたしは思いがけず、『郷愁　みちのくの西行』を書くに際して、特に吉本隆明『西行論』一冊をみちびきの杖とも頼んだ。これが再会だった。さらにもっと言えば、一一八七年に六十九歳の西行が平泉を再訪したという一点を核にして「歌」の心を物語れば、こうなるだろうかと。

わたしは西行の歌集を読みながら、さまざまな想像にふけった。もちろんわたしは歌詠みではないが、西行の歌の心の本質的な要素がもしかしたらみちのくの詩人たちに流れ込んでいるのではなかろうかと思った。そのことをも「郷愁」としたのである。作者の生まれは、当時の郡名でいえば、むつのくの果ての津軽三郡のうちの一つ津軽平賀郡ということもあって、物語には自身の母語の訛音をまぶしながら書いた。また地名一つであっても懐しく、セリフを言わないが登場人物たちと同等の名優なのだから、目次裏に、簡素ながらささやかな地図をそえていただいた。書いていると何が出てくるのかその瞬間まで分からないのだが、思いがけずアイヌのモチーフが生まれてきて、わたしは嬉しかった。

これはいわゆる歴史物ではない、歌のことばと心から生まれてきた紀行物語である。十二世紀、中世の西行（一一一八～九〇）からかれこれ九〇〇年近くもたっているのに、西行の歌のことばは若い。本作のあと、わたしは西行歌の評釈篇をこそ続刊となしたいのである。

二〇二〇年　二月

くどう まさひろ

1943年青森県黒石生まれ。北海道大学露文科卒。東京外国語大学大学院スラブ系言語修士課程修了。現在北海道大学名誉教授。ロシア文学者・詩人。
著書に『パステルナークの詩の庭で』『パステルナーク　詩人の夏』『ドクトル・ジバゴ論攷』『ロシア／詩的言語の未来を読む』『新サハリン紀行』『ＴＳＵＧＡＲＵ』『ロシアの恋』『片歌紀行』『永遠と軛　ボリース・パステルナーク評伝詩集』『アリョーシャ年代記　春の夕べ』『いのちの谷間　アリョーシャ年代記２』『雲のかたみに　アリョーシャ年代記３』等、訳書にパステルナーク抒情詩集全7冊、7冊40年にわたる訳業を1冊にまとめた『パステルナーク全抒情詩集』、『ユリウシュ・スウォヴァツキ詩抄』、フレーブニコフ『シャーマンとヴィーナス』、アフマートワ『夕べ』(短歌訳)、チェーホフ『中二階のある家』、ピリニャーク『機械と狼』(川端香男里との共訳)、ロープシン『蒼ざめた馬　漆黒の馬』、パステルナーク『リュヴェルスの少女時代』『物語』『ドクトル・ジヴァゴ』など多数。


**郷愁**　みちのくの西行

二〇二〇年三月二十五日印刷
二〇二〇年四月　十　日発行

著者　工藤正廣
発行者　飯島徹
発行所　未知谷
東京都千代田区神田猿楽町二 - 五 - 九　〒一〇一 - 〇〇六四
Tel.03-5281-3751 ／ Fax.03-5281-3752
［振替］00130-4-653627

組版　柏木薫
印刷　ディグ
製本　牧製本



Publisher Michitani Co. Ltd., Tokyo
ISBN978-4-89642-608-3　C0093